Sarah Stankewitz
Perfectly Broken

Sarah Stankewitz

Perfectly Broken

Roman

Forever by Ullstein
forever.ullstein.de

Originalausgabe bei Forever
Forever ist ein Verlag
der Ullstein Buchverlage GmbH, Berlin
Juli 2019 (1)

© Ullstein Buchverlage GmbH, Berlin 2019
Umschlaggestaltung:
zero-media.net, München
Titelabbildung: © FinePic®
Autorenfoto: © Patrick Thomas
E-Book powered by pepyrus.com
Innengestaltung: deblik Berlin
Gesetzt aus der Quadraat Pro powered by pepyrus.com
Druck- und Bindearbeiten: CPI books GmbH, Leck

ISBN 978-3-95818-404-6

Für Michael – meinen Chase.
Weil du mir Tag für Tag zeigst, dass die wahre Liebe
nicht nur in Büchern existiert.

Prolog

An diesem Tag lernte ich, die Schneeflocken zu hassen.

»Muss das sein?«

Thomas' Augen leuchteten, bevor er mir stumm das schwarze Tuch umband. Er stand hinter mir, so dicht, dass mich sein Atem im Nacken kitzelte. Die Härchen an meinen Armen stellten sich auf, weil seine Wärme auf meine kalte Haut traf. Ich fror schon, sobald die Temperaturen draußen unter die Zwanzig-Grad-Marke fielen. Es war also kein Wunder, dass ich mir am Morgen meinen dicksten Pullover angezogen hatte, während draußen die ersten Schneeflocken des Jahres vom Himmel rieselten. Der Herbst war so schnell vorbeigegangen, dass man gar keine Zeit gehabt hatte, sich auf den Winter vorzubereiten.

Der Stoff meiner Augenbinde roch nach Thomas und seinem Aftershave, nach Vertrautheit. Nach meinem Zuhause. Ich lächelte und inhalierte den Duft in einem tiefen Atemzug.

»Muss es«, hörte ich ihn schließlich sagen. Am Klang seiner Stimme erkannte ich, dass er lächelte. Oh, wie ich dieses Lächeln liebte. Es könnte die Eiszeit ausbrechen, sein Lachen würde mir immer Wärme schenken.

Thomas legte mir seine Hände auf die Schultern und drückte mich sanft herunter, sodass ich auf die Knie ging. Zitternd setzte ich mich auf den Fliesenboden in unserem Flur.

»Und weil du nicht schummeln sollst ...«, murmelte er und stellte sich vor mich. Etwas fuchtelte vor meinem Gesicht herum, und ich wusste, dass es seine Hände waren. Seine Hände, in die ich seit fünf Jahren meine ganze Welt legte. »Wie viele Finger zeige ich?«

Sein Duft hüllte mich immer noch ein, als ich versuchte, durch das Tuch hindurch etwas zu erkennen, aber der Stoff war blickdicht. Alles blieb dunkel und war doch so hell, weil Thomas jeden Raum erleuchtete. So war es schon immer gewesen. Thomas gehörte zu den Menschen, die allem in jeder Situation die Dunkelheit nahmen.

»Hm, lass mich raten. Keinen?« Meine Mundwinkel zuckten, weil ich wusste, dass ich richtiglag. Um dem Ganzen die Krone aufzusetzen, sprach ich weiter. »Wenn du mich fragst, zeigst du keinen Finger, sondern ein Herz.«

Das Murmeln in seinen nicht vorhandenen Bart genügte mir als Antwort.

»Mist, und ich dachte, das Tuch würde reichen.«

»Ich kann wirklich nichts sehen, Schatz«, versprach ich ihm. »Ich kenne dich einfach nur besser, als du denkst.« Und das stimmte. Ich wusste immer, was in seinem hübschen Kopf vorging. Wusste, wann ihn etwas belastete und wann er vor Glück platzen könnte. Thomas Morgan war mein Seelenverwandter.

»Okay, ich glaube dir. Aber nur, weil ich weiß, dass du mich nie anlügen würdest.« Thomas gab mir einen Kuss auf den Mundwinkel und ließ mich auf dem Boden sitzen, während er sich leise entfernte. Das vertraute Knarzen unserer alten Holztür verriet, dass er etwas von der Veranda holte, und ich wurde immer nervöser.

»Du machst es ja wirklich spannend. Bist du dir eigentlich sicher, dass du meine hohen Erwartungen erfüllen kannst? Ich mein ja nur, wenn du so geheimnisvoll bist –«

»Schsch. Du musst ganz leise sein, Brooke. Ich weiß, dass dir das schwerfällt, aber vertrau mir einfach.«

Bevor ich etwas erwidern konnte, stellte Thomas etwas vor meinen Knien ab und legte meine Hände darauf. Es war ein Karton.

»Das bewegt sich!«, schrie ich spitz und rechnete bereits mit dem Schlimmsten. »Ich warne dich, wenn da eine Riesenspinne drin ist, dann bring ich dich um!« Thomas hatte schon häufiger versucht, mir über meine Angst vor den haarigen Achtbeinern hinwegzuhelfen, aber so etwas würde er mir nie antun.

Wieder raschelte der Karton, und ich fuhr mit den Fingerspitzen den Rand entlang, sodass ich unter ihn greifen und den Deckel entfernen konnte.

Einen Moment lang blieb es still. Lediglich Thomas' Atem erfüllte den Raum und machte ihn lebendig. Gerade als ich ihn fragen wollte, ob ich die Augenbinde abnehmen dürfe, spürte ich etwas Nasses an meinen Fingern. Etwas Nasses und Warmes. Ich öffnete unter dem Tuch die Augen, und als ich merkte, wie eine kleine Zunge über meinen Daumen leckte, konnte ich nicht länger warten. Das war keine Spinne! Ich ignorierte Thomas' Protest und riss mir das Tuch vom Gesicht.

Ein paar Sekunden setzte mein Herz aus. Meine Kehle schnürte sich zu, und in meinen Augen brannten Tränen, als ich dem niedlichsten Geschöpf der Welt ins Gesicht sah. Große runde Kulleraugen, schwarz wie die Nacht. Schneeweißes Fell und spitze Ohren. Passend dazu eine schwarze Stupsnase, die meine Hand beschnupperte.

»Happy Birthday, Brooke.« Thomas kniete sich neben mich, hob das zarte Wesen vom Boden, das kaum größer als eine Handvoll war, und setzte es in meinen Schoß.

»Oh mein Gott, i-ich –« Ich konnte nichts sagen, weil die Tränen schneller waren. Sturzbäche rannen über mein Gesicht, als der Welpe mich mit großen Augen ansah und begann, meine Tränen mit seiner süßen Zunge abzuschlabbern.

»Gefällt er dir?«

Er. Der kleine Wurm in meinen Armen war ein Rüde. *Der süßeste Rüde, den ich je in meinem Leben gesehen habe.*

Seine Pfoten waren so klein, dass ich Angst hatte, ihn zu zerbrechen, wenn ich ihn zu sehr drückte. Aber ich konnte nicht anders. Er war so weich und roch so süß. Ein Blick in seine Augen brachte Eisberge zum Schmelzen und mein Herz gleich dazu.

Thomas hockte sich neben mich und streichelte den Kopf des Welpen, dem jetzt die Zunge aus dem Maul hing. Es sah aus, als würde er mich anlächeln.

»Ich liebe dich, Thomas. Weißt du das?« Wieder suchte mich ein Schluchzer heim, weil ich nicht wusste, wohin mit meinen Gefühlen. Schon als kleines Mädchen hatte ich davon geträumt, einen Hund zu haben, und plötzlich ging mein Wunsch so mir nichts, dir nichts in Erfüllung?

Thomas legte stumm seine Hand auf meine. Er sagte nicht oft, dass er mich liebte. Nicht, weil er nicht dasselbe empfand wie ich, nein. Thomas Morgan musste diese drei Worte nicht aussprechen, um es mir zu zeigen. Die Art und Weise, wie er mich ansah, reichte als Beweis. Wenn er mich abends im Bett an sich presste und mit dem Finger Kreise über meine Wange zog, schrie sein Körper lauter *Ich liebe dich*, als es Worte je könnten.

»Sieh dir sein Halsband an.« Thomas deutete mit einem Nicken auf das schwarze Band. Ich fuhr mit der freien Hand über das Leder, und als ich schließlich einen Anhänger ertastete, schob ich das weiße Fell zur Seite und brach in schallendes Gelächter aus. Neue Tränen schossen in meine Augen, während ich vorlas, was auf der silbernen Medaille geschrieben stand: »Ich bin dein Schattenwolf.«

Ich lehnte meinen Kopf gegen Thomas' Brust, der jetzt hinter mir saß und mich an sich zog. Hinter mir der Mann, den ich mehr als mein Leben liebte, und vor mir das süßeste Geschöpf dieser Welt. In diesem Augenblick war mein Leben trotz hoher Schulden bei der Bank und unserer mehr als anstrengenden Verwandten perfekt.

»Du bist ein Schattenwolf, ja?« Ich hob den kleinen Spitz in die Luft und gab ihm einen Kuss auf die feuchte Nase. Sofort schnellte seine Zunge über die Stelle, die mein Mund berührt hatte.

»Siehst du nicht, wie gefährlich er ist? Definitiv ist der kleine Kerl ein Schattenwolf. Er würde ganz Westeros auslöschen, um dich zu beschützen.«

Thomas und ich liebten es, abends im Bett zu liegen und gemeinsam in Serienwelten abzutauchen. Wir sahen Michael Scofield dabei zu, wie er in *Prison Break* seinen Bruder aus dem Gefängnis holte. Sahen, wie in *Lost* eine Insel Menschen verband und wieder entzweite. Beobachteten Walter White dabei, wie er zu einem Drogenboss mutierte und hellblaue Kristalle unter die Leute brachte. Wie Rick Grimes allein in einem Krankenhaus in einer Welt voller Untoter aufwachte.

Und seit Neuestem tauchten wir in die Intrigen der sieben Königslande ein. Jeden Abend verbrachten wir vor dem Fernseher und liebten *Game of Thrones* mit jeder Folge und jedem Tod eines Protagonisten mehr.

Eine Weile lang sah ich den kleinen Kerl in meinen Händen noch bewundernd an und genoss das Kribbeln auf meiner Haut, weil Thomas meinen Nacken massierte. Ich liebte ihn mit jeder Sekunde unseres gemeinsamen Lebens inniger.

»Wir nennen ihn Ghost«, platzte es aus mir heraus. Es musste so sein. Kein Name passte besser zu dem Fellknäuel als dieser. Thomas' Brust bebte an meinem Rücken, weil er lachen musste.

»Okay, dann also Ghost.« Thomas gab mir einen Kuss auf die Haare und kämpfte sich zurück in den Stand, während ich weiterhin auf dem Boden saß und Ghost kraulte. Der kleine Kerl warf sich in meinem Schoß auf den Rücken und schien es zu genießen, wie meine Finger Kreise über seinen weichen Bauch zogen. Kleine schwarze Tupfer auf seiner Haut ließen ihn wie ein Kunstwerk aussehen.

»Kann ich euch einen Moment allein lassen?« Thomas schnipste mit seinen Fingern vor meiner Nase, damit ich ihm meine Aufmerksamkeit schenkte. Aber ich konnte mich einfach nicht von Ghost und seinem zuckersüßen Gesicht trennen.

»Ich denke, ich bin in guten Händen«, versicherte ich ihm.

Thomas gab mir einen Abschiedskuss auf die Stirn und schlüpfte in seine Jacke. »Gut. Der kleine Ghost braucht nämlich noch ein Körbchen.« Im Vorbeigehen schnappte er sich den Autoschlüssel vom Schlüsselbrett und lief zur Veranda.

»Als würde er in einem Körbchen schlafen, Schatz. Du schläfst bei Mommy im Bett, oder?« Ich beugte mich hinunter und strich mit meiner Nase über die des Welpen.

Hätte ich gewusst, was als Nächstes folgen würde, hätte ich alles anders gemacht. Ich hätte Ghost zurück in seinen Karton gesetzt und wäre zur Tür gerannt, um Thomas aufzuhalten. Hätte ihm einen Kuss auf den Mund gedrückt und ihn gebeten, erst am nächsten Tag zu fahren. Oder nie wieder in unseren alten Wagen zu steigen. Hätte ich doch nur gewusst, dass mein Leben bald schon ein Trümmerhaufen sein würde. Dann hätte ich nie zugelassen, dass die Tür hinter ihm ins Schloss fiel. Aber ich wusste es nicht besser. Und so ließ ich ihn gehen – ohne zu ahnen, dass es mein Untergang sein würde.

1

Brooklyn

Ein Jahr, Thomas. Ein Jahr kann so unfassbar lang sein. Ein Jahr, in dem ich sinnlos die Wände angestarrt habe. Ein Jahr, in dem ich Tag für Tag dein Shirt getragen habe, das du an deinem letzten Tag anhattest. Nur ohne all das Blut an der Stelle, unter der dein Herz ein letztes Mal schlug.

Ich wollte es anziehen, so wie es war, aber jemand hat es mir entrissen und gewaschen. Wieso? Dein Blut ist das Letzte, was mir von dir geblieben ist. Sonst nur noch Erinnerungen.

Und so makaber es auch klingt, die roten Flecken auf dem weißen, ausgeblichenen Coldplay-Shirt zeigen mir wenigstens, dass du einmal gelebt hast. Mit mir. Zusammen.

Wir hatten uns immer geschworen, alles gemeinsam zu meistern. Weißt du noch, Thomas? Wieso ... also, wieso atme ich noch, obwohl du nicht mehr da bist?

...

»Was sucht ein so hübsches Großstadtmädchen eigentlich in Bedford?« Der alte Mann wirft mir verstohlene Blicke zu, und ich überlege, wie viel ich bereit bin, ihm anzuvertrauen.

Da ich keinen Wagen mehr besitze und auch kein Geld hatte, um mir ein Zugticket zu kaufen, musste ich mir eine Alternative überlegen. Und neben der sitze ich gerade. Harry James Bricks war so nett, mich in Manchester am Straßenrand aufzusammeln und von dort aus in mein neues Leben zu fahren, auch wenn er mich gar nicht kennt und ich eine Psychopathin sein könnte.

»Die Fahrt ist allein doch viel zu langweilig«, sagte er. Also schmiss ich meine Tasche auf die Ladefläche des schwarzen Trucks und stieg ein.

Normalerweise vertraue ich niemandem blind, aber dieser alte Mann mit den geschwungenen Falten auf der Stirn, der Hornbrille und den grauen Fusseln auf dem Kopf hat mein Herz im Sturm erobert. Bei niemandem wäre ich lieber mitgefahren als bei diesem Mann Mitte sechzig, der alte TV-Serien zitiert und eine CD von Coldplay im CD-Player hat. Außerdem hatte er kein Problem damit, dass mein Gefährte mit seinem Fell die Rückbank ruiniert. Ich betrachte Harrys Profil und lächle.

Was dieser Mann an sich hat? Ich weiß es nicht. Vielleicht erinnert er mich insgeheim an Grandpa. Meinen Grandpa, der jetzt einer von tausend Sternen am Himmel ist. Er hatte die gleiche markante Nase, die gleichen braunen Augen, und selbst die Stimmen ähneln einander. Würde es zu jedem Menschen einen Doppelgänger geben, wäre Harry der meines Großvaters. Allein deshalb vertraue ich ihm blind, auch wenn es naiv ist.

»Ich habe ein Jobangebot in Bedford«, erkläre ich ihm. Beim Gedanken an die bevorstehende Zeit und die Veränderungen in meinem Leben schlägt mein Herz doppelt so schnell.

»Und wieso ausgerechnet in Bedford, Kind? Es gibt doch in Manchester so viele Möglichkeiten, sich zu verwirklichen.«

Mein Herz verkrampft sich, weil ich ihm gern meine Seele ausschütten würde. Aber um meine Geschichte zu erzählen, bräuchte ich mehr als die halbe Stunde Fahrt, die uns noch bleibt. Wenn ich ihm alles berichten würde, müssten wir noch bis morgen früh weiterfahren. Außerdem darf ich nicht mit verweinten Augen zu meinem Vorstellungsgespräch gehen. Denn eines steht fest: Wenn ich den Job nicht kriege, war es das mit meinem grandiosen Neuanfang. Dann kann ich mir direkt eine neue Möglichkeit suchen, wieder günstig nach Manchester zu kommen und bei meiner Mutter einziehen.

»Manchester wurde mir einfach zu viel.« Lüge! Es wurde mir nicht zu *viel*. Sondern zu erdrückend und traurig. Wenn Erinnerungen wie ein Schatten über deinem Zuhause hängen, kommt kein Licht mehr durch. Mir bleibt nichts anderes übrig, als zu hoffen, dass Bedford mir das Licht schenken kann, das Manchester mir entrissen hat.

»Das kann ich verstehen, Kind. Meine Frau ließ in London alles stehen und liegen, um zu mir zu ziehen. Du wirst schon sehen, unsere Stadt ist unvergleichlich schön.« Ein warmes Lachen sorgt dafür, dass weitere Falten in seinem Gesicht erscheinen. Man sieht ihm an, dass die Zeit nicht spurlos an ihm vorbeigezogen ist. Genauso sieht man ihm aber auch an, dass er gelebt hat. Mit ganzem Herzen. Mit Lachen, mit Weinen und schönen Erinnerungen.

»Ich hoffe es.« Das hoffe ich wirklich. Ich klappe die Sonnenblende herunter, schiebe den Spiegel auf und richte mein blondes Haar. Seit einem Jahr trage ich es kurz. Weil es mich sonst daran erinnern würde, dass er mein langes Haar so geliebt hat. »Es sieht aus wie ein goldener Schleier«, hat er immer gesagt. Vielleicht fällt es mir leichter, weiterzumachen, wenn ich alles ausradiere, was er an mir geliebt hat. Dann tut es nicht mehr ganz so sehr weh, in den Spiegel zu sehen. Ich bin es leid, immer zwei Schritte zurückzumachen, wenn ich gerade einen nach vorn geschafft habe.

Als ich die Sonnenblende wieder hochklappen will, erblicke ich im Spiegel Ghost auf dem Rücksitz des Trucks. Ich schaue über meine Schulter und spüre einen Stich in meinem Herzen, als er mich mit seinen Knopfaugen ansieht. Ich liebe ihn über alles, und doch erinnert er mich Tag für Tag an den Schmerz, der mich langsam, aber sicher von innen auffrisst. Immerhin wurde mir an dem Tag, an dem ich ihn bekommen habe, alles entrissen.

Sachte fahre ich mit den Fingerspitzen über seine weichen Pfoten. Ghost seufzt, dreht sich auf der Rückbank einige Male im Kreis und legt sich wieder hin, um weiterzuschlafen.

»Dein Hund ist wirklich schön. Welche Rasse ist das?« Harrys braune Augen folgen meiner Hand im Rückspiegel.

»Ein japanischer Spitz.«

»Und wie alt ist der Kleine?«

Der Kleine. Mittlerweile hat Ghost eine Widerristhöhe von fast vierzig Zentimetern und besteht zu neunzig Prozent aus fluffigem Fell. Mit seinen fast vierzig Pfund würde ich ihn nicht gerade als *klein* bezeichnen.

»Er ist letzte Woche ein Jahr alt geworden.« Wieder sticht es in meiner Brust, weshalb ich die Augen schließe und die Gedanken und Erinnerungen verdränge, die in mir aufkeimen wollen. Nur noch wenige Wochen trennen mich von dem Datum, an dem mein Leben zerstört wurde. Ich hoffe, dass ich es irgendwie überstehe.

Ich setze mich wieder aufrecht hin, greife nach dem Lautstärkeregler des alten Radios und drehe Coldplays *The Scientist* lauter. Harry lässt das Ganze unkommentiert, während wir weiter durch die karge Landschaft Richtung Bedford fahren.

...

»Da wären wir.« Harry parkt den Truck in der 82 High Street, schaltet den Motor aus und deutet auf einen kleinen Laden links von uns. Das *Coffee with Art* befindet sich genau zwischen dem *Millenniums* und dem *Poppins* und sticht durch das auffällige Logo heraus. Eine kleine Eidechse wandert über die Schrift und verleiht dem Café etwas Besonderes.

Ich straffe die Schultern, schlucke den Kloß in meinem Hals herunter und springe aus dem hohen Truck. Dann fische ich meine Reisetasche von der Ladefläche, öffne die Tür zur Rückbank und mache Ghost los. Er streckt seine müden Glieder und gähnt, bevor er aus dem Wagen springt und sich ausgiebig schüttelt. Es nieselt. Wir haben Mitte Oktober, und Ghost hasst kalten Regen genauso sehr wie ich. Man sieht ihm an, dass er am liebsten einfach wieder zurück in den Truck springen und den Regen verschlafen würde.

Harry steigt ebenfalls aus und richtet sein kariertes Polohemd, das über seinem Bierbauch spannt. Danach nimmt er mich ohne Vorwarnung in die Arme und tätschelt meine Wange.

»Willkommen in deinem neuen Zuhause, Kind.«

In Gegenwart dieses Mannes fühle ich mich tatsächlich wieder wie ein Kind, obwohl ich schon dreiundzwanzig bin und eigentlich mit beiden Beinen mitten im Leben stehen müsste.

»Danke fürs Mitnehmen. Darf ich wirklich nichts für die Fahrt bezahlen? Ich fühle mich schlecht«, jammere ich und sehe ihm in die braunen Augen.

Harry winkt ab und deutet auf das Café hinter uns. »Trink dort mal mit meiner Frau und mir einen Tee, dann sind wir quitt. Ich hoffe, du findest hier, was du suchst, Brooklyn.«

Ich nicke und umarme ihn noch einmal, bevor ich die Leine von Ghost um mein Handgelenk wickle, tief durchatme und zur Eingangstür des Cafés gehe.

Meine Mutter kennt die Besitzerin des Ladens und hat dafür gesorgt, dass ich hier fürs Erste arbeiten kann. Jedenfalls, wenn ich mich nicht völlig idiotisch anstelle.

Da ich nicht weiß, ob ich Ghost mit reinnehmen darf, stelle ich mich dicht an die Scheibe und spähe hinein. Es ist bereits Abend und das Café beinahe leer.

Mein Blick wandert zu der zierlichen Frau hinter dem Tresen, und als sie mich sieht, winkt sie mich euphorisch herein. Ich öffne die Tür einen Spalt und deute auf Ghost. Der Duft von frischem Kaffee schlägt mir entgegen, gemischt mit dem Geruch von warmem Käsekuchen. Gott, mir ist gar nicht aufgefallen, wie hungrig ich bin, aber jetzt könnte ich einen ganzen Kuchen allein verputzen.

»Was mache ich in der Zeit mit ihm?«, rufe ich ihr unsicher zu.

Die Frau wirft sich ein Handtuch über die Schulter, bindet ihre Schürze enger und kommt auf uns zu. Sie trägt silbern gefärbtes Haar und eine überdimensional große Brille. Ich bin nicht gut im Schätzen, aber ich vermute, dass sie etwa so alt ist wie ich.

»Gott, ist der flauschig«, quiekt sie und geht in die Hocke, um Ghost zu begrüßen. Mein Fellknäuel wirft sich bereitwillig auf den Rücken und lässt sich von der Fremden den Bauch kraulen. »Entschuldige. Ich liebe Hunde!« Die Frau richtet sich auf und nimmt mich in die Arme, als würden wir uns schon ewig kennen. Dabei habe ich sie noch nie zuvor gesehen! »Ich bin Molly. Deine Mom hat mir so viel von dir erzählt. Komm mit!« Sie packt mich an der Hand und zieht mich hinter sich her.

»Aber hier dürfen doch sicher keine Hunde rein, oder?« Unsicher folge ich ihr, und Ghost tapst hinterher. Ich bin mir sogar sicher, dass draußen ein großes *Hunde-Verboten*-Schild hängt.

Molly schüttelt den Kopf. »Ist doch nur kurz, komm, wir gehen in den Personalraum, dann sehen die Gäste ihn nicht.«

Während wir den Tresen ansteuern, kann ich meinen Blick nicht von den Wänden nehmen. Das hier ist ein Traum für einen Buchliebhaber wie mich. An der Wand links von mir reiht sich Buchrücken an Buchrücken, und auf der anderen Seite klafft eine Art Durchreiche in der Wand, in der sich ebenfalls Bücher stapeln, als hätte sie gerade erst jemand gelesen und dann dort abgelegt.

Eine Treppe führt in den ersten Stock; der Weg dorthin wird eingerahmt von Abdrucken berühmter Gemälde. Jetzt verstehe ich, wieso das Café seinen Namen trägt. Alles hier drin schreit nach Kunst!

»Danke, dass ich hier aushelfen darf. Ich wüsste nicht, was ich sonst tun sollte.«

Gemeinsam betreten wir den gemütlich eingerichteten Personalraum. Molly geht zu der eingebauten Küchenzeile, nimmt eine Schüssel aus dem Hängeschrank und füllt sie mit Wasser, bevor sie sie auf dem Boden abstellt. Ich leine Ghost ab, und sofort beginnt er zu trinken, als hätte er seit Jahren keinen Tropfen Wasser gesehen.

»Deine Mom kennt meine Mom schon seit Ewigkeiten. Und als sie mir von dir erzählt hat, hey, da wollte ich dich unbedingt kennenlernen!«

Ich runzle die Stirn. Was soll meine Mutter schon über mich erzählt haben? Dass ich vor einem Jahr zu einer Eigenbrötlerin geworden bin, die den Großteil des Tages mit Schlafen und Lesen verbringt? Nicht sonderlich interessant.

»Woher kennen sich unsere Mütter eigentlich?« Ich fahre mit den Fingerspitzen über eine Reihe alter und neuer Bücher, die in dem klapperigen Regal neben mir stehen. Von Jane Austin bis J. K. Rowling ist alles vertreten, und es lässt mein Herz höherschlagen.

»Unsere Mütter sind zusammen zur Schule gegangen. Später ist meine zu meinem Dad nach Bedford gezogen.« Molly gießt mir, ohne mich zu fragen, einen Kaffee mit Milch ein. Als sie schließlich noch einen Schuss Honig dazugibt, wird mir klar, dass sie mehr über mich weiß als die Hälfte meiner alten Freunde.

Mom muss wirklich ausgepackt haben!

»Hier.« Sie reicht mir den Kaffee und deutet auf den Tisch.

Ich ziehe den Stuhl zurück und setze mich neben sie, während sich Ghost unter den Tisch kämpft und auf meine Füße legt. Er ist einfach die beste Fußheizung der Welt.

»Hast du schon eine Wohnung gefunden?«

»Noch nicht.« Ich lache unsicher, auch wenn sich gleichzeitig alles in mir verkrampft. Auf die Frage, wie man in eine wildfremde Stadt ziehen kann, ohne sich zuvor eine Wohnung gesichert zu haben, weiß ich selbst keine Antwort. Alles, was ich wollte, war auszubrechen und die Dunkelheit hinter mir zu lassen. »Ich habe in einer Stunde einen Besichtigungstermin in der Silver Street, direkt neben *Marks & Spencer*. Wenn ich die Wohnung nicht kriegen sollte, muss ich wohl auf der Straße schlafen.« Ich zucke mit den Schultern, als würde es mir nichts ausmachen, obdachlos zu sein.

Molly reißt die Augen auf und tätschelt meine Hand. Wieso benehmen sich hier alle wie meine Großeltern? Ist das irgend ein seltsamer Fetisch?

»Okay, pass auf. Ich hab gerade eine ziemlich miese Trennung hinter mir. Und ich könnte jemanden gebrauchen, der mich davon abhält, jedes Möbelstück, auf dem ich mit diesem Idioten Sex hatte, in Kleinholz zu verwandeln. Also, wenn du willst, kannst du bei mir wohnen, bis du etwas gefunden hast.«

Ich verschlucke mich an dem heißen Kaffee. Prustend versuche ich, Luft zu holen, und Tränen schießen mir in die Augen. Will ich ihr Angebot wirklich annehmen, wenn sie *überall* in ihrer Wohnung Sex hatte?

Ihre grünen Augen leuchten, als sie mir in den Arm kneift. »Das war ein Scherz, Mensch. Aber einsam ist die Wohnung wirklich, seit er weg ist. Also, überleg es dir.«

Ich lasse ihre Worte sacken und genieße Ghosts Wärme auf meinen Füßen.

»Danke, Molly.« Ich deute auf das Café hinter uns. »Wie sieht es aus? Soll ich morgen erst einmal zur Probe arbeiten?« *Bitte sag Nein!* Ich habe zwar genug Erfahrung im Kellnern, aber falls ihr irgendetwas nicht passt, stehe ich nicht nur ohne Wohnung, sondern auch ohne Job und damit ohne Geld da. Meine Ersparnisse sollten mich zwar über die ersten zwei Monate bringen, aber für länger reicht es definitiv nicht.

»Quatsch. Deine Mom hat mir erzählt, dass du dich auskennst. Mach dir mal keinen Kopf, Brooklyn. Komm einfach um neun her, und dann arbeite ich dich ein.«

Molly zieht mich in ihre Arme – und überrumpelt mich damit erneut. Trotzdem lasse ich die Umarmung zu und genieße die Nähe. Molly hat etwas Erfrischendes. Bei ihr fühlt es sich an, als würde ich sie schon mein ganzes Leben lang und nicht erst seit fünf Minuten kennen. Es ist gut, schon am ersten Tag in Bedford jemanden zu treffen, der einem das Gefühl gibt, hier willkommen zu sein.

»Danke«, flüstere ich in ihr silbernes Haar.

· · ·

Das Wohnhaus in der Silver Street wirkt alles andere als einladend. Es ist kurz vor sieben am Abend, als ich die trostlose graue Fassade anstarre und überlege, gleich wieder in Richtung Café zu rennen und Molly zu sagen, dass ich ihr Angebot annehme. Neben den verklinkerten und gepflegten Einfamilienhäusern wirkt dieses hier ganz schön verloren.

Ghost sucht unter dem kleinen Vordach des Hauses Schutz vor dem Regen und sieht mich an, als würde er mir einen Schubs verpassen wollen, damit wir endlich ins Trockene kommen.

»Entschuldigen Sie, sind Sie Miss Parker?« Die Stimme einer älteren Frau schreckt mich auf, doch nachdem ich mich zu ihr umgedreht habe, entspanne ich mich sofort wieder. Das muss die Vermieterin sein, mit der ich wegen des Besichtigungstermins telefoniert habe.

»Ähm, ja. Brooklyn Parker«, stelle ich mich der Dame im gelben Regenmantel vor. »Ich habe mich auf die möblierte Wohnung beworben.« *Und kann nur hoffen, dass das Apartment von innen mehr hergibt als von außen.*

»Na, dann kommen Sie mal mit rein, bevor Sie noch ganz durchnässt sind.« Im Vorbeigehen streichelt sie Ghost über den klammen Kopf, dann schließt sie die Tür auf. Sie ist mir sofort sympathisch, weil sie meinem Hund Beachtung geschenkt hat. Wenn ich etwas nicht leiden kann, dann Menschen, die ihn anstarren, als wäre er ein Flohteppich, der nichts anderes kann, als zu bellen und das Bein zu heben.

Im Hausflur ist es noch kälter als draußen, und es riecht nach Putzmittel. Ich ziehe Ghost zu mir und folge der Dame mit der grauen Dauerwelle nach oben in die zweite Etage. Dort befinden sich zwei Wohnungstüren, und wir steuern die rechte von ihnen an.

»Das Apartment steht seit einem halben Jahr leer. Wir suchen schon länger einen Nachmieter für Miss Welsh.« Mit diesen Worten öffnet die Vermieterin die Wohnung und bittet mich hinein.

Ich streife mir die Schuhe von den Füßen, um den Dielenboden nicht zu beschmutzen, und ziehe mir die Kapuze vom Kopf.

»Kommen Sie, ich zeige Ihnen alles. Die Möbel können Sie benutzen, es passt zwar nicht alles zueinander, aber es hat seinen Charme.«

Wir betreten einen kleinen, aber gemütlichen Wohnbereich, und sofort weiß ich, was sie meint. Alles wirkt zusammengewürfelt: das schwarze Sofa, der rotbraune Couchtisch, die weiße Kommode neben den bodentiefen Fenstern. Und doch muss ich zugeben, dass ich überrascht bin, wie sehr mir eben dieser Charme gefällt. Als hätten in dieser Wohnung unzählige Leute ihr Leben miteinander zu einem einzigen Kunstwerk verschmolzen.

»Hier finden Sie die Küche. Ebenfalls von Miss Welsh zurückgelassen.«

Gemeinsam gehen wir in den kleinen Raum, der alles hat, was man für einen Neuanfang braucht. Die Küchenschränke waren sicher einmal weiß, jetzt sind sie leicht vergilbt. Nichts, was man nicht mit Schleifpapier und ein wenig Farbe wieder auffrischen könnte. Ein runder Tisch in der Mitte bietet gerade so zwei Leuten Platz zum Frühstücken, aber da ich in absehbarer Zeit ohnehin niemanden einladen werde, reicht es vollkommen aus. Ghost tapst uns bei jedem Schritt hinterher, und als wir das Bad erreichen, schmiegt er sich an meine Kniekehlen.

»Die Wasserleitungen wurden erst kürzlich repariert, und mein Neffe hat die Dusche neu gefliest. Ich weiß, es ist nicht gerade riesig, aber –«

»Es reicht vollkommen«, versichere ich rasch. Schließlich habe ich keine Alternative und darf nicht wählerisch sein. Außerdem ist alles sauber und ordentlich. Wenn ich mir die Möbel alle selbst zulegen müsste, würde ich ein halbes Vermögen dafür ausgeben müssen. Und das besitze ich nicht.

»Gut, dann zeige ich Ihnen noch das Schlafzimmer.«

Es liegt direkt gegenüber dem Bad und ist sicher doppelt so groß wie mein Schlafzimmer in Manchester.

»Das Bett ist frisch bezogen, im Kleiderschrank befinden sich einige Handtücher und Laken, die Sie benutzen können, wenn Sie möchten.«

Das letzte Licht des Abends durchflutet den Raum. Ghost macht es sich auf dem dunklen Teppichboden bequem, während ich die Ecken nach Schimmel absuche und erleichtert ausatme, als ich keinen entdecke. Mein Hund liebt Teppiche. Man sieht ihm an, dass er froh darüber ist, nicht in jedem Raum auf den Dielen liegen zu müssen. Mein Blick wandert über das Bett, vorbei am Fenster, hin zum geräumigen Kleiderschrank, einer Tür – ich stutze. Eine Tür? Ich gehe zu ihr hinüber und will sie öffnen, aber sie ist verschlossen.

»Was befindet sich dahinter?« Neugierig fahre ich mit den Fingern über das Holz und sehe die Vermieterin fragend an. Sie weicht meinem Blick aus, und ich erkenne an ihrer Körpersprache, wie nervös sie plötzlich ist. *Okay, jetzt wird es spannend.*

»Das ist das einzige Manko an der Wohnung«, sagt sie und tritt auf mich zu. »Die Vormieterin hat damals die ganze Etage für sich genutzt und aus den beiden Wohnungen eine gemacht, indem sie eine Tür einsetzen ließ.«

Ich reiße die Augen auf und blicke fassungslos zwischen der Tür und der Dame hin und her. Das kann sie unmöglich ernst meinen! Ghost beginnt, laut zu schnarchen, während der Regen vor den Fenstern immer heftiger wird.

»Wollen Sie damit sagen, dass jemand Zugang zu meinem Schlafzimmer hat?«

Sie schüttelt energisch den Kopf, aber alles, was ich anstarren kann, ist die Tür. Direkt neben dem Bett, in dem ich Nacht für Nacht schlafen soll.

»Keine Sorge, weder der Nachbar noch Sie haben einen Schlüssel für diese Tür. Als Miss Welsh verstorben ist, haben wir die gesamte Wohnung nach einem durchsucht und nichts gefunden. Ihr Nachbar hat also keinen Zugang zu Ihrer Wohnung. Glauben Sie mir, Sie werden ganz schnell vergessen, dass es diese Tür überhaupt gibt.«

Ich lache verunsichert, obwohl mir eigentlich zum Schreien zumute ist. Bis eben bin ich fest davon ausgegangen, dass ich die Wohnung nehmen werde – jetzt weiß ich gar nichts mehr. Ich meine, da ist eine verdammte Tür neben meinem Bett! Irgendwie fühle ich mich wie in einem schlechten Horrorfilm aus den Sechzigern.

»Wieso haben Sie die Tür nicht zumauern lassen?«, frage ich sie und ringe innerlich mit mir. Wenn ich diese Wohnung nicht nehme, kann ich zwar bei Molly unterkommen, aber wer weiß, wann wieder so ein erschwingliches Angebot auf den Markt kommt. Alle anderen Wohnungen, die ich im Internet gesehen habe, liegen preislich deutlich über meinem Budget, und das Gehalt im *Coffee with Art* wird zu meinem Bedauern auch nicht gerade mein Konto sprengen.

»Mein Mann ist krank geworden und hat nicht mehr die Kraft, es selbst zu regeln. Außerdem sind die Mieten dafür zu niedrig und die Handwerker zu teuer.« Sie schaut so traurig drein, dass es mir beinahe leidtut, sie angefahren zu haben. Und in einem Punkt hat sie recht: Die Miete ist wirklich bezahlbar.

»Und es gibt ganz sicher keinen Schlüssel mehr?« Ich blicke noch einmal zur Tür und kann nicht glauben, dass ich tatsächlich darüber nachdenke, die Wohnung trotzdem zu nehmen. Wenn ich genug Geld zusammenkratze, kann ich mir vielleicht in einigen Wochen einen Handwerker leisten, der das regelt.

»Ganz sicher. Ich weiß, dass es ein Schock für Sie sein muss, aber leider kann ich Ihnen nichts anderes anbieten. Alle anderen Wohnungen in diesem Haus sind vermietet.«

»Tja, und ich brauche dringend eine Wohnung«, murmle ich und wippe nervös mit dem Fuß auf und ab.

Die Dame legt mir eine Hand auf die Schulter und lächelt mich warm an. »Ich mache Ihnen ein Angebot: Sie dürfen die Nacht hier verbringen und noch einmal drüber schlafen. Morgen klären wir dann alles Weitere. Na, wie klingt das?«

Ohne zu zögern, antworte ich: »Das klingt perfekt.«

Sie nickt zufrieden und zeigt mir anschließend noch den Stromkasten und eine kleine Abstellkammer im Flur.

Draußen gießt es inzwischen in Strömen, und ehe ich mich jetzt auf den Weg zu Mollys Apartment am anderen Ende der Stadt mache, nehme ich lieber das Angebot der netten Vermieterin an und verbringe die Nacht hier. Außerdem gefällt mir die Wohnung ansonsten wirklich gut. Wäre da bloß nicht diese Tür …

»Vielen Dank. Den Rest besprechen wir dann morgen.« Ich begleite die Dame hinaus und blicke mich unauffällig im Hausflur um. Wer wohl mein Nachbar ist?

Gott, der Mensch muss wirklich verrückt sein, wenn er sich ohne Weiteres auf so eine Wohnung eingelassen hat. *Immerhin haben wir damit schon eine Gemeinsamkeit ...*

»Bis morgen, Miss Parker. Haben Sie eine angenehme Nacht.« Die Vermieterin verschwindet im Treppenhaus, während ich die Wohnungstür schließe und zurück ins Schlafzimmer gehe.

Mein Blick haftet an der Tür, und selbst, als ich mich ins Bett lege und mich kurz von der anstrengenden Fahrt ausruhen will, kann ich nicht aufhören, sie anzustarren. Mir geht die Vorstellung nicht aus dem Kopf, dass ich nachts wach werde und mein Nachbar vor mir steht und mich beim Schlafen beobachtet.

Eine Weile liege ich einfach nur auf der Matratze, bevor ich mich zur Seite rolle, meine Tasche ans Bett ziehe und sie öffne. Ganz oben liegt es. Ich greife nach dem verwaschenen Shirt, ziehe meines aus und streife mir stattdessen seines über.

Immer, wenn ich es trage, fühle ich mich wieder sicherer. Als wäre er dadurch wieder bei mir. Als würde es immer noch nach ihm duften, obwohl sein Geruch längst durch die vielen Waschgänge verflogen ist.

Ich lege mich zurück in die Kissen und starre an die Tür. Male mir aus, wie mein Leben hier verlaufen könnte, wenn ich mich tatsächlich für die Wohnung entscheide. Währenddessen prasselt der Regen lautstark gegen die Fensterscheibe hinter mir.

Eine Ewigkeit vergeht, und als Ghost schließlich auf das Bett springt und sich an mich kuschelt, fühlt es sich fast so an, als würde ich nach Hause kommen. Er bettet seine Schnauze auf meinen Bauch und sieht mich aus traurigen Knopfaugen an.

»Ich vermisse ihn auch«, sage ich leise, obwohl ich die Worte am liebsten hinausschreien würde.

Ghost leckt sachte über meine Hand, und als sich die erste Träne aus meinem Auge stiehlt, weiß ich, dass es keinen Sinn hat, vor dem Schmerz davonzulaufen. Er findet mich überall. Ich kann nur lernen, damit zu leben.

2

Brooklyn

»Also nehmen Sie die Wohnung?«

Ich blicke ein letztes Mal zu der Tür neben meinem Bett und nicke geistesabwesend. Habe ich eigentlich völlig den Verstand verloren? Die halbe Nacht lag ich wach, weil ich das Gefühl hatte, beobachtet zu werden, und trotzdem stehe ich jetzt vor der Vermieterin und nicke?

»Sie werden es nicht bereuen. Von hier aus haben Sie eine perfekte Bus- und Bahnanbindung. Außerdem können Sie alles Wichtige zu Fuß erreichen.« Die Dame mit den tiefblauen Augen stellt ihre Tasche auf der Kommode ab und kramt einen Vertrag hervor. »Lesen Sie ihn sich in Ruhe durch und rufen Sie uns gern an, wenn Sie Fragen haben.«

Ich werfe ihr ein müdes Lächeln zu und nicke.

»Willkommen in Bedford, Miss Parker.« Mit diesen Worten verlässt die Vermieterin die Wohnung.

Schläfrig werfe ich einen Blick auf die Uhr.

»Mist«, murmle ich, als ich sehe, dass es schon kurz nach acht ist. In einer Stunde muss ich im Café sein und vorher noch mit Ghost Gassi gehen!

»Komm, Süßer, wir müssen uns beeilen!« Ich renne zur Tür, und Ghost folgt mir schwanzwedelnd. Nachdem ich ihn angeleint und mir meinen Schlüssel geschnappt habe, betrete ich den Hausflur. Gerade als ich hinter mir abschließen will, beginnt Ghost, tief zu knurren, und ehe ich ihn aufhalten kann, reißt er mir die Leine aus der Hand und stürmt zur Wohnungstür des Nachbarn. Ein Satz meines wild gewordenen Hundes, und sie springt auf.

»Was zum Teufel?« Ich laufe ihm hinterher, bleibe dann aber regungslos im Türrahmen stehen, als würde ein Fluch auf der Schwelle liegen. »Ghost, komm zurück!«, zische ich möglichst leise. Aber außer einem Rascheln höre ich nichts, und von meinem Fellknäuel fehlt jede Spur.

»Entschuldigung? Ist da jemand?«, rufe ich ins Innere der Wohnung, aber ich bekomme keine Antwort. Ob die Tür offen stand? Aber wo zur Hölle ist der Besitzer? Panisch blicke ich mich um, kann aber im dunklen Flur vor mir nicht viel erkennen.

»Ghost!« Als ich ein lautes Fauchen aus dem Raum gegenüber wahrnehme, schlage ich alle Vorbehalte in den Wind und eile in die fremde Wohnung.

Ghost bellt sich die Seele aus dem Leib, und als ich den Raum – sicherlich das Wohnzimmer – betrete, sehe ich auch, was ihn so wütend macht: Eine dicke orangefarbene Katze hockt auf einem Kratzbaum in der Ecke und faucht meinen Hund an.

Ich habe keine Zeit, weiter nach meinem Nachbarn zu suchen – Ghost springt bereits gegen den Kratzbaum, und das Konstrukt aus Kordeln und Seilen gerät ins Wanken. Sekunden später stürzt es zur Seite und reißt eine Vase auf dem Fensterbrett um, die klirrend auf dem Boden zerspringt. Die Katze hat sich auf das Sofa gerettet.

Ich nehme Ghost beim Halsband und zerre ihn schimpfend von der Katze weg. *Gott, wenn ich hier erwischt werde, kann ich gleich wieder meine Sachen packen!* Auf keinen Fall will ich Krieg mit einem Nachbarn, der nur eine Tür eintreten muss, um in meinem Schlafzimmer zu stehen! Keine Ahnung, wieso, aber instinktiv gehe ich davon aus, dass mein Nachbar ein Mann ist.

Ich stürme mit Ghost aus der Wohnung, schließe zitternd meine auf und schiebe den kleinen Teufel hinein. Ohne ihn gehe ich zurück in das gegenüberliegende Apartment, um das Chaos zu beseitigen, bevor noch jemand aufgrund des Krachs die Polizei ruft. Auf keinen Fall kann ich meinen ersten Arbeitstag auf dem Revier verbringen.

Mit den Händen sammle ich die Scherben vom Boden auf, verstaue sie in meiner Handtasche und stelle den Kratzbaum wieder an seine Position. Wäre die Vase nicht kaputt, würde niemand bemerken, dass ich hier war.

Die Katze schwänzelt derweil zwischen meinen Beinen herum. Ich gehe in die Hocke und sehe dem Tier, das fast so groß ist wie mein Hund, in die Augen. Sie mauzt mich an, und ich streichle ihr über den weichen Kopf. Ihr Fell hat eine interessante Färbung aus Orange- und Brauntönen. Ihre Augen sind strahlend grün.

»Wo ist denn dein Herrchen, hm?« Suchend blicke ich mich um, kann aber niemanden entdecken. Die Wohnung sieht genauso zusammengewürfelt aus wie meine, und ich frage mich, ob mein Nachbar sie auch möbliert übernommen hat. Wegen der fehlenden Deko festigt sich der Eindruck, dass hier ein Mann mit seiner Katze wohnt. Vermutlich allein, denn auf den ersten Blick weist nichts auf eine Frau hin.

Weil ich mich nicht einfach ohne eine Erklärung aus dem Staub machen kann und nicht am Ende des Tages als Einbrecherin gelten will, suche ich in der Wohnung nach Zettel und Stift, um wenigstens eine Nachricht zu hinterlassen.

Ihre Tür stand offen. Deshalb gab es einen kleinen Krieg zwischen meinem Hund und Ihrer Katze, dem Ihre Vase zum Opfer gefallen ist. Die Vase ersetze ich Ihnen, melden Sie sich einfach bei mir.
Mit freundlichen Grüßen,
Ihre neue Nachbarin
Brooklyn Parker

Ich klemme den Zettel unter einem Glas auf dem Couchtisch ein und verlasse anschließend mit klopfendem Herzen die Wohnung. Was für ein turbulenter Einstieg in mein neues Leben ...

· · ·

»Noch mal zum Mitschreiben.« Molly kratzt sich am Kopf, ihre Mähne trägt sie heute zu einem französischen Zopf geflochten. »Also. Du ziehst tatsächlich in eine Wohnung ein, die durch eine Tür in deinem Schlafzimmer mit der Wohnung deines Nachbarn verbunden ist?«

Ich nicke.

»Und als ob das nicht schon seltsam genug wäre, steht seine Wohnungstür morgens einfach offen, dein Hund riecht sein Monster von Katze und will aus ihr Hundefutter machen. Dabei reißt er den Kratzbaum um und verwüstet sein Wohnzimmer.«

Wieder nicke ich und spüre, dass mir der Schweiß auf der Stirn ausbricht, wenn ich nur daran denke, nach der Arbeit in meine Wohnung zurückkehren zu müssen.

»Deine Mutter hat viel über dich erzählt, Brooklyn. Und dass du deinen Kaffee mit Honig trinkst, hätte Warnung Nummer eins sein müssen. Aber sie hat mir nicht gesagt, dass du verrückt bist!« Molly grinst übers ganze Gesicht, als ich den Kopf in den Nacken lege und die Augen schließe.

»Ich weiß doch auch nicht, was in mich gefahren ist! Ich brauche eine Wohnung, und sie ist echt gemütlich. Na ja, wenn man die Tür außer Acht lässt«, erwidere ich verzweifelt. Außerdem bleibt mir keine andere Wahl. Entweder ich vertraue aufs Beste und warte, bis ich mir einen Handwerker leisten kann, oder ich bin obdachlos.

»Tja, dann bleibt nur zu hoffen, dass nebenan kein verrückter Katzenfanatiker wohnt, der dich und deinen Hund verklagen wird, wenn er deine Nachricht liest.«

»Sehr witzig.« Ich werfe Molly einen bösen Blick zu und binde mir die Schürze um. Ich brauche Ablenkung: dringend! »Und jetzt hilf mir, ganz schnell Geld zu verdienen, damit ich die Tür zumauern lassen kann!«

· · ·

Sechs Stunden später schmerzen mir die Knie vom vielen Rennen, und doch erfüllt es mich mit Befriedigung, zu wissen, dass ich etwas getan habe. Dass ich den Tag nicht wie sonst sinnlos im Bett verbracht habe, sondern mich aufraffen konnte. Etwas, das in letzter Zeit so gut wie nie vorgekommen ist.

Nachdem Molly mir nach Feierabend noch die wichtigsten Ecken in der Umgebung beschrieben hat, packt sie mir die Kuchenreste aus dem Café ein, damit ich mich bei meinem Nachbarn für das Zerschmettern der Vase entschuldigen kann.

»Wenn er sich durch unseren Käsekuchen nicht milde stimmen lässt, dann ist dein Nachbar ein Freak ohne Geschmacksnerven.«

Als ich die Treppenstufen zu meiner neuen Wohnung hinaufsteige, muss ich an Mollys Worte denken und an mein Versprechen, ihr am nächsten Tag Bericht zu erstatten. Wenn ich dann noch lebe ...

Mit der freien Hand schließe ich die Wohnungstür auf, und es dauert keine drei Sekunden, bis ein vierzig Pfund schwerer Schneeball auf mich zurast und mich hechelnd begrüßt.

»Hallo, Räuber. Na, hast du die Wohnung auch heile gelassen?« Ein Blick in die Zimmer zeigt mir, dass er nichts zerstört hat. Nachdem ich Ghost in Ruhe begrüßt habe, schaue ich in den Spiegel. Der Tag hat seine Spuren hinterlassen, und so liegen meine Haare lasch an meinem Kopf an, und dunkle Schatten prangen unter meinen Augen. Im Bad schnappe ich mir meinen Concealer, um die Augenringe zu verstecken.

»Ich bringe nur schnell den Kuchen rüber, dann gehen wir raus, ja?« Ich gebe Ghost einen Kuss auf die nasse Schnauze, schnappe mir den Teller mit dem Käsekuchen und verlasse die Wohnung. Das Herz schlägt mir bis zum Hals, als mein Finger über dem Klingelschild verharrt. *C. Graham* steht da mit schwacher Tinte aufgedruckt.

Ich straffe die Schultern, setze ein freundliches »Es-tut-mir-leid-dass-ich-unerlaubt-in-Ihre-Wohnung-gegangen-bin-und-mein-Hund-Ihre-Katze-fressen-wollte«-Lächeln auf und drücke die Klingel.

Ein lautes Scheppern aus dem Inneren der Wohnung lässt mich erstarren. Schreie durchbrechen die Stille, und ich lege mein Ohr an die Tür, um zu verstehen, was da gerufen wird.

»Du wusstest, dass wir verabredet waren, Chase!« Wieder poltert es, und es klingt, als würden Teller auf dem Boden zerspringen. »Ich habe zwanzig Minuten am Kino auf dich gewartet. Hast du eine Ahnung, wie ich mich gefühlt habe? Wie ein ausgesetzter Köter!« Ich lache bitter auf, weil ich diesen Vergleich absolut lächerlich finde. Als würde irgendjemand wissen, wie sich ein ausgesetztes Tier fühlt.

Ich will gerade das Weite suchen und zurück in meine Wohnung gehen, als die Tür vor meiner Nase aufgerissen wird. Eine Frau sieht mich aus stark geschminkten blauen Augen an. Ihre braunen Haare reichen ihr bis zum Dekolleté, vor dem sie jetzt angriffslustig die Arme verschränkt.

»Na, wen haben wir denn da? Ist das die Kleine, für die du mich versetzt hast, Chase?« Ihre Stimme trieft vor Abscheu, und als sie mich mustert, rümpft sie die Nase. Sie sieht mich an, als hätte ich Syphilis. *Bitte, lass sie nicht hier wohnen!*

»Wovon zum Teufel sprichst du, Carmen?« Eine genervte Männerstimme dröhnt aus einem der Zimmer, aber das passende Gesicht dazu fehlt noch. Ich schiele der Brünetten über die Schulter, um den Mann zu entdecken, der vermutlich mein Nachbar ist, aber sie registriert es sofort und stellt sich mir schnalzend in den Weg.

»Willst du zu Chase? Dann muss ich dich enttäuschen. Er ist gerade *beschäftigt.*« Die Art und Weise, wie sie das Wort betont, lässt mich schmunzeln. Wovon zur Hölle spricht diese Frau überhaupt?

»Gott, Carmen, ich war einfach nur beim Sport und hab die Zeit vergessen. Kein Grund, einen auf Drama Queen zu machen. Wer ist an der Tür?« Wieder diese dunkle Stimme …

Ich stehe etwas unbeholfen auf der Fußmatte und atme tief durch. Dann halte ich Carmen den Teller mit dem Käsekuchen hin und übe mich darin, freundlich zu bleiben, auch wenn mir ihre überhebliche Art nicht gefällt.

»Ich bin die neue Nachbarin und wollte mich für die kaputte Vase entschuldigen. Mein Hund –« Zu mehr komme ich nicht, weil sie den Teller an sich reißt und sich von mir abwendet.

»*Sie* hat die Vase kaputt gemacht?«, ruft sie dem Mann zu, der sich jetzt im Hintergrund in mein Sichtfeld schiebt. »Dann war sie also in der Wohnung?!«

Mit diesen Worten stapft sie ins Wohnzimmer und knallt dem Mann, dessen Silhouette ich jetzt sehen kann, den Kuchen mitten ins Gesicht. Mein Mund steht offen, und meine Augen weiten sich vor Staunen. Das hat sie nicht wirklich gemacht, oder? Doch der Kuchenteig, der nun das Gesicht des Mannes verdeckt, ist Antwort genug.

»Und jetzt geh!« Millisekunden später fällt die Tür zwischen uns ins Schloss, und ich bleibe perplex an Ort und Stelle stehen. Sie hat ihm gerade tatsächlich den kostbaren Kuchen ins Gesicht geklatscht. Wenn ich das Molly erzähle, wird sie ausrasten!

Drinnen beginnt das Geschreie erneut, und weil ich nicht noch weiter in ihre Privatsphäre eindringen will, nehme ich meine Beine in die Hand und hole Ghost aus der Wohnung, um mit ihm gemeinsam die neue Umgebung zu erkunden.

Willkommen im Irrenhaus, Brooklyn.

3

Chase

»Du hast sie doch nicht mehr alle!« Ich kneife die Lider zusammen, damit der Kuchenteig nicht in meine Augen dringt, und wische mir die Reste aus dem Gesicht. Dass ich dabei den ganzen Boden einsaue, interessiert mich nicht. Carmen war schon immer impulsiv, aber das hier übersteigt selbst ihre Grenzen.

Sie steht mit verschränkten Armen vor mir und deutet auf die Sauerei am Boden. »Ist es normal, dass hier wildfremde Frauen an deiner Tür klingeln und dich mit Essen versorgen?«

Sie reißt die Brauen in die Höhe und sieht mich abwartend an, während ich mir mit der Zunge über die Lippen fahre und den süßen Teig des Käsekuchens schmecke. Den Geschmack kenne ich irgendwoher! Doch sosehr ich versuche, mir einen Reim darauf zu machen, mir fällt nichts ein. Wer bitte bringt mir Kuchen, und vor allem, wieso?

»Das ist krank, Carmen. Einfach nur krank«, zische ich sie an, obwohl mir mein scharfer Tonfall Sekunden später schon wieder leidtut. Ich bin einfach kein Arschloch, auch wenn ich es manchmal versuche.

»Was hat das denn zu bedeuten, Chase? Sag es mir. Ich hab eine Ewigkeit am Kino gestanden und auf dich gewartet! Währenddessen haben mich übrigens drei Kerle angesprochen, die gern mit dir tauschen würden.«

Ich weiß, dass sie mich eifersüchtig machen will, aber irgendwie funktioniert das nicht. Ich lasse die Kuchenreste auf dem Boden liegen, stapfe an Carmen vorbei und gehe ins Bad, um mir das Gesicht zu waschen.

»Ich hatte einen Scheißtag, okay? Mein Boss ging mir auf die Eier, und ich wollte einfach nur beim Sport abschalten. Kein Grund, hier mit Lebensmitteln um sich zu werfen!«, rufe ich ihr über meine Schulter hinweg zu.

Sekunden später steht sie mit glänzenden Augen im Türrahmen des Badezimmers. Ihre Unterlippe zittert, und ich weiß, dass sie gleich weinen wird. Obwohl ich innerlich explodieren könnte, will ich sie trösten. Ich hasse es, Menschen weinen zu sehen, vor allem, wenn sie es meinetwegen tun.

»Aber wieso war sie dann in deiner Wohnung?«, fragt sie schluckend.

Ich trockne mir das Gesicht ab, gehe auf Carmen zu und nehme ihres in meine Hände. »Von wem sprichst du?«

Carmen kramt in ihrer Jeanstasche und zückt einen Zettel, den sie mir zitternd hinhält. Ich entfalte ihn und muss lachen, als ich die Nachricht lese. Anscheinend habe ich beim Gehen heute Morgen die Tür nicht richtig zugezogen, und allein beim Gedanken an die hässliche Vase, die jetzt zerstört ist, zucken meine Mundwinkel.

Brooklyn Parker.

Den Namen habe ich noch nie gehört. Ich wusste nicht mal, dass jemand die andere Wohnung bezogen hat. Das Apartment steht schon seit Ewigkeiten leer, was in Anbetracht der Situation auch kein Wunder ist. Lebe ich tatsächlich so von der Welt abgeschottet, dass ich nichts mehr mitkriege?

Als ich die Wohnung vor einem halben Jahr gemietet habe, war ich mir sicher, dass ich meine Ruhe haben und niemand gegenüber einziehen würde, wenn er erst die Tür sieht. Doch Brooklyn Parker scheint genauso verrückt zu sein wie ich. Ein Miauen ertönt, und mein Blick fällt auf Garfield, der unschuldig um uns herumtänzelt und Aufmerksamkeit will.

»Was lächelst du so?« Carmen runzelt die Stirn und entreißt mir den

Zettel, um ihn zu zerknüllen. Dass sie eifersüchtig ist, ist nichts Neues, aber ich kann schließlich nichts dafür, was zwischen meinem Kater und Brooklyns Hund passiert ist.

»Hey.« Ich lege meine Hand unter ihr Kinn, um es anzuheben, und sehe ihr in die Augen. Die Tränen stehen immer noch kurz vor dem Ausbruch. Sie treibt mich in den Wahnsinn mit ihrer Eifersucht, doch ich versuche, mich immer wieder daran zu erinnern, dass sie mich aus einem Loch gezogen hat, in dem ich fast versunken wäre. »Ich habe diese Frau noch nie gesehen. Ich wusste ja nicht mal, dass jemand drüben eingezogen ist.«

Carmen schmiegt ihre Wange an meine Hand und schließt die Augen. Eine einzelne Träne rollt über ihr Gesicht und tropft auf meine Hand. »Aber sie ist hübsch. Etwas dürr, aber hübsch.«

Ja und? Ich gehöre nicht zu den Männern, die ihren Schwanz nicht im Griff haben. Brooklyn Parker könnte Jessica Alba 2.0 sein, und es wäre mir schlichtweg egal.

»Vertraust du mir?« Ich hauche ihr einen Kuss auf den Mund, woraufhin sie die Augen aufschlägt und sachte nickt. Wenn sie mir vertraut, wozu dann das ganze Theater? »Dann lass uns jetzt ins Kino gehen. Wenn wir uns beeilen, schaffen wir es noch in die Spätvorstellung.« Ich nehme sie bei der Hand, ziehe sie in den Flur und schnappe mir meine Jacke. Um den zermatschten Kuchen kümmere ich mich später, wenn wir zurück sind.

Als ich mit Carmen den Hausflur betrete, kann ich aus unerfindlichen Gründen nicht aufhören zu lächeln …

4

Brooklyn

»*Sie hat was?*« Molly ist außer sich vor Wut, als ich ihr am Telefon von der Kuchenaktion erzähle. »Ich kann nicht fassen, dass diese Frau einfach den Kuchen als Waffe benutzt und ihm ins Gesicht geworfen hat! Der arme Kerl.«

»Jup. Direkt zwischen die Augenbrauen. Verrückt, die Frau, sag ich dir. Ich kann nur hoffen, dass sie nicht bei ihm wohnt. Die dünnen Wände hier dämpfen Lärm vermutlich nicht besonders gut.« Es ist bereits elf Uhr abends, ich liege schon im Bett und kuschle mit Ghost, während ich mit den Fingerknöcheln gegen die dünne Wand trommle.

Nachdem wir eine passende Spazierroute absolviert hatten, habe ich angefangen, die wenigen Sachen, die ich aus Manchester mitgenommen habe, in die Schränke zu räumen. Viel ist es nicht, weil ich möglichst alles hinter mir lassen wollte.

Mein Blick ist auf die weiße Decke gerichtet, das Handy liegt auf Lautsprecher gestellt neben meinem Kopf, während Ghost sich von meiner freien Hand kraulen lässt.

»Der Frau darf ich nie begegnen. Ich sag dir, wenn jemand mit meinem Kuchen Schindluder treibt, werde ich zu einer Furie. Ja, ich würde ihr den Kuchen gern überall hineinst...«

»Pst, sei mal leise!« Ich greife nach dem Handy, stelle es auf leise und rapple mich auf. Ein lautes Poltern ist aus der Wohnung nebenan zu hören, und Sekunden später geht das Theater vom Nachmittag von vorn los. Na wunderbar! Ist das hier eine verdammte Reality Show? Wo sind die Kameras?

»Was zur Hölle ist dein Problem, Babe?«

Babe. Thomas hat mir nie so einen Spitznamen gegeben, weil er der Meinung war, kein Name könnte so schön sein wie Brooke.

»Streiten sie wieder?«, will Molly flüsternd wissen.

»Ich weiß es noch nicht. Wenn du genau hinhörst, kannst du sie vielleicht verstehen.« Ich bin mir sogar ziemlich sicher, dass bei der Lautstärke die ganze Straße den Krieg mitbekommt. Ich halte das Handy an die Wand und fühle mich wie eine Spanner_n. Aber ich habe im Schlafzimmer keinen Fernseher und irgendwie muss ich mir ja die Zeit vertreiben.

»Mein Problem? Du hattest im Kino nur Augen für sie!«, pampt Carmen ihn an, und ich höre, wie eine Tür zuschlägt, gefolgt von seinem bitteren Lachen.

»Wir waren in einem *Kino*, Carmen. Natürlich sehe ich da die Leinwand und nicht dich an. Gott, du bist manchmal wirklich unausstehlich«, gibt er knurrend zurück.

Wenn das jetzt jeden Abend so weitergeht, bin ich doch lieber obdachlos und schlafe unter einer viel befahrenen Brücke. Man kann *alles* hören. Jede Silbe aus ihren Mündern, jedes Schließen und Öffnen einer Tür, jedes Aufziehen einer Schublade. Bei meinem Glück kann ich auch hören, wenn sie sich später in seinem Bett versöhnen. Angewidert schüttle ich den Kopf und verdränge die Bilder.

»Wenn du mich fragst, hat er eine Psychopathin zur Freundin«, sagt Molly kichernd, während ich weiterhin mit dem Ohr an der Wand dasitze und auf Carmens Antwort warte.

»Die ist grimmiger als der Grinch«, pflichte ich Molly leise bei.

»Du verstehst mich einfach nicht.« Carmens Stimme zittert. Vermutlich drückt sie gerade auf die Tränendrüse.

Weiß sie nicht, was wirkliche Probleme sind? Wie schlimm es ist, *alles* zu verlieren? Anscheinend nicht. Sie hat sicher keinen blassen

Schimmer davon, was es heißt, am Boden zu sein. Sonst würde sie sich ihr Leben nicht aufgrund dieser Lappalien unnötig schwer machen.

»Nein, Carmen, das verstehe ich wirklich nicht«, antwortet er. »Lass uns das einfach morgen klären. Ich bin echt platt und will nur noch schlafen.«

»Fuck, wirft er sie gerade raus?«

Ich hatte ganz vergessen, dass Molly immer noch in der Leitung ist. Vermutlich hat sie sich schon eine Packung Popcorn in die Mikrowelle gestellt und macht es sich auf dem Sofa bequem.

»Wie du willst.« Eine Tür knallt zu, und Sekunden später schallt das Klappern hoher Absätze durch den Hausflur, während in der Wohnung neben mir endlich Ruhe einkehrt.

»Schade, und ich dachte, da würde mehr passieren.« Molly seufzt enttäuscht.

Wir unterhalten uns noch über die Arbeit, und um kurz vor Mitternacht lege ich schließlich auf, um den Schlaf nachzuholen, den ich letzte Nacht nicht bekommen habe. Ich will mich gerade an Ghost kuscheln und die Ruhe genießen, als ich etwas neben dem Bett rascheln höre.

Prompt sitze ich aufrecht, wende mich dem Geräusch zu und knipse das Licht an. Als ich sehe, dass ein Zettel vor der Tür liegt, runzle ich die Stirn. Ist der von ihm?

Gott, von wem soll der sonst sein, Brooke? Ich hebe das Blatt Papier auf und setze mich zurück aufs Bett. Ghost tapst derweil an meine Knie heran und legt seinen Kopf auf ihnen ab. Seine Kulleraugen starren mich an, so als wolle er, dass ich ihm die Nachricht vorlese.

Ich kam vorhin nicht dazu: Danke. Für den Kuchen.

Ein Schmunzeln breitet sich auf meinem Gesicht aus, als ich Ghost von meinen Beinen schiebe, zu dem alten Schreibtisch gehe und mir einen Stift hole. Danach setze ich mich zurück aufs Bett und antworte ihm.

Gern. Auch wenn davon wohl nicht viel übrig geblieben ist. Er kam von Herzen und war nicht für das Gesicht gedacht.

Ich klemme den Stift hinter mein Ohr, falte den Zettel zusammen und schiebe ihn unter der Tür hindurch.

Ein leises Lachen erklingt aus der Nachbarwohnung, und es dauert keine Minute, bis die Antwort in mein Schlafzimmer geschoben wird.

Ich habe immer noch Sahne in der Nase.

Ich lache ebenfalls laut auf, halte mir aber die Hand vor den Mund, weil ich weiß, dass er alles von mir hören kann, genauso wie ich alles von ihm und seinem chaotischen Liebesleben mitbekomme. Mit einem stummen Lächeln auf den Lippen schreibe ich ihm meine Antwort auf, und zwar, dass es mir leidtut, was mit seiner Vase passiert ist.

Wieder falte ich den Zettel sorgsam zusammen und schiebe ihn zu ihm hinüber. Es kribbelt in meinen Fingern, und Ghost legt den Kopf schief und sieht mich neugierig an. Wenn er sprechen könnte, würde er mich sicherlich fragen, wieso ich so dämlich grinse.

Ich lächle nicht mehr oft, seit Thomas nicht mehr da ist. Weil ich immer das Gefühl habe, ihn zu betrügen, wenn ich ohne ihn glücklich bin. Doch als ich die Antwort meines Nachbarn erhalte, schalte ich meine Gedanken und mein schlechtes Gewissen aus.

Die Vase war potthässlich. Sag deinem Hund, dass ich ihm verzeihe – nein, dass ich ihm dankbar bin. ;)

»Hast du das gehört, kleiner Räuber? Er verzeiht dir.« Ich kichere und streichle dem Rüpel über das weiche Fell. Gerade als ich meinem Nachbarn antworten will, höre ich plötzlich etwas hinter mir. Durch die Wand.

Seine Stimme.

Seine dunkle, elektrisierende Stimme.

Die. Mit. Mir. Spricht.

»Du hast eine schöne Stimme.« Er kann nicht mich meinen, oder? Ich kenne meine Stimme. Sie ist nichts Besonderes. Nicht feminin, nicht maskulin, sondern einfach nur stinklangweilig.

»Danke?«, frage ich durch die Wand hindurch, und als er erneut lacht, schlägt mir das Herz bis zum Hals. Er meint tatsächlich mich. Prüfend blicke ich mich im Raum um, weil ich mir mittlerweile ziemlich sicher bin, dass mich hier jemand auf den Arm nehmen will.

»Definitiv ist deine Stimme schöner als deine Schrift. Gott, wer hat dir nur das Schreiben beigebracht?«, setzt er hinterher und sorgt wieder dafür, dass ich lachen muss. Ich lache und kann gar nicht mehr aufhören damit. Etwas stimmt hier ganz gewaltig nicht! War etwas in dem Kaffee, den ich nach Feierabend mit Molly getrunken habe? Kleine bunte Pillen vielleicht?

»Sie hieß Miss Pason und war eine alte, verbitterte Frau, die es geliebt hat, Kinder mit ihrer piepsigen Stimme zu quälen. Antwort genug?« Ich straffe die Schultern und versuche, selbstbewusst zu klingen. Immerhin kann er mich nicht sehen. Die Wand zwischen uns ist wie eine Schutzmauer für mich. Hinter ihr fühle ich mich weniger angreifbar. Unsichtbar.

»Eine Frau, die einem beibringt, so zu schreiben, sollte man schnellstens verhaften.«

Ich gebe ihm in Gedanken recht. Diese Frau war der reinste Kinderschreck unter den Lehrern. Kein Wunder, dass ich innerlich eine Party gefeiert habe, als sie in Rente ging und ihr Amt niederlegte. Ghost legt wieder seinen Kopf an meinen Oberschenkel und schläft an mich gekuschelt ein.

»Wie geht es der dicken Katze?«, frage ich den Fremden und beiße mir Sekunden später auf die Lippe. Habe ich das gerade tatsächlich gesagt?

»Hey, Garfield ist weder ein Weibchen noch ist er dick. Er hat einfach nur viel Fell. Sehr viel Fell«, verteidigt er seinen Kater beleidigt. *Garfield*, der Name passt tatsächlich wie die Faust aufs Auge.

»Ich bin übrigens Chase«, setzt mein Nachbar noch hinterher. Mein Herz zieht sich zusammen, und meine Knie zittern. Bis eben war alles wie ein Traum, doch jetzt, wo er sich offiziell vorgestellt hat, wird es plötzlich so real. So greifbar. Und das sollte es nicht sein.

C. Graham.

»Brooklyn. Aber die meisten nennen mich Brooke.« Sobald ich es ausgesprochen habe, würde ich die Worte am liebsten wieder zurücknehmen. Er hat mich Brooke genannt. Und seit er nicht mehr da ist, versuche ich, jedem einzutrichtern, dass Brooke mit ihm gegangen ist und nicht mehr zurückkommen wird.

»Hallo, Brooke.« Er muss genau auf derselben Höhe sitzen wie ich. Ob sein Bett auch an die Wand grenzt, an der meins steht? Alles dreht sich, und Ghost zuckt unruhig im Schlaf. Ob er spürt, dass irgendetwas nicht stimmt? Dass ich mich seltsam verhalte und anscheinend den Verstand verloren habe? Schließlich merkt mein Hund alles. Wenn es mir nicht gut geht, legt er sich zu mir. Wenn ich einen akzeptablen Tag habe, bringt er mir eins seiner Spielzeuge. Er weiß einfach immer, wie es mir geht.

»Es tut mir leid, wie meine Freundin vorhin reagiert hat. Sie ist manchmal etwas ...«

»Übergriffig? Besitzergreifend?«, mache ich ihm ein paar Vorschläge, die er mit einem Lachen hinnimmt.

»So kann man es ausdrücken. Aber so war es nicht immer«, sagt er leise.

Ich werfe einen Blick auf die Uhr und stelle fest, dass es schon weit nach Mitternacht ist. Ein Gähnen steckt in meinen Knochen, das ich nicht länger unterdrücken kann und freilasse.

»Da schreit wohl jemand nach Schlaf«, meint Chase, und ich könnte schwören, ein Lächeln in seiner Stimme zu hören. Ich sehe ihn nicht und habe doch ein genaues Bild von ihm vor Augen.

Dunkle kurze Haare, braune Augen, ein markantes Profil.

»Normalerweise würde ich schon schlafen. Aber dieser Idiot von Nachbar streitet sich permanent mit seiner kuchenhassenden Freundin.

Wenn das so weitergeht, werde ich die Polizei rufen müssen.« Ich zucke mit den Schultern, was albern ist, da er mich nicht sehen kann. Und im selben Moment genieße ich die Anonymität unseres Gesprächs. Fast so, als würde man mit jemandem im Internet chatten, ohne ihn je zu treffen. Man kann sich gegenseitig das Herz ausschütten, aber die Tränen bleiben verborgen.

Dabei ist das hier etwas ganz anderes, immerhin wohnt er direkt neben mir. Es wird unausweichlich sein, dass wir uns früher oder später über den Weg laufen.

»Eins zu null für dich, Brooklyn.« Wieder dieses dunkle Lachen. Und wieder stellt es etwas mit meinem eingefrorenen Herzen an.

Es ist so ansteckend, dass ich für wenige Momente vergesse, dass ich nie wieder ohne Thomas lachen wollte. Weil ein Leben ohne ihn es nicht verdient, genossen zu werden.

»Wie kann der Idiot das wiedergutmachen?«

Seine Frage stimmt mich nachdenklich. Sollte ich mich jetzt hinlegen, werde ich kein Auge zubekommen, also kann ich auch weiter mit ihm reden. Wenn ich heute nicht schlafen kann, liegt es eindeutig daran, dass ich mich schlecht fühle. Weil ich mit meinen Prinzipien gebrochen habe.

»Lass dir etwas einfallen«, antworte ich ihm so leise, dass er es vermutlich nicht hört. Als er nicht reagiert, bestätigt sich mein Verdacht. Ich lasse von der Wand ab, rolle mich auf dem Bett ein wie eine Schnecke und ziehe Ghost an mich heran. Versuche, in den Schlaf zu sinken und den zweiten Tag in Bedford hinter mir zu lassen.

Als jedoch Sekunden später Musik aus seiner Wohnung ertönt, erstarre ich. Er spielt etwas. Für mich. *Auf einem Klavier.*

Es dauert nur Bruchstücke von Sekunden, bis ich das Stück erkenne und mein Herz in tausend Teile zerbricht. *River Flows in You.* Die Musik lässt die Wände vibrieren, und mit jeder Note erschüttert es mich wie ein Erdbeben. Weil ich mich an die Nächte erinnere, in denen Thomas mir dieses Lied vorgespielt hat. Ich erinnere mich. Und mit jeder Erinnerung brechen Stücke meines Herzens wie von einem alten Gebäude ab und vergraben alles unter ihren Trümmern ...

Ich sitze in ein Laken gewickelt auf dem Bett und sehe ihm zu. Immer, wenn Thomas an seinem Flügel sitzt, versinkt er in eine andere Welt.

Eine Welt aus Noten und Klängen. Noten, die in sein Blut übergegangen sind, und Klänge, die mich tiefer berühren als sonst etwas auf der Welt.

Sachte wiege ich mich zur Musik hin und her, genieße es, ihm zuzusehen. Als wäre der Song für mich geschrieben worden. Meine Brust hebt und senkt sich schnell gegen den Stoff des Lakens.

Seine Augen hält Thomas geschlossen, weil er mit dem Herzen spielt. Er braucht nur seine Finger, die sich an jeden Griff auf den Tasten erinnern, als hätten sie sich in seine Blutbahn gebrannt.

Die Noten verschmelzen zu einem Stück, das mich zum Weinen bringt. Ich weiß nicht, wieso, aber es zu hören, macht mich traurig und zur selben Zeit so unfassbar glücklich. Als würde etwas in mir sterben und gleichzeitig etwas Neues in mir wachsen.

Ich sehe Thomas beim Spielen zu und verliebe mich mit jedem Ton stärker in ihn. Lasse mich fallen, weil ich weiß, dass er immer da sein wird, um mich aufzufangen. Das Stück kommt langsam zum Ende, und je ruhiger es wird, desto heftiger weine ich.

Meine Schultern beben, und Ghost kuschelt sich noch enger an mich heran, als Chase das Stück beendet. Tränen rinnen wie Bäche über meine Wangen und tropfen auf Ghosts Pfoten, die unter meinem Gesicht auf dem Kopfkissen liegen.

Ich will nicht zurück in die Dunkelheit gezogen werden, aber ich bin machtlos gegen ihre Anziehungskraft. Etwas poltert in seiner Wohnung, und als ich seine Stimme höre, muss ich das Schluchzen unterdrücken, um mich nicht zu verraten. Um ihm nicht zu zeigen, dass er mich geradewegs in die Hölle geschickt hat, als er anfing, mir ein Schlaflied zu spielen.

Das Schlaflied.

Unser Lied.

»Brooklyn?« Chase ruft mich, aber ich bleibe stumm. Er will eine Antwort, aber ich kann ihm keine geben. Also schließe ich fest die Augen, wünsche mich in eine andere Welt und suche meinen Halt in Ghost, der mir die Tränen aus dem Gesicht leckt.

»Gute Nacht, Brooklyn.« Er sagt es leise, und doch dröhnt seine Stimme in meinen Ohren. *Viel zu laut für meine stille Welt.* Ich presse mein Gesicht fester in die Kissen und ignoriere den Wunsch, meine Welt wieder auf laut stellen zu wollen. Ich darf nicht! Ich darf nicht – nicht ohne ihn.

»Gute Nacht, Chase.«

5

Brooklyn

»Du siehst nicht gerade ausgeruht aus. Hat dein Nachbar doch noch Theater gemacht?«

Ich binde mir gerade meine Schürze um und schüttle den Kopf. Theater? Chase hat eine verdammte Hollywood-Drama-Szene direkt in meine Wohnung gebracht!

»Ich muss mich einfach erst mal an die neue Umgebung gewöhnen. Damit hatte ich schon immer Probleme.« Was gelogen ist. Ich hatte nie Probleme mit neuen Umgebungen, solange Thomas neben mir lag und mich gehalten hat. Es war egal, ob ich auf dem Boden, einem Bett oder einer Couch schlafen musste, solange ich nur meinen Kopf auf seine Brust legen konnte, war ich glücklich. Aber hier in Bedford habe ich nur mich und meine tosenden Gedanken. Und einen Nachbarn mit einer sehr dunklen, attraktiven Stimme.

»Auf jeden Fall siehst du aus, als hättest du drei Tage durchgemacht«, stellt Molly fest. »Würdest du die Gäste bedienen, während ich die Kasse mache?« Sie deutet auf Tisch Nummer sechs, und ich will ihren Anweisungen folgen, bis ich sehe, wer an dem Tisch sitzt.

Blaue Augen. Braunes Haar. Üppiges Dekolleté. Blicke, die die Hölle zum Einfrieren bringen. *Carmen.* Mein Herz poltert laut, und als ich sehe, dass sie einem Mann gegenübersitzt, kann ich mir an einer Hand abzählen, wer das ist.

Einen Moment stehe ich regungslos hinter dem Tresen und starre seinen dunklen Hinterkopf an. Ich bin davon ausgegangen, dass er kurzes Haar hat, weil ich ihn in seiner Wohnung kaum erkennen konnte. Aber in Wirklichkeit ist es so lang, dass es sich an den Enden leicht wellt.

»Mist!« Bevor Carmen mich entdecken und vor ihm eine Szene machen kann, drehe ich mich abrupt um und kauere mich hinter den Tresen. Molly baut sich vor mir auf und sieht mich fragend an.

»Und was zur Hölle wird das?«

»Ich verstecke mich.«

»Schon klar. Aber vor wem und wieso? Also, ich weiß ja nicht, wie man in Manchester kellnert, aber bei uns geht man dafür an die Tische.« Sie will mich hochziehen, aber ich mache mich so schwer wie möglich.

»Da ist er«, flüstere ich, damit mich niemand sonst hören kann.

»Da ist wer? Wer ist er?«

Ich verdrehe die Augen. Wie kann sie so auf dem Schlauch stehen? Ihre Brille rutscht herunter, als sie sich über mich beugt, und aussieht wie eine Lehrerin, die ihre Schüler ermahnt.

»Mein Nachbar«, zische ich sie an.

Ihre Augen weiten sich, und sie schiebt sich das Gestell zurück auf die Nase. »Dein Nachbar?«

»Ja, verdammt. Mein Nachbar und seine hysterische Freundin!« Ich spreche etwas zu laut und beiße mir auf die Unterlippe. Wie soll es jetzt bloß weitergehen? Schließlich kann ich nicht den ganzen Arbeitstag hier auf dem Boden verbringen. Und obwohl ich zu gern wüsste, wie Chases Gesicht aussieht, darf ich es nicht darauf anlegen. Es wäre Thomas gegenüber nicht fair. Es sollte mir egal sein, wie er aussieht. Weil es in meinem Leben nur ein Gesicht gibt, das ich ansehen will und nicht mehr kann.

»Na warte, der werde ich es zeigen.« Molly schnappt sich ein Stück des Käsekuchens aus der Anrichte, schiebt es auf einen Teller, und bevor ich sie aufhalten kann, ist sie schon verschwunden. »Willkommen im *Coffee with Art*.«

Carmen murmelt etwas, das ich nicht verstehen kann, während

Chase Molly freundlich begrüßt. *Ich kenne diese Stimme.* Eindeutig: Der Mann neben Carmen ist mein Nachbar. Der Mann, der mir heute Nacht auf seinem Klavier vorgespielt und mich erst zum Lachen und dann zum Weinen gebracht hat.

»Heute haben wir einen köstlichen Käsekuchen im Angebot. Wollen Sie ihn mal probieren? Er geht aufs Haus.«

Ich schlage die Hände vors Gesicht und würde am liebsten dazwischengehen, traue mich aber nicht, meinen sicheren Kokon zu verlassen.

»Aber Moment.« Wieder Molly, und mein Herz setzt aus. *Bitte sag jetzt nichts Unüberlegtes,* flehe ich sie gedanklich an. »Falls Sie auf die Idee kommen, Ihrer Begleitung den Kuchen ins Gesicht zu schleudern, muss ich Sie enttäuschen. Der Kuchen ist nämlich zum Essen da. Sie wissen schon, das, wobei man eine Gabel in die Hand nimmt und etwas in seinen Mund führt?«

Molly redet sich in Rage, während ich puterrot anlaufe. Ich kann Chase lachen hören und stelle mir vor, wie Carmens Zähne aufeinander mahlen, weil Molly sie zur Schnecke macht.

»Also, ich erkläre es noch mal für Dumme: Man nimmt sich eine Gabel, trennt ein Stück vom Kuchen ab, schiebt es sich in den Mund, und dann – dann landet es im Magen, wird verdaut und kommt am Ende da unten wieder raus. Ganz einfach. Eigentlich ist die richtige Öffnung nicht zu verfehlen.«

»Sag mal, spinnst du eigentlich? Wer zum Teufel bist du? Wer ist das, Chase?«

Beim Klang seines Namens würde ich zu gern mein Versteck verlassen und ihn ansehen, aber ich zwinge mich, hier hinten sitzen zu bleiben und die Szene nur mit den Ohren zu verfolgen.

»Wer ich bin? Dein größter Albtraum. Und jetzt wünsche ich euch einen tollen Aufenthalt im *Coffee with Art.* Wenn ihr tatsächlich zum Essen hier seid, haben wir eine exquisite Auswahl an Torten und Heißgetränken für euch.«

»Komm, wir gehen, Chase. Diese Frau hat sie doch nicht mehr alle!«

Stühle werden zurückgeschoben, und Schritte entfernen sich. Als ich das Gefühl habe, in Sicherheit zu sein, kämpfe ich mich hoch und starre zur Eingangstür. Doch alles, was ich sehe, ist sein breiter Rücken unter dem dunklen Pullover. Eine braune Lederjacke hängt locker über seinem Arm. Gott, er ist riesig!

Bitte, dreh dich um.

Doch er dreht sich nicht um. Stattdessen folgt er der Furie die Straße entlang. Es ist besser so. Es muss besser so sein. Wenn ich sein Gesicht sehe, ist die Anonymität vorbei, und mein schlechtes Gewissen würde mich auffressen.

Molly stellt sich neben mich und hält ihre Hand hoch, damit ich sie abklatsche. »Der hab ich's gezeigt, oder?« Sie ist stolz auf sich, und ich bin es auch. Zu gern hätte ich Carmens verdutztes Gesicht gesehen, als Molly ihr erklärt hat, wie man eine Gabel benutzt.

»Jetzt wissen sie zwar, dass ich geplaudert habe, aber ich hätte dich eh nicht aufhalten können.« Ich beginne, den Tresen zu wischen, als wäre nichts passiert.

Molly zwinkert mir zu und füllt einen Becher mit dampfendem Kaffee, nippt an ihm und macht sich schließlich auf den Weg in den Personalraum. Auf der ersten Stufe nach oben hält sie inne und sieht mich lächelnd an.

»Ich weiß, was dir auf der Zunge brennt«, sagt sie siegessicher.

»Ach ja? Was denn?«

Wieder zwinkert sie mir zu und deutet auf den Tisch, an dem bis eben noch Chase und Carmen saßen. »Du willst wissen, wie er aussieht.«

Will ich das wirklich? Ein Teil von mir platzt vor Neugier, der andere – weitaus größere – Teil liegt unter Schutt und Asche begraben.

»Will ich nicht.«

Meine Antwort stellt Molly nicht zufrieden. Sie verharrt weiterhin auf der Treppe und schüttelt bedauernd den Kopf. »Glaub mir, du willst. Und eins kann ich dir sagen. Dein Nachbar ist verflucht heiß, Brooklyn. *Heißer als die gottverdammte Hölle.*«

Und mit diesen Worten und einem klopfenden Herzen in meiner Brust lässt sie mich allein mit meinem Wunsch, dass er zurückkommt. Dass ich einen Blick in sein Gesicht werfen kann. Das passende Gesicht zu dem Mann, der mir letzte Nacht das Herz aus dem Leib gerissen hat. Aber die Tür des Cafés bleibt geschlossen. Und plötzlich kann ich es kaum erwarten, heute Abend nach Hause zu gehen, mich in mein Bett zu legen und gegen die Wand zu lehnen ...

• • •

»Wie geht es dir?«

Da ist sie wieder, diese obligatorische Frage, die ich hasse, seit Thomas nicht mehr da ist. Im Grunde genommen will man in den wenigsten Fällen die Wahrheit wissen. Wenn du glücklich bist, dein Gegenüber aber nicht, willst du nicht von ihm heruntergezogen werden. Wenn du traurig bist und der andere glücklich, kränkt es dich.

Nach seinem Tod hab ich diese Frage eintausend Male gehört. *Ich lebe noch.* Das war meine Antwort. Jedes Mal. Und jedes Mal brach es mir das Herz, dass es so war.

Das, was ich hier tue, ist alles, nur kein Leben. Ich *überlebe.*

Lebt man, wenn sich alles in einem taub und tot anfühlt? Wenn selbst der Gang zum Briefkasten einem alles abverlangt? Wenn man kaum einen Bissen herunterbekommt, weil einen jedes Essen an ihn erinnert?

»Gut«, antworte ich meiner Mom. Mit jeder Lüge stumpfe ich weiter ab. Ich liebe meine Mutter. Und genau deshalb will ich, dass sie glaubt, es würde gehen.

»Bist du glücklich in Bedford?«

Diese Frage lässt mich trocken lachen und einen Blick in den grauen wolkenverhangenen Himmel werfen. Wie sollte ich glücklich sein?

Ich sitze auf einer Bank direkt am Great Ouse und telefoniere mit ihr. Ghost sitzt neben mir und beobachtet wachsam die Schwäne auf dem Fluss. Der Wind ist schneidend, und der Regen kündigt sich bereits an.

»Ob ich glücklich bin?«, wiederhole ich schluckend. Glücklich bin ich seit einem Jahr nicht mehr. Wieso stellt sie diese Frage, wenn sie die Antwort bereits kennt?

»Entschuldige, Schatz. Ich meine nur ... wenn es dir dort schlecht geht, kannst du jederzeit zurückkommen. Dein Zimmer wird immer dein Zimmer bleiben, das weißt du.«

»Das weiß ich zu schätzen, Mom. Aber ich kann gerade nicht zurückkommen. Du weißt, dass ich es nicht kann.«

»Ja, das dachte ich mir. Aber na ja, Manchester ist so kalt ohne dich«, sagt sie betrübt. Es bricht mir das Herz, meine Mom so traurig zu erleben. Vor allem, wenn ich der Auslöser dafür bin

»Es tut mir leid, Mom. Aber ich muss das jetzt durchziehen. Zu Hause ...« Zu Hause erinnert mich alles an ihn. Daran, dass er nicht mehr da ist. Hier denke ich auch unentwegt an ihn, aber ich habe keine Erinnerungen mit ihm hier. Das lässt den Schmerz nicht verschwinden, macht den Weg aber etwas leichter.

»Irgendwann wirst du heilen, mein Schatz. Ich weiß es. Nachdem dein Vater gestorben ist, dachte ich, Glück wäre ein Fremdwort. Aber jetzt – ganz langsam – lerne ich die Sprache wieder.«

Tränen treten in meine Augen, und die ersten Regentropfen fallen in den Fluss. Ghost sieht mich vorwurfsvoll an, während ich beobachte, wie der Regen heftiger wird.

So sieht man nicht, dass ich weine.

Alles verschwimmt um mich herum. Tränen rinnen über mein Gesicht, als ich die schönen Schwäne beobachte und mir vorstelle, wie es wäre, mit ihm hier zu sitzen. Über das Leben zu philosophieren. Einfach ich zu sein in all meinen Facetten. Ohne ihn bin ich nur der grobe Umriss, mit ihm war ich ein buntes Gemälde.

»Hörst du, Schatz? Du wirst heilen«, versichert Mom mir.

Ich blicke weiterhin auf den Fluss, sehe dem prasselnden Regen zu und versuche, ihr zu glauben.

»Irgendwann. Vielleicht.«

...

Als ich am Abend völlig durchnässt die Wohnung betrete, führt mich mein erster Weg direkt ins Schlafzimmer. Mein Haar klebt nass an meinem Kopf, meine Klamotten sind eins mit meiner Haut. Und doch setze ich mich auf das Bett und versuche, etwas zu hören. Hoffe, dass er wieder für mich spielt, obwohl es mir das Herz zerreißen würde.

Dabei weiß er nicht mal, dass ich überhaupt da bin. Und wer sagt mir, dass er da ist? Ich lasse mich in die Kissen fallen und zucke zusammen, als Ghost die Regentropfen an der Fensterscheibe anbellt.

»Ghost, aus!«

Doch meinen Vierbeiner interessiert mein Kommando nicht, er steht schwanzwedelnd vor dem Fenster und kläfft es weiterhin fröhlich an.

»Scheint, als müsste dein Hund noch einiges lernen.« Ich setze mich ruckartig auf, als ich seine Stimme höre, die durch die Wand zu mir dringt.

Ob er auch auf mich gewartet hat? Unsinn! Wieso sollte er? Er hat Carmen. Außerdem kennt er mich nicht.

»Er ist super erzogen«, halte ich dagegen. »Hunde müssen bellen, das ist ihre Art der Kommunikation.« Ich lege mich auf die Seite, sodass ich mit dem Gesicht zur Wand schaue, und warte auf seine Antwort.

»Und mit wem kommuniziert er? Mit dem Regen?«

Ich reiße die Augen auf, blicke mich panisch um. Woher weiß er, dass Ghost den Regen anbellt? Die Tür ist immer noch verschlossen, und schließlich entspanne ich mich wieder, auch wenn ein Rest meiner Skepsis bleibt. Ich kenne meinen Nachbarn nicht, und auch wenn ich es ihm nicht zutraue, weiß man ja nie ... durch so ein Schlüsselloch kann man einiges sehen.

»Ja, er sagt ihm, dass er endlich aufhören soll.«

»Scheint nicht zu klappen, oder?«

Wieder muss ich schmunzeln. Wieso zum Teufel muss ich bei jedem Wort von ihm lächeln? Ich denke zurück an die Szene im Café. Als ich mir gewünscht habe, er würde sich einfach umdrehen und mich ansehen. Würde ich dann auch noch lächeln?

»Nicht ganz, wir üben noch«, kontere ich und fahre mit den Fingerspitzen über den Rand meines Kopfkissens. Ghost gibt derweil den Kampf gegen die Regentropfen auf und legt sich so erschöpft aufs Bett, als hätte er gerade einen Agility-Wettbewerb gewonnen.

»Übt ihr auch noch, wie man in fremde Wohnungen einbricht und Vasen zerdeppert?« Wenn ich raten müsste, würde ich sagen, dass Chase ebenfalls dicht an der Wand sitzt. Seine Stimme ist klar und deutlich. Als wäre er hier bei mir.

»Darin ist Ghost schon ein Weltmeister. Das müssen wir nicht mehr üben«, sage ich und rolle mich auf den Rücken.

»Wieso eigentlich Ghost? Das ist ein seltsamer Name für einen Hund. Warum nicht Balu oder so?«

Meine Mundwinkel zucken und ich werfe einen Blick auf meinen schlafenden Fußwärmer. Immer, wenn ich ihn ansehe, zersplittert und heilt etwas in mir. Zur selben Zeit. Ghost hatte nicht die Gelegenheit, Thomas lieben zu lernen, aber wenn er mich manchmal ansieht, glaube ich, dass er ihn auch vermisst.

»Sag nicht, ich bin neben dem einzigen Menschen auf der Welt eingezogen, der *Game of Thrones* nicht kennt.« Ich beiße mir in die Wange, um nicht zu lachen.

Ich darf nicht lachen. Nicht mit ihm. Nicht seinetwegen.

Wieso nur fällt es mir so schwer?

»Ist das die Sendung, in der in jeder Folge Köpfe rollen, Inzest betrieben wird und tote Menschen auf Pferden durch den Schnee reiten?« Seine kurze Inhaltsangabe lässt mich wieder schmunzeln.

»So könnte man es vermutlich zusammenfassen. Wobei nicht in *jeder* Folge Köpfe rollen. Es werden manchmal auch nur Kehlen aufgeschlitzt«, verbessere ich ihn und höre sein Lachen. Ich lege meine Hand an die kühle Wand, als könnte ich es so spüren.

»Gott, neben mir wohnt eine Psychopathin!« Seine empörte Stimme dringt in meine Wohnung, und ich frage mich, wieso er an einem Samstagabend allein zu Hause ist und mit mir spricht. Normalerweise verbringen Menschen Samstagabende anders. Im Kino, auf Partys, in Restaurants. Mit Freunden halt.

»Auf jeden Fall gibt es eine Figur in *Game of Thrones*. Sie und ihre Halbgeschwister finden am Anfang der ersten Staffel Wolfswelpen. Sogenannte Schattenwölfe. Und einer davon ist schneeweiß und heißt Ghost.«

»Also wohnt neben mir nicht nur eine Psychopathin, sondern eine Psychopathin mit einem Schattenwolf?«, fragt er mich.

Ich streichle Ghost mit den Füßen und spüre seinen friedlichen Atem an meinen Knöcheln. »So in etwa könnte man dein Dilemma beschreiben«, pflichte ich ihm bei. »Ist es üblich, dass du deine Samstagabende allein in deinem Schlafzimmer verbringst?«

Mir stockt der Atem. Habe ich es tatsächlich gewagt, derartig in seine Privatsphäre einzudringen?

»Das Gleiche könnte ich dich fragen.«

»Für mich ist es normal. Ich bin gern für mich«, verrate ich ihm und gewähre ihm damit einen kleinen Einblick in meine trostlose Welt.

»Du bist gern für dich und versteckst dich auch mal hinter dem Tresen. Das sind interessante Hobbys. Seltsam, aber durchaus interessant.«

Ich werde rot, als ich an Mollys peinlichen Auftritt auf der Arbeit denke und daran, dass meine Tarnung nicht so tarnend war, wie ich dachte. »Du hast mich gesehen?«, frage ich zaghaft und befürchte, gleich im Erdboden zu versinken.

»Nicht gesehen, aber gehört. Ich hab deine Stimme erkannt. Und dann kam diese Frau mit der großen Brille und den silbernen Haaren an unseren Tisch und hat uns erklärt, wie man Besteck benutzt und Kuchen isst. Der Nachmittag war verdammt lehrreich.«

»Das war Molly. Molly ist ...«

»Schräg?«, beendet er meinen Gedanken, und ich nicke, obwohl er mich nicht sehen kann. In diesem Moment wünsche ich mir, die Wand wäre nicht zwischen uns. Ich bin es leid, allein zu sein. Bei meiner geistigen Verfassung wäre es kein Wunder, wenn ich mir seine Stimme und die Gespräche nur einbilde. Vermutlich gibt es gar keinen Chase Graham.

»Molly ist schon etwas Besonderes.«

In Manchester hatte ich viele Freunde – jedenfalls bis zum Tag des Unfalls. Danach hat sich herausgestellt, dass nur die Hälfte der Menschen bleiben, wenn es ernst wird. Einige haben mich mit Kuchen und endlosen Telefonaten überschüttet, andere haben sich nie wieder gemeldet.

»Carmen war nicht sonderlich begeistert. Aber ich fand es amüsant.« Er hustet und räuspert sich anschließend. »Erzähl mir was von dir«, setzt er hinterher. »Ich meine nur ... wenn ich dich schon nicht sehe, kannst du mir wenigstens was über dich erzählen.«

Meine Gedanken überschlagen sich. Was soll ich ihm über mich erzählen? Wie viel kann ich ihm anvertrauen, ohne mich verletzbar zu machen? *Gib Menschen kein Pulver, wenn sie eine Kanone in der Hand haben, Brooklyn!*

»Ich heiße Brooklyn, und ich bin dreiundzwanzig. Reicht das?«, frage ich voller Hoffnung. Währenddessen nimmt der Regen draußen ab und plätschert nur noch leise gegen das Fenster.

»Okay, dreiundzwanzigjährige Brooklyn mit einem Schattenwolf namens Ghost, die es liebt, sich zu verstecken. Was führt dich hierher?«

Seine Frage lässt mich aufhorchen. »Woher willst du wissen, dass ich nicht von hier komme?«

»Ich weiß es nicht. Aber ich bin mir sicher, dass Bedford ein Mädchen wie dich auf seiner Liste hätte«, sagt er mit dem Klang eines Schmunzelns in der Stimme.

»Was für eine Liste?«

»Die Kartei seltsamer Bewohner.«

Wieder lächle ich. Verdammt, wieso kann ich nicht damit aufhören?

Ich greife nach meinen Mundwinkeln und ziehe sie nach unten, weil sie dort hingehören, aber sobald ich sie loslasse, schießen sie wieder hoch.

»Ich komme aus Manchester«, verrate ich ihm schließlich, ohne auf seine Antwort einzugehen. Vielleicht lässt er locker, wenn ich ihm ein paar Informationen gegeben habe. Dann kann ich einfach die Augen schließen und einschlafen. Oder es zumindest versuchen ...

»Manchester ... da war ich früher öfter.« Er klingt plötzlich traurig, und ich frage mich, ob die Stadt auch schlechte Erinnerungen in ihm wachruft, so wie in mir. »Und wieso hast du Manchester verlassen?« Ehrliche Neugier liegt in seiner melodischen Stimme, von der Traurigkeit fehlt nun jede Spur. Ob er auch singen kann? Dass er musikalisch ist, hat er immerhin gestern Nacht unter Beweis gestellt. Ich bin mir sicher, dass seine Stimme auch singend wunderschön klingt.

»Um zu vergessen.« Ich schlucke den Kloß in meinem Hals herunter. Ich hätte einfach den Mund halten sollen, jetzt mache ich mich angreifbar.

»Du bist traurig«, stellt Chase nüchtern fest.

»Du siehst mich doch gar nicht.«

»Du klingst traurig. Ja, du klingst sogar noch trauriger, als deine Schrift aussieht. Wenn du mich fragst, schreien deine Buchstaben vor Schmerz.« Seine Worte sind absurd. Absurd und zur selben Zeit so wahr. Wieso habe ich das Gefühl, dass er mich besser versteht als sonst jemand auf der Welt?

Ich blinzle die Tränen weg und atme tief durch. Meine Therapeutin in Manchester sagte mir, dass ich atmen muss, um zu leben. Also hat sie mir verschiedene Atemtechniken gezeigt, die ich in dieser Sekunde jedoch alle vergessen habe. Trotzdem schaffe ich es, nicht zusammenzubrechen, und nach einer Weile versiegen sogar die Tränen.

»Mir geht es gut«, sage ich schließlich und versuche, selbst daran zu glauben.

»Dann komm rüber und zeig es mir.« Chase' Aufforderung lässt mich erneut schlucken. Wieso geht das alles so schnell? Viel zu schnell, nach meinem Geschmack.

»Das ist keine gute Idee«, weise ich ihn ab, auch wenn meine Beine am liebsten sofort die Tür eintreten würden, damit ich nicht mehr allein an diese trostlose Decke starren muss.

»Wieso nicht? Du bist neu hier, und wir sind Nachbarn. Wir könnten Freunde sein. Der Start in ein neues Leben braucht Freunde.« Seine Worte rühren mich erneut zu Tränen, und dieses Mal haben sie nichts mit Thomas zu tun. Das erste Mal seit einer Ewigkeit haben meine Emotionen nichts mit ihm zu tun. Oder damit, dass er nicht mehr da ist.

»Können wir nicht einfach anonyme Freunde sein?« Meine Frage ist albern, und doch stelle ich sie.

»Und was sind anonyme Freunde?«, hakt er neugierig nach.

»Na ja, wir sind Freunde, sehen uns aber nicht. Wir treffen uns nicht und unternehmen nichts.« Ich zucke mit den Schultern, weil ich weiß, dass er ablehnen wird, obwohl mir die Idee wirklich gut gefällt.

»Und inwiefern sind wir dann Freunde?«

»Wenn jemand reden will, muss er nur an der Wand warten. Manchmal braucht man doch einfach jemanden zum Reden, oder?«

»Das klingt, als wäre ich ein Kummerkasten«, stellt Chase fest.

»Vielleicht ist es genau das, was ich brauche«, sage ich leise. Die Wand zwischen uns macht alles so viel leichter. Und ich fühle mich nicht ganz so schlecht, weil ich wieder menschlichen Kontakt zulasse.

»Wenn es das ist, was du willst, dann bin ich ab jetzt dein persönlicher Kummerkasten.« Seine Stimme ist so weich. So warm. So herzlich. Wie ein Mantel aus Wärme legt sie sich um mich, sodass ich selbst ohne Decke und in meinen klammen Sachen nicht friere.

»Danke«, flüstere ich und starre wieder an die Wand, hinter der er sitzt. Mein Blick huscht zu der Tür und wieder zurück. Ghost wird wach, streckt sich, und als er den Regen entdeckt, bellt er wieder los.

»Also, wenn du mich fragst, will Ghost, dass ich ihn kennenlerne.« Ein leises Klopfen dringt in den Raum, und ich bin mir sicher, dass Chase mit den Fingern gegen die Wand trommelt. Ob er denselben Tick hat wie ich? Früher dachte ich, dass in der Wand Geister wohnen, mit denen ich so kommunizieren kann. Irgendwann konnte ich nicht mehr damit aufhören.

»Ghost ist einfach nur ein guter Wachhund. Der Regen hat ihn erschreckt.«

»Okay, einen Versuch war es wert ...« Das Klopfen an der Wand hört auf, und sofort vermisse ich das vertraute dumpfe Geräusch neben meinem Kopf.

»Dann bleibe ich eben dein Kummerkasten. Wie sollen wir herausfinden, ob wir zu Hause sind?«, fragt er mich, und ich denke über seine Frage nach. Ich forme die Hand zu einer Faust und klopfe einmal gegen die Wand.

»Ein Klopfen bedeutet, dass man reden will.« Zufrieden nicke ich, weil ich meine Idee grandios finde. Und dabei habe ich sonst nie Ideen. Von grandiosen ganz zu schweigen.

»Okay«, antwortet Chase.

»Okay«, spreche ich ihm nach.

Eine Weile lang sagt keiner von uns etwas. Und ich genieße die Stille zwischen uns. Genieße auch, dass der Regen laut genug ist, um meine Schuldgefühle zu übertönen.

Ich darf keine Freunde haben.

Aber wie will man ohne Freunde überleben?

Gerade als ich Chase fragen will, ob er mir etwas auf dem Klavier vorspielen kann, höre ich, wie bei ihm eine Tür geöffnet wird.

»Hallo, Babe.« Carmen. Ich beiße die Zähne zusammen, balle die Hände zu Fäusten. Diese Frau macht gerade alles kaputt. Doch so schnell meine negativen Gefühle ihr gegenüber gekommen sind, verdränge ich sie auch wieder. Sie ist schließlich seine Freundin.

Chase antwortet etwas, aber ich ignoriere es. Doch was ich nicht ignorieren kann, ist das folgende Schmatzen. Sie küssen sich, während ich hier liege und mir vorstellen kann, was als Nächstes passiert. Auf keinen Fall will ich zuhören, wie sie es miteinander treiben.

Ghost fiepst und setzt sich vor mein Bett. Als das Schmatzen lauter und für mich unerträglich wird, weil Carmen ständig Chase' Namen seufzt, setze ich mich auf, schnappe mir Ghost und renne in den Flur.

Ich muss raus hier. Den Kopf freikriegen. Schnell leine ich Ghost an, steige in meine immer noch klammen Turnschuhe und verlasse die Wohnung. Vielleicht sind sie ja fertig, wenn ich zurück bin ...

. . .

»Du konntest nicht schlafen? Da gibt es nur eine Lösung.«

Molly macht Ghost von der Leine los, legt sie auf die Kommode in ihrem Flur und zerrt mich ins Wohnzimmer. Ich wollte nur eine Runde mit Ghost gehen, um dem Treiben in meiner Nachbarwohnung zu entkommen. Doch dann hat es angefangen zu regnen und jetzt stehe ich abends um kurz vor zehn in der Wohnung meiner Kollegin, deren Adresse sie mir kurz zuvor geschickt hat.

»Eine Lösung wofür?« Mein Leben besteht schließlich aus Hunderten von Baustellen. Eine wird mir also nicht reichen.

Molly drückt mich auf ihre gemütliche Couch und geht zu einem Schrank hinüber. »Für all deine Probleme. Zumindest bis du morgen mit dem Kater deines Lebens aufwachst.« Sie holt eine Flasche Rum aus dem Schrank, gießt uns jeweils ein Glas ein und kommt zu mir herüber. »Hier. Vertrau mir. Der wird dir nachher helfen einzuschlafen«, sagt sie und zwinkert.

Ich nehme das Glas an mich und nippe daran, während Ghost das neue Terrain beschnuppert. Ich erinnere mich an Mollys Einladung, bei ihr zu wohnen, und deute auf die Möbel, die eindeutig besser zueinander passen als die in meiner Wohnung. »Und? Welche Möbel sind sexinfiziert?«

»Sexi-was?« Molly zieht ihre Beine auf die Couch und sieht mich fragend an.

»Na sex-infiziert.« Weil sie nicht weiß, was ich meine, helfe ich ihr auf die Sprünge. »Wo hattest du mit deinem Ex Sex?«

Molly bricht in ein Lachen aus, das von Sekunde zu Sekunde bitterer klingt. »Na ja ...« Ihr Blick wandert zur Couch unter unseren Hintern, und ich schüttle angewidert den Kopf.

»Na wunderbar. Und ich dachte, das war nur ein Spaß!«

»Dann hatten wir Sex auf der Kommode.« Sie deutet auf die hübsche Anrichte uns gegenüber. »Auf dem Couchtisch. An der Wand da.« Sie zeigt auf die beige Wand, und die Bilder in meinem Kopf hören gar nicht mehr auf.

»Gott, wirklich überall?«, frage ich sie schockiert.

»Nicht überall! Auf dem Klo nicht.«

»Das wäre auch etwas widerlich, meinst du nicht?«

»Wie sagte meine Oma immer: ›Lieber widerlich als wieder nich‹«, zitiert sie.

»Deine Oma kennt aber seltsame Weisheiten.«

»Aber wo sie recht hat ... Apropos Sex: Was macht dein heißer Nachbar?« Molly spricht das an, was ich verdrängen wollte. Nämlich, dass ich nicht ohne Grund geflohen bin. Dass ich nur hier bin, weil ich Angst hatte, etwas hören zu müssen, was ich nicht hören will.

»Er hat gerade Sex. Vermutlich in seinem Bett«, mutmaße ich schulterzuckend.

»Hey! Ist da jemand eifersüchtig?« Sie stupst mich an, und ich lache verbittert auf. Worauf sollte ich eifersüchtig sein? Ich kenne ihn ja nicht einmal!

»Neeeeein?« Ich nehme einen ausgiebigen Schluck von der braunen Flüssigkeit in meinem Glas, und mein Rachen fängt augenblicklich Feuer.

»Aber du belauschst sein Leben immer noch?«

»Nennt man es belauschen, wenn er davon weiß?«, kontere ich. Ghost hat mittlerweile jede Ecke beschnüffelt und legt sich auf den Teppich zwischen unseren Füßen.

»Das ist echt alles ganz schön abgefahren. Das weißt du, oder? Wieso verhaltet ihr euch nicht einfach wie normale Menschen, klingelt beim anderen und sprecht miteinander?«

Molly versteht es nicht, und ich erwarte auch gar nicht erst, dass sie es tut. Ich verstehe es ja selbst nicht.

»So einfach ist das nicht.« Das ist alles, was ich dazu sage, weil ich nicht weiter über Chase reden will. Doch diese Rechnung habe ich ohne Molly gemacht.

»Eigentlich ist es schon einfach. Du gehst zu seiner Tür, drückst die Klingel und wartest, was passiert. Wenn er dir gefällt, triffst du ihn. Wenn nicht, vergiss einfach, dass er da ist.« Sie stößt mit mir an und trinkt einen kräftigen Schluck, während ich noch über ihre Worte nachdenke. Wenn es nur so leicht wäre.

»Er darf mir aber nicht gefallen.«

»Ist es wegen deines Freundes?« Sie nimmt meine Hand in ihre und sieht mich einfühlsam an, während mein Herz zu schlagen aufhört.

»Du weißt von ihm?« Meine Stimme zittert.

»Deine Mutter hat meiner erzählt, dass du jemanden verloren hast. Und dass du deshalb Manchester verlassen musstest. Ich hab eins und eins zusammengezählt. Wie lange ist es jetzt her?«

War die Stimmung bis eben noch gelassen, ist sie jetzt am Tiefpunkt. Weil ich von all den Gedanken, die ich auf dem Weg hierher verdrängt habe, erschlagen werde.

»Bald ein Jahr«, stammle ich und nehme einen großen Schluck von dem Betäubungsdrink, um den Tränen vorzubeugen.

»Wie war er?« Molly nimmt kein Blatt vor den Mund, und genau das mag ich an ihr. Aber mit ihr über Thomas zu reden holt die Schatten hierher, die ich in Manchester zurücklassen wollte.

»Er war wundervoll. Wie eine Mischung aus Doug Heffernan und Stefan Salvatore.«

»Na, dann hoffe ich, dass er nur den Humor von Doug und das Aussehen von Stefan hatte.«

Normalerweise würde ich ihren Witz in dieser Situation als unangebracht empfinden, aber der Alkohol in meinem Blut lässt mich tatsächlich darüber lachen.

»So war es. Ungefähr«, erwidere ich lächelnd. Ich erinnere mich an die Tage, an denen ich seinen Humor verflucht habe, weil er seltsame Witze gemacht hat. Ich erinnere mich an einen Abend, als er von der Arbeit kam und mir sagte, dass ihm gekündigt worden sei. Dabei wurde er befördert! Er wusste, mit welchen Sprüchen er mir die dunkelsten Momente versüßen konnte.

»Irgendwann wirst du weitermachen können«, versichert Molly mir.

»Das hat meine Mom auch gesagt. Aber im Moment ... bin ich noch nicht so weit. Ich bin hergekommen, um neu anzufangen.« Tränen treten in meine Augen, und als Molly erneut ihr Glas hebt, um mit mir anzustoßen, rinnt eine über mein Gesicht.

»Auf den Neuanfang«, sagt sie und lächelt mich matt an. Unsere Gläser stoßen klirrend aneinander.

»Auf den Neuanfang.«

Auch wenn ich ihn nie vergessen werde.

6

Chase

»Ich muss morgen früh raus.«

Carmen zieht sich das Laken über die Brüste und sieht mich verwundert an. »Aber morgen ist doch Sonntag. Sag nicht, du arbeitest jetzt auch sonntags.« Sie hat noch nie verstanden, wieso ich so viel Zeit in der Werkstatt verbringe, dabei weiß sie von allen am besten, aus welchem Grund mir das so wichtig ist.

Wir zwei sind erst seit einigen Monaten zusammen, haben aber schon Kriege hinter uns, die sonst nur Ehepaare nach jahrelangen Beziehungen bewältigen müssen. Dabei dachte ich immer, dass die schwierigen Phasen erst später anfangen ...

»Troy braucht meine Hilfe, weil er nächste Woche nach London fährt. Ich hab ihm versprochen, mir seinen Wagen anzusehen, bevor es losgeht.« Eigentlich bin ich ihr keine Rechenschaft schuldig, und doch lege ich sie jedes Mal ab.

Carmen schürzt die Lippen, schnappt sich ihre Sachen und zieht sie sich grummelnd über. »Ich verstehe ja, dass du das Geld brauchst. Aber ich würde gern mal ein ganzes Wochenende mit meinem Freund verbringen. Meinst du, das kriegen wir hin?«

Ich nicke und gebe ihr einen Kuss auf die Stirn. Dabei verschweige ich ihr bewusst, dass ich für den Job morgen kein Geld bekomme. Danach begleite ich sie in den Flur und anschließend zur Tür.

Carmen seufzt und küsst mich auf den Mund. »Sehen wir uns morgen trotzdem noch?«

»Ich melde mich bei dir, wenn ich weiß, was mit Troys Wagen nicht stimmt, okay?« Ich greife um sie herum, öffne die Tür und warte darauf, dass sie geht. Und dabei fühle ich mich wie ein Arschloch erster Klasse. Weil ich sie am liebsten jetzt schon hier stehen lassen würde, um in mein Schlafzimmer zu gehen. Um mich bei Brooklyn zu entschuldigen, weil ich mich nicht verabschiedet habe. Und für das, was sie danach mit anhören musste ...

»Bis morgen, Babe.« Sie sieht mich traurig an und verschwindet im Hausflur. Danach gehe ich in mein Schlafzimmer, setze mich aufs Bett und klopfe einmal gegen die Wand.

Aber sie antwortet nicht.

Garfield tapst in mein Zimmer, springt auf das Bett und schmiegt sich schnurrend an mich.

»Na, Kumpel. Alles klar bei dir?« Beim Gedanken daran, wie Brooklyn ihn genannt hat, muss ich lachen. »Sie hat dich dick genannt«, sage ich zu meinem Kater und nehme seine Speckrollen zwischen die Finger.

Garfield schnurrt und rollt sich auf meinem Schoß zusammen.

»Du bist nicht di...«

»Komm, Ghost. Wir müssen ins Land der verlorenen Träume.«

Sofort erstarre ich, als ich ihre Stimme höre, gefolgt von einem Poltern.

»Au, verdammter Kackmist!«, flucht sie. Sie klingt seltsam. Was zur Hölle ist bloß in den letzten zwei Stunden passiert? Seit Carmens Ankunft habe ich nichts mehr aus der Nachbarwohnung gehört.

»Gott, mein Fuß fällt ab.« Ihr Jammern wird durch ein Kichern ersetzt.

Und das Einzige, was ich mich frage, ist: Sieht sie genauso schön aus, wie sie klingt?

»Ghost, aus! Nich meine Füße ableckn«, sagt sie, und jetzt höre ich, dass sie beschwipst ist.

Ich hebe Garfield von meinem Schoß, lehne mich mit dem Rücken gegen die Wand und klopfe einmal dagegen. Sekunden später höre ich, wie sie sich auf ihr Bett schmeißt. Die Wand ist so dünn, dass ich sogar ihren schweren Atem hören kann. Danach ein Trommelgeräusch.

»Hörst du das, Räuber?«

Ich bin mir sicher, dass sie gerade ihren Kopf gegen die Wand drückt.

»Da sind Geister in der Wand! Wusst ich's doch. Pah! Und Mom hat mich immer für verrückt erklärt!« Ihr Klopfen wird lauter und mein Grinsen umso breiter.

»Kann es sein, dass du betrunken bist? Oder wurdest du gerade von Aliens entführt?« Ich höre ein scharfes Zischen, das mich noch breiter grinsen lässt.

»Gott, du hast mich erschreckt. Fehlalarm, Kleiner. Keine Geister«, murmelt sie betrübt.

»Keine Geister«, bestätige ich ihr. Im Zimmer ist es dunkel, und es ist sicher schon nach Mitternacht. Eigentlich müsste ich mich aufs Ohr hauen, damit ich pünktlich zur Werkstatt komme. Aber ich kann mich nicht von der Wand trennen.

»Bist du alleeeeine?« Sie zieht das letzte Wort in die Länge. Gott, entweder sie verträgt nichts oder sie hat sich in den letzten zwei Stunden intravenös mit Wodka versorgt.

»Ich bin allein.«

»Also seid ihr fertig mit … mit …«

»Womit?« Ich will es aus ihrem Mund hören. Noch lieber würde ich sehen, wie sie es sagt. Ich bin mir sicher, dass sie dabei rot wird. Etwas, das ich nie sehen werde, wenn sie ihren Vorschlag wirklich ernst meint. Anonyme Freunde … was für ein Unsinn. Und doch habe ich mich darauf eingelassen. Weil ich anscheinend meinen Verstand zwischen zwei Wohnungen in der Wand verloren habe, als ich ihren Zettel gelesen und das erste Mal ihre Stimme gehört habe.

»Mit eurem … eurem … na, du weißt schon. Eurem Gefucker.«

»Ge-was?«, frage ich sie lachend.

»Gefucker, Mensch. Du weißt schon, Mann und Frau lieben sich, küssen sich, verfallen ihren Gelüsten …«

»Du musst mir nicht erklären, wie Sex funktioniert, Brooke. Aber dieses Wort ist seltsam«, sage ich und würde zu gern sehen, wie ihre Mundwinkel nach oben gehen.

»Ich bin ja auch seltsam. Gewöhn dich lieber schnel dran.« Sie lallt immer noch ein wenig, aber sie scheint schon klarer zu werden. Dabei hat mir ihr Kichern so gefallen. Viel zu gut. So gut sollte mir nur eine Frau gefallen. Und die habe ich eben nach Hause geschickt, damit ich mich mit einer anderen unterhalten kann. Fuck, ich bin echt hinüber.

»Eines muss ich dir lassen.« Ich räuspere mich, bevor ich mit der Sprache herausrücke. »Deine Stimme ist selbst betrunken schön.«

»Danke.« Ihre Stimme gleicht einem Flüstern. Ich höre sie etwas murmeln, kann aber nicht verstehen, was sie sagt. Doch wenn ich mich nicht völlig verhört habe, hat sie einen Namen gesagt.

Thomas.

Mein Magen zieht sich beim Klang dieses Namens zusammen.

»Wer ist Thomas?«, frage ich sie forsch, auch wenn ich damit vermutlich gegen ihre Regeln verstoße. Ich will sie nicht bedrängen, aber ein Teil von mir will wissen, was sie bewegt. Warum sie sich plötzlich die Kante gibt, wenn sie doch sonst gern für sich in ihrem Bett liegt.

»Wieso … wieso fragst du das?« Ihre Stimme zittert, und es hört sich an, als würde sie weinen.

Und wieder verspüre ich den Wunsch, einfach zu ihr zu gehen und sie zu trösten. So wie in der Nacht, in der ich für sie Klavier gespielt habe. Ich habe für sie gespielt, und sie hat geweint. Entweder ich bin ein grauenhafter Musiker oder etwas belastet sie. Ich tendiere zu Version Nummer zwei, weil ich nicht einsehen will, dass mein Musikunterricht umsonst gewesen sein soll.

»Du hast gerade diesen Namen gesagt«, erinnere ich sie und wünschte, ich hätte mich verhört.

»Hab ich?«

»Hast du.«

Ein Seufzen erklingt, und ich könnte schwören, dass sie nicht mehr antwortet, weil sie nicht will, dass ich ihr Weinen höre.

»Egal, was dich gerade bedrückt – denk daran, am Ende der Nacht geht immer die Sonne auf.«

Ein trauriges Lachen erfüllt die Luft und schnürt mir die Kehle zu. »Wo hast du denn das Zitat her?«, will sie wissen, und ich schließe die Augen. Stelle mir vor, wie sie aussieht. Wie ihre Lippen geformt sind und welche Farbe ihre Augen haben. Welchen Ton ihre Haut.

»Das hab ich mir gerade ausgedacht«, antworte ich ihr mit geschlossenen Augen. Ich stelle mir weitere Details an ihr vor. Wie lang ihr Haar ist, wie sie duftet. Verdammt, Chase. Jetzt reiß dich mal zusammen!

»Ich würde dich gern trösten, aber ich weiß nicht, wie«, gestehe ich ihr und könnte schwören, dass sie den Atem anhält. Dass sie Probleme mit Nähe hat, ist kein Geheimnis, und doch frage ich mich, was ihr passiert ist. Was sie so verschlossen hat werden lassen. Wer schuld daran ist, dass sie lieber für sich als unter Leuten ist.

»Du könntest mir etwas vorlesen.«

Ich schlage die Lider auf und starre auf das Regal an der gegenüberliegenden Wand, in dem meine wenigen Bücher stehen. Und selbst die habe ich kaum angerührt, weil ich lieber Filme gucke.

»Ich hab nur Krimis hier.« Ohne auf ihre Antwort zu warten, gehe ich zu dem Regal hinüber, schalte das Licht an und lasse den Blick über meine spärliche Büchersammlung wandern. »Also. Krimis oder die Bibel?« Wieso steht die überhaupt hier? Ich bin nicht gläubig. Und Carmen gehört sie sicher auch nicht. Vermutlich war die in den Kisten, die meiner Mutter gehört haben und die Dad mir gepackt hat, als sie starb. Sofort spüre ich eine Traurigkeit in mir, die ich in diesem Moment nicht zulassen will.

»Ich glaube, bei Krimis muss ich passen«, antwortet sie laut genug, dass ich sie verstehen kann. Einen Moment lang ist es still, bis mir die zündende Idee kommt.

»Hast du vielleicht ein paar Bücher bei dir?« Garfield macht es sich in der Zwischenzeit in der Mitte meines Bettes bequem und rollt sich ein. Da für mich noch lange nicht an Schlaf zu denken ist, lasse ich ihn pennen.

»Nur ein paar. Die anderen siebenhundert sind noch in Manchester.« Siebenhundert? Diese Frau ist eindeutig verrückt!

»Du könntest mir eins rüberbringen. Dann lese ich dir daraus vor«, sage ich und hoffe, dass sie zustimmt. Dass sie über ihren Schatten springt und ihre bescheuerten Regeln ignoriert, die verhindern, dass ich sie zu Gesicht bekomme.

»Netter Versuch.« Verdammt. Anscheinend hat sie selbst betrunken noch mehr Durchhaltevermögen als ich nüchtern.

»Dann leg es mir vor die Tür, und ich hole es rein. So sehen wir uns nicht, und ich kann dich trotzdem trösten.« Wieder kehrt ein Moment der Stille ein. »Wenn es okay für dich ist«, setze ich noch hinterher. Dann höre ich sie etwas durchwühlen.

»Aber wehe, du schummelst! Das Licht im Flur bleibt aus!« Grinsend gehe ich in den Flur, um darauf zu warten, dass sie mir das Buch vor die Tür legt. Es dauert keine zehn Sekunden, bis ich ihre Silhouette durch den Spion sehen kann.

Eine verdammt schöne Silhouette.

Die schönste Silhouette, die ich je gesehen habe.

Brooklyn sieht sich prüfend im Flur um, ihr Gesicht liegt im Dunkeln, nur das Buch in ihrer Hand wird vom Mondlicht erhellt. Sie schleicht sich auf Zehenspitzen zu meiner Tür und legt das Buch auf meiner Fußmatte ab.

Als sie anschließend zurück in ihre Wohnung tappt, fahre ich mit dem Finger in der Luft ihren Umriss nach. Eine schmale Taille, lange Beine und ausladende Hüften.

Komm schon, Brooklyn. Zeig mir dein Gesicht!, flehe ich sie gedanklich an. Aber wie erwartet fällt ihre Tür Sekunden später ins Schloss. Ich öffne meine einen Spaltbreit und hebe das Buch von der Matte auf.

Danach gehe ich zurück in mein Schlafzimmer, schalte das Nachtlicht an, setze mich mit dem Rücken gegen die Wand und schlage das

Buch auf. In diesem Moment vergesse ich, dass ich morgen früh raus muss ...

7

Brooklyn

Der Alkohol vernebelt mir noch immer die Sinne. Ich liege im Bett, und alles dreht sich, während ich darauf warte, dass Chase anfängt, für mich zu lesen. Dieser Mann muss tatsächlich verrückt sein. Wieso sonst sollte er sich darauf einlassen, mir aus einem *Liebesroman* vorzulesen? Und das, obwohl er mich nicht einmal kennt.

»Worum geht es in dem Buch?«, fragt er mich schließlich.

»Du liest es mir doch vor. Wieso sollte ich was spoilern?«

»Weil ich vorbereitet sein muss.«

Es ist eines der wenigen Bücher, die ich nach Bedford mitgenommen habe, weil ich mich einfach nicht davon trennen konnte.

»Dann lies dir doch einfach den Klappentext auf der Rückseite durch.« Der Alkohol hat mich immer noch so stark im Griff, dass ich in diesem Moment nicht mal sagen kann, worum es in dem Buch eigentlich geht – und das, obwohl ich es mindestens viermal inhaliert habe.

»Da steht irgendwas von einem Desaster drin«, murmelt er und überfliegt die Zeilen. Plötzlich fällt es mir wie Schuppen von den Augen.

»*Ihr beide seid ein Desaster*«, zitiere ich den Spruch auf der Rückseite des Buches von Jamie McGuire. Ich liebe diese Frau. Die Art, wie sie mit Worten jongliert. Und die Art, wie sie mein Herz berührt hat, als ich die Geschichte zum ersten Mal gelesen habe.

»Das klingt nicht sonderlich romantisch«, meint Chase.

»Hast du nicht den Titel gelesen? Es heißt *Beautiful Disaster*. Also ist es ein schönes Desaster, und somit ist es romantisch.« Ob er meinen Gedanken überhaupt folgen kann? Kann ich es denn? Ich vergesse scheinbar, dass Chase ein Kerl ist. Vermutlich hält er nicht sonderlich viel von Kitsch.

»Und worum geht es nun in diesem hochromantischen wunderschönen Desaster? Gib mir ein paar Infos, Brooke, sonst kann ich es nicht vorlesen!«

»Aber du liest dir doch auch nicht das Skript eines Films durch, wenn du ihn im Kino sehen willst! Das ist, als würdest du all deine Geschenke kennen, bevor du Geburtstag hast.« Ich rede mich in Rage, bis ich ihn losprusten höre.

»Schon gut, schon gut. Dann merk dir diese Nacht, Brooklyn. Das ist der Moment, in dem Chase Graham seine Männlichkeit verliert.« Und mit diesen Worten beginnt er, mir aus meinem Lieblingsroman vorzulesen. Und er hat absolut keine Ahnung, was das mit mir anstellt ...

...

»*Täubchen*? Im Ernst?« Chase hat schon nach drei Seiten angefangen, sich über das Buch aufzuregen.

»Das ist doch süß!« Ich erinnere mich noch an das erste Mal, als Travis seiner Auserwählten diesen Namen gab. Das Herz schlug mir damals bis zum Hals. Ja, Travis war mein erster richtiger Bookboyfriend, mittlerweile ist die Liste endlos geworden.

»Was ist denn daran bitte süß, wenn man einer Frau Tiernamen gibt? Fändest du es auch süß, wenn ich dich Esel nennen würde?«

Das ist so absurd, dass ich nur lachend den Kopf schütteln kann. »Täub-chen, Chase. Du musst es verniedlichen, dann ist alles süß.«

»Okay, dann eben Esel-*chen*. Also, *Eselchen*, soll ich weiterlesen?«

Ich weiß zwar nicht, wie viele Seiten wir schon geschafft haben, aber ich bin mir sicher, dass wir noch nicht über das zweite Kapitel hinaus sind.

»Nun mach schon!«, dränge ich ihn und verschränke die Arme hinterm Kopf. Es ist schon weit nach Mitternacht, und langsam, aber sicher werde ich wieder nüchtern. Wer kam noch mal auf die Idee, mich mit Rum abzufüllen? Ah ... Molly! Vermutlich werde ich in ein paar Stunden über der Kloschüssel hängen.

»Ist ja gut. Aber eine Sache muss ich noch von dir wissen.«

»Immer raus damit.« Ich spiele mit meinen Haaren und beobachte die Schatten, die der Baum vor meinem Fenster an die Decke wirft. Mit viel Fantasie könnte der schwarze Fleck auf der rechten Seite ein Herz sein ...

»Wieso um Himmels willen stehen Frauen eigentlich immer auf Arschlöcher?«

Gute Frage. Aber so genau kenne ich die Antwort darauf auch nicht, schließlich zähle ich mich nicht zu dieser Spezies.

»Hm. In Büchern stehen wir einfach auf Männer, die sich weiterentwickeln. Das macht die Geschichten aus! Wenn der Protagonist von Anfang an handzahm ist, ist es doch langweilig.« Gleichzeitig will ich ihm aber sagen, dass ich im wahren Leben nicht viel von solchen Typen halte. Thomas war immer der Gute, nie der Böse. Er war immer das Licht, nie die Dunkelheit. Bis er starb und somit zu meiner wurde.

»Dann würde ich einen miserablen Buchcharakter abgeben.«

Bevor ich ihm sagen kann, dass ich ihn auch mag, wenn er kein Arschloch ist, liest er weiter. *Habe ich gerade gedacht, dass ich ihn mag? Mag ich ihn denn?*

Meine Gedanken überschlagen sich, und ich bekomme von dem, was Chase mir vorliest, nur noch die Hälfte mit. Stattdessen starre ich weiterhin das tanzende Herz an der Decke an und zwinge mich, nicht laut auszusprechen, was mir auf der Zunge liegt.

Du musst kein Arschloch sein, um mich zu beeindrucken, Chase Graham. *Das hast du längst geschafft.* Aber ich bleibe stumm, höre seiner Stimme zu und merke, wie ich langsam falle ...

So schlafe ich mitten im Kapitel ein.

...

»Wie kann man nur so viele Bücher haben?« Thomas steht ratlos vor dem großen Bücherregal in unserem neuen Büro und kratzt sich am Hinterkopf. »Die Regalbretter biegen sich jetzt schon durch.« Er zeigt auf die Reihe vor uns, und tatsächlich, das weiße Brett wölbt sich leicht nach unten. Mein Blick wandert über die sechshundert Bücher, die schon einsortiert sind, und anschließend zu den restlichen, die noch im Karton liegen. Im Möbelhaus sah dieses Regal deutlich größer aus!

»Die da müssen aber noch rein.« Ich gehe in die Hocke, hieve den verbliebenen Karton auf den Tisch und hole die Bücher heraus. Das hier sind meine Herzstücke! Die Bücher, die mich mehr als einmal zerstört haben.

»Ich könnte versuchen, die Bretter von unten zu verstärken.« Thomas bückt sich, um unter die Bretter zu blicken, und überlegt, wie er sie vor dem Einsturz bewahren kann.

»Du bist der Beste, weißt du das?« Ich ziehe ihn an mich heran und gebe ihm einen Kuss. Er legt seine Arme fest um mich, und für einen Augenblick vergessen wir das Regal.

»Wieso? Weil ich verhindern will, dass das dreihundert-Pfund-teure Regal zusammenbricht?« Sein Daumen streicht über meinen Po, und ich schmiege mich an seine Brust. Es ist, als könnte man sein Lachen in jeder Faser seines Körpers spüren.

»Weil du weißt, wie viel mir die Bücher bedeuten«, korrigiere ich ihn. Er weiß, dass ich keinen Buchladen verlassen kann, ohne mindestens drei Bücher zu kaufen. Er liebt mich. Und nur deshalb hält er das hier aus, da bin ich mir sicher.

»Und wenn du ein ganzes Haus brauchst, um sie zu verstauen, dann baue ich es«, flüstert er dicht an meinem Haar. Gott, wie ich diesen Mann liebe ...

...

Ein lautes Hämmern reißt mich aus dem Schlaf. Müde schlage ich die Augen auf, und das Erste, was mir einfällt, ist, dass ich dringend Jalousien brauche!

»Oh Gott«, jammere ich, weil sich mein Schädel anfühlt, als hätte man ihn mit einem Panzer aus dem Zweiten Weltkrieg überfahren.

Molly hatte mich gewarnt, dass ich mit dem Kater meines Lebens aufwachen würde – und ich habe die Warnung ignoriert. Den Preis zahle
ich jetzt mit Höllenkopfschmerzen und einem pelzigen Gefühl auf der
Zunge. Hier ist der versprochene Kater. Ich würde ihn am liebsten vom
Hof jagen. Mit einer Schrotflinte.

Als ich mich müde aufsetze, entdecke ich einen Zettel unter der Tür.
Unter. *Der*. Tür.

*Du bist schon nach drei Kapiteln eingeschlafen. Ich hoffe, du
nimmst es mir nicht übel, dass ich das Buch ohne dich zu Ende
gelesen habe ... Gute Nacht, Eselcher.*

Er hat das Buch wirklich zu Ende gelesen? Meine Mundwinkel zucken,
und für einen kurzen Moment vergesse ich sogar die Schmerzen in meinem Kopf. Das Hämmern hingegen bleibt. Missmutig gehe ich in den
Flur und entdecke Ghost, der schwanzwedelnd vor der Haustür sitzt.

»Hey, Räuber. Was ist da?« Ich schleppe mich weiter zur Tür und
spähe durch den Spion nach draußen. Als ich in grüne Augen sehe, die
meinen schon immer verdammt ähnlich sahen, drehe ich den Schlüssel
um und reiße überrascht die Tür auf.

»M-Mom?« Was zur Hölle macht meine Mutter hier? Perplex stehe
ich im Flur und traue meinen Augen nicht.

»Na endlich. Ich hab schon das ganze Haus wach gemacht. Na,
Schätzchen? Willst du deine Mutter nicht reinlassen?«

Unsicher trete ich zur Seite und führe sie in die Wohnung. Ghost
springt an meiner Mutter hoch und schlabbert zur Begrüßung ihre
Hand ab. Ich bin mir sicher, dass er ihr die Tür geöffnet hätte, wenn sie
nicht verschlossen gewesen wäre. Diesen Trick habe ich ihm früh beigebracht. Mom bückt sich und krault ihn ausgiebig, dann wendet sie sich
wieder mir zu und nimmt mich fest in die Arme. Sie riecht wie immer
nach Lilien.

»Was machst du hier, Mom?« Ich will nicht frech klingen, aber nach
dieser Nacht hätte ich gern ausgeschlafen.

Doch statt einer Antwort verzieht meine Mutter das Gesicht. »Hast du etwa getrunken?« Sie schnuppert an mir. »Brooklyn, ich weiß, dass es schwer für dich ist, aber Alkohol? Alkohol kann doch nicht die Lösung sein!« Sie wird hektisch. »Gott, bist du deshalb hergezogen, damit du unbeobachtet trinken kannst?«

Ich lege ihr meine Hände auf die Schultern und schiebe sie geradewegs ins Wohnzimmer. Danach setze ich sie auf der Couch ab und baue mich vor ihr auf. Ob ich ihr als Gag einen Drink zur Entspannung anbieten sollte?

»Beruhig dich. Ich war gestern Abend bei Molly, und wir haben was getrunken. Kein Grund auszurasten, Mom.« Ist sie nur hier, um mich zu kontrollieren?

»Bist du dir sicher?« Sie sieht sich in der Wohnung um, um nach Indizien für mein Säuferdasein zu suchen, findet aber keine. Weil es keine gibt! Ich habe gestern das erste Mal nach Monaten wieder Alkohol angerührt, und mein Schädel erinnert mich daran, wieso ich normalerweise nicht trinke.

»Ganz sicher, Mom. Du kannst sie gern fragen. Und jetzt sag mir, was du hier zu suchen hast. Musst du nicht arbeiten?« Die Situation überfordert mich maßlos!

»Ich hab übers Wochenende frei und dachte, so kann ich den Sonntag mit meiner Tochter verbringen. Und außerdem – du klangst gestern am Telefon nicht besonders gut.« Sie wendet den Blick von mir ab. Ist das ihr Ernst? Es geht mir auch nicht *gut*! Was ja nicht gerade neu ist.

»Du bist zwei Stunden gefahren, nur um zu schauen, ob ich klarkomme?« Ich lehne mich gegen die Kommode und lächle, als mir klar wird, wie sehr Ghost meine Mom vermisst hat. Er lässt gar nicht mehr von ihr ab.

»Für dich würde ich auch zehn Stunden fahren. Wie sieht es aus, wollen wir frühstücken gehen? Nur du und ich – ganz wie in alten Zeiten?«

Da ich sie nicht enttäuschen will, raffe ich mich auf und nicke. »Aber dann lass mich vorher noch duschen. Wir könnten ja ins *Coffee with Art* gehen, dann lernst du gleich meine neue Arbeitsstelle kennen«, schlage ich vor. Aber als Allererstes brauche ich eine Kopfschmerztablette!

»Das würde mich freuen, Bärchen. Ach, was bin ich froh, hier zu sein.«

Ich werfe ihr einen Luftkuss zu und will gerade das Wohnzimmer verlassen, als sie mich aufhält.

»Ach, und Brooklyn ...« Ich halte inne und sehe sie an. »Ich hab vorhin deinen Nachbarn getroffen. Der junge Mann war so lieb, mir beim Einparken zu helfen. Er ist wirklich reizend.«

Ich muss mich verhört haben, oder? Unmöglich kann meine Mom, die zwei Stunden entfernt wohnt, Chase vor mir gesehen haben! Aber wen sollte sie sonst meinen? Ganz sicher nicht Mr Kingsman aus der unteren Etage. Der Mann ist gruselig, aber nicht reizend.

»Ja, er ist ganz nett«, ist alles, was ich antworte, auch wenn mir ganz andere Worte auf der Zunge liegen. Ich sehe meiner Mom an, was sie mir sagen will. Sie hat Thomas als Schwiegersohn geliebt, aber sie will auch, dass ich weitermache. Und ihre Blicke sprechen Bände. Sie will, dass ich jemanden kennenlerne, der irgendwann Thomas' Platz einnimmt. Ein höflicher, gut aussehender Nachbar kommt ihr da sicher gelegen. Aber das werde ich niemals zulassen. Vorher friert die Hölle ein ...

Ich lasse sie im Wohnzimmer mit Ghost zurück, schnappe mir mein Handy aus dem Schlafzimmer und steuere das Bad an. Bevor ich mir den Kater vom Leib spülen kann, sehe ich, dass ich eine neue Nachricht habe.

Unbekannte Nummer: War das Buch zum Einschlafen langweilig, Eselchen?

Ich erstarre, als ich checke, wer mir da geschrieben hat. Und dass er meine Nummer hat, ohne dass ich sie ihm gegeben habe. Wütend stapfe ich zurück ins Wohnzimmer und baue mich vor meiner Mutter auf.

»Was zum Teufel sollte das, Mom? Wieso hast du ihm meine Nummer gegeben?« Ich sollte ihr nicht böse sein, aber gerade sammelt sich der ganze Frust der letzten Monate in mir und bricht heraus.

»Das war die Bedingung«, stammelt sie nervös.

»Was für eine Bedingung?« Wovon spricht sie, verdammt noch mal?

»Er hilft mir beim Einparken, wenn ich ihm deine Nummer gebe. Es tut mir –«

»Woher wusste er denn, dass du meine Mutter bist?«

»Na ja ...« Sie zupft nervös am Henkel ihrer Tasche herum. »Ich hab es ihm gesagt?« Zögernd sieht sie zu mir auf, und sie wirkt so kleinlaut, dass ich versuche, meinen Ärger zu zähmen. *Mütter!*

Bevor ich gleich explodiere, tippe ich ihm lieber rasch eine Antwort – und das, ohne länger nachzudenken.

> *Dafür musst du mir mindestens zehn Romane vorlesen!*
> *Man erpresst keine Mütter!*

Ohne ein weiteres Wort zu meiner Mom gehe ich ins Bad und stelle mich unter den warmen Wasserstrahl. Vielleicht gelingt es mir ja, die verwirrenden Emotionen abzuwaschen, runter in den Abfluss zu spülen.

Doch dann höre ich durch das Rauschen hindurch mein Handy surren. Mir wird ganz flau im Magen. Mit zitternden, noch feuchten Händen greife ich nach dem Telefon und lasse es dabei fast zu Boden fallen.

> *Leg sie mir vor die Tür ;)*

8

Chase

»Und, kannst du schon was sehen?« Troy hockt auf den Reifen, die sich neben der Hebebühne stapeln, während ich unter seinem Auto stehe.

Es dauert nicht lange, bis ich entdecke, wo das Problem liegt. »Er bremst nicht mehr richtig, hast du gesagt?«

Im Radio spielen Lifehouse, und Troy zündet sich eine Zigarette an.

»Wenn der Chef sieht, dass du hier drin rauchst, bist du einen Kopf kürzer. Dann ist deine defekte Bremsleitung dein kleinstes Übel«, murmle ich und sehe mir den Unterboden seines Mustangs genauer an.

»Fuck, die Bremsleitung ist Schrott?« Troy springt von seinem Reifenstuhl, kommt neben mich und schaut mit mir unter seinen Wagen.

»Verpiss dich mit der Kippe«, warne ich ihn, wische mir die dreckigen Hände an der Jeans ab und öffne das Tor der Werkstatt, damit sein Qualm rausziehen kann. Ich arbeite seit zwei Jahren hier, und auch wenn der Verdienst zu wünschen übrig lässt, kann ich mir keinen anderen Job vorstellen. Früher habe ich einfach gern an Autos herumgebastelt, heute ist es anders. Heute spült der Job mein Gewissen rein.

»Und ja – die ist hinüber.«

»Wie lange würdest du brauchen, das zu reparieren?« Troy ist einer meiner besten Freunde, also ist es selbstverständlich, dass ich ihm auch sonntags helfe, wenn er mich braucht. Auch wenn ich mir dadurch Stress mit Carmen einfange.

»Wenn ich mich reinhänge, könnte ich es heute noch schaffen. Wann musst du morgen los nach London?«

Er zieht ein letztes Mal an seiner Kippe, bevor er sie draußen vor dem Tor mit dem Stiefel austritt. Dann klatscht er in die Hände und richtet seine Frisur. Danach sieht sie aus wie vorher. Troy ist das genaue Gegenteil von mir, mit seinen kurzen blonden Haaren und den blauen Augen.

»Nach dem Frühstück. Du bist der Beste, weißt du das?« Er legt brüderlich seinen Arm um meine Schultern und boxt mir in die Rippen. »Was macht Carmen Electra?«, will er feixend wissen. Er kann meine Freundin nicht ausstehen und scheut sich auch nicht, das offen zu zeigen. Weshalb ich immer versuche, die beiden voneinander fernzuhalten. Eine Gratwanderung, die ich bis jetzt erstaunlich gut hingekriegt habe.

»Sie ist ziemlich genervt, weil ich heute in der Werkstatt bin. Ansonsten – keine Ahnung. Vielleicht sehe ich sie heute Abend.« Vielleicht aber auch nicht. Vielleicht liege ich lieber wieder in meinem Bett und lese stattdessen ihr vor. Weil ich zu einem Weichei geworden bin, seit sie neben mir wohnt.

Während ich das Werkzeug zusammensuche, das ich für die Reparatur brauche, mustert Troy mich mit Argusaugen.

Fragend sehe ich ihn an. »Ist was?«

Er legt den Kopf schief. Seine strahlend weißen Zähne blitzen dabei diabolisch auf. »Du verhältst dich seltsam. Liegt das an der Kleinen, die neben dir eingezogen ist?«

Fuck, wieso habe ich ihm überhaupt von ihr erzählt? Ich hätte einfach die Schnauze halten sollen, immerhin kenne ich meinen besten Kumpel besser als jeder andere!

»Was soll mit ihr sein?« Ich zucke gleichgültig mit den Schultern und tue so, als würde mich dieses Thema nicht aufwühlen, dabei versuche ich schon die ganze Zeit angestrengt, nicht an sie zu denken.

»Habt ihr euch schon mal getroffen?«

Ich sehe, worauf er hinauswill. »Nope«, antworte ich ihm knapp, um das Thema schnell zu beenden. Aber Troy weiß nur zu gut, wie er mir am besten auf die Nerven geht. Wir sind seit Ewigkeiten befreundet. Er hat meinen ersten Liebeskummer miterlebt, meine erste Schlägerei, die ich mir seinetwegen eingefangen habe, und den Tod meiner Mutter vor einem Jahr. Er war immer da.

»Weiß Carmen Electra, dass du die Kleine magst? Dass ihr euch an der Wand zwischen euch aufgeilt?«

Ich schnappe mir einen Schraubenschlüssel und werfe ihn so nach Troy, dass er kurz vor seinen Füßen zu Boden fällt. »Wir sind Nachbarn. Wir reden miteinander. Mehr nicht.« Auch wenn mir das ganz und gar nicht gefällt. Ich weiß nicht, warum, aber etwas an ihrer Stimme zieht mich an. Und ich verfluche schon nach drei Tagen ihre verdammte Sturheit.

»Schon klar. Und am liebsten willst du mich anflehen, einen Blick auf sie zu werfen, damit ich dir sagen kann, wie die Kleine aussieht.« Troy hat mich schon immer gern aufgezogen.

»Es ist mir scheißegal, wie sie aussieht«, knurre ich ihn an. Und dieses Mal sage ich die Wahrheit. Es ist mir tatsächlich schlichtweg egal. Ich gebe einen Dreck auf Äußerlichkeiten, weil für mich schon immer die inneren Werte gezählt haben. Auch bei Carmen war mir ihr Aussehen egal. Sie ist einfach in einer schweren Zeit in mein Leben getreten und hat mich vor meinem Selbsthass gerettet. »Und wenn du nicht willst, dass du mit einer kaputten Bremse nach London fahren musst, dann nerv mich nicht länger.«

· · ·

Am frühen Abend bin ich mit der Reparatur von Troys Wagen fertig und parke vor unserem Haus. Die Parklücke, in die ich das Auto von Brooklyns Mutter am Morgen gefahren habe, ist jetzt leer. Ich kann es immer noch nicht fassen, dass sie auf den Deal eingegangen ist und mir die Nummer ihrer Tochter gegeben hat.

Ich schalte den Motor aus, schließe den Wagen ab und gehe in den

Hausflur. Als ich vor meiner Wohnung stehe, fällt mir ein Stapel Bücher ins Auge. Lachend schließe ich die Tür auf und trage den Stapel auf mein Bett.

Zehn Bücher, und den Umschlägen nach zu urteilen handelt es sich bei jedem um eine Liebesschnulze. Versunken blättere ich mich durch einen Fünfhundert-Seiten-Wälzer und zücke mein Handy.

Willst du mich umbringen, oder was?

Es dauert keine Minute, bis sie mir antwortet.

Lass mich raten, du hast die Bücher gefunden? ;)

Soll ich dir gleich meine Männlichkeit in die Hand legen? C.

Nein. Ich nehme dann doch lieber die Bücher. Fang mit
»Hope Forever« an. Aber pass auf, dass du dich nicht in
Holder verliebst. Er gehört mir ;) B.

Ich suche das Buch mit dem Titel heraus. Colleen Hoover – noch nie gehört. Ich lese mir die kurze Beschreibung auf der Rückseite durch und lasse mich rückwärts aufs Bett fallen.

Du willst mich echt umbringen. Davon gibt es ja sogar
einen zweiten Teil!!! C.

Rache ist süß! Vielleicht überlegst du es dir beim nächsten
Mal, bevor du hilflose Frauen wegen meiner
Nummer erpresst ;) B.

Ich schiebe die anderen Bücher zur Seite und lehne mich gegen die Wand.

Klopf an die Wand, wenn du so weit bist. C.

Ein paar Atemzüge später ertönt ein zögerndes Klopfen.
Sie ist da.

9

Brooklyn

5 Bücher später

»Welches Buch ist heute Abend dran? Ich muss mich mental darauf vorbereiten.« Es ist Freitagmorgen, und ich sitze auf meinem Bett. Kaum zu glauben, wie schnell ich mich an unsere anonyme Freundschaft gewöhnt habe.

Wenn ich einen schlechten Tag habe, weiß ich, dass er spätestens abends wieder gut wird. Weil er auf mich wartet. Weil er mir vorliest. Und mir so die negativen Gedanken für ein paar Stunden nehmen kann.

Aber ich will ihn nicht sehen. Das würde alles zerstören. Deshalb gehe ich ihm weiterhin aus dem Weg – auch wenn das alles andere als leicht ist.

Ich weiß, dass er an den meisten Tagen um sieben Uhr zur Werkstatt muss, also verlasse ich das Haus erst, wenn ich seine Tür zuschlagen gehört habe. Nach meinem Feierabend eile ich nach Hause und schnappe mir Ghost, damit ich vor ihm im Hausflur bin. Es ist albern, mich vor ihm zu verstecken, das weiß ich.

Aber mein Verstand schreit mich jeden Abend an, dass ich einen Fehler mache, wenn ich ihn noch näher an mich heranlasse. Es könnte mich in Sekundenschnelle zerstören. Also halte ich an meinen Prinzipien fest, auch wenn mein Herz etwas ganz anderes will. Es sehnt sich nach Nähe.

Aus unseren Gesprächen weiß ich einiges über ihn. Dass Blau seine

Lieblingsfarbe und seine liebste Band Rise Against ist dass er noch einen Bruder hat, der aber vor einigen Jahren nach Italien gegangen ist, um dort zu studieren. Von seinen Eltern spricht er nie.

»Ich muss dir noch etwas erzählen«, sagt Chase.

Ghost döst vor meinem Bett und genießt die ersten Sonnenstrahlen, die durch das Fenster in mein Schlafzimmer fallen. Dafür, dass wir Mitte Oktober haben, ist es noch erstaunlich warm draußen.

»Ich höre?«

»Als ich gestern auf dem Weg nach Hause war, bin ich an einer Buchhandlung vorbeigekommen.«

Ich rapple mich auf, gespannt darauf, was jetzt kommt.

»Und da hab ich ein Buch entdeckt. Wie hieß die Autorin noch gleich? Irgendwas mit Young ...«

Ich werfe mich in die Kissen und krame hektisch mein Handy hervor, um das Datum zu checken.

»Samantha Young!«, quieke ich. Ich liebe diese Autorin – und gestern ist ihr neues Buch erschienen. Wie zur Hölle konnte ich das verpassen? Diese Frau hat mir schon auf so viele Weisen das Herz gebrochen, dass ich aufgehört habe, mitzuzählen.

»Ja, genau. Der Name steht hier auf dem Cover.«

Mein Herz macht einen Satz.

»Nein!« Ich knie mich auf das Bett und lege meine Hände an die Wand, hinter der er sitzt und das neue Buch meiner Romance-Göttin in den Händen hält.

»Doch«, widerspricht er mir lachend. Ich suche Halt in seiner Stimme, obwohl es falsch ist. Garantiert bin ich nicht nach Bedford gekommen, um mich von einem Chaos ins nächste zu stürzen. Dabei bin ich mir sicher, dass es dafür schon zu spät ist. Ich habe mein Todesurteil gemeinsam mit dem Mietvertrag unterschrieben.

»Du hast es?« Meine Knie sacken in der weichen Matratze zitternd ein, und am liebsten würde ich die Tür links von mir eintreten und das Buch streicheln. Bis ich mich daran erinnere, dass ich das nicht kann. Und das liegt nicht an der mangelnden Kraft in meinen Beinen ...

»Das neue herzzerreißende Buch der New-York-Times-Bestsellerautorin Samantha Young. Ein Must-Have für jeden Fan der Autorin«, liest er mir vor, und ich schließe die Augen. Ich weiß, was er vorhat.

Und noch schlimmer als seine Absichten finde ich, dass es mir gefällt. Dass ich seine Beharrlichkeit mag. Jeden Abend versucht er es auf eine andere Weise. Und jedes Mal lasse ich ihn buchstäblich gegen die Wand rennen, weil ich noch nicht bereit bin, ihm unter die Augen zu treten, bei denen ich immer noch davon ausgehe, dass sie braun sind.

»Du willst mich erpressen«, stelle ich trocken fest. Ich lehne meinen Kopf an die Wand und atme tief durch.

»Ich will dir nur erzählen, dass ich gestern das letzte Exemplar in der Buchhandlung gekauft habe. Das ist keine Erpressung, Brooklyn.«

Gott, dieser Teufel! Dieser verdammte Teufel! Chase Graham, ich verfluche dich!

»Und wie du mich erpresst.« Ich halte die Augen geschlossen und versuche, dem Drang zu widerstehen, einfach aufzugeben. Das Versteckspiel endlich abzubrechen.

»Ich würde es dir geben. Aber dafür musst du es dir holen«, setzt Chase rau hinterher. Seine Stimme wird dunkel, und immer, wenn er so mit mir spricht, schnürt es mir die Kehle zu. Weil mir dieser Ton viel zu weiche Knie macht. Weil mein Herz viel zu heftig darauf reagiert. Auf die Art und Weise, wie er meinen Namen ausspricht ...

»Ich kann ... ich kann nicht«, ist alles, was ich erwidere. Tränen steigen in meine Augen, weil ich kurz davorstehe, mich selbst zu verraten. Thomas zu verraten, indem ich zu Chase hinüberrenne und die Klingel drücke.

»Wieso darf ich dich nicht sehen, Brooklyn?«

Ich schlucke schwer, während ich weiterhin die Hände an die Wand presse und mir vorstelle, dass seine auf der anderen Seite dasselbe tun.

»Ich ... ich kann einfach nicht. Es tut mir leid.« Eine Träne rinnt über meine Wange und tropft auf das Laken.

Ghost streckt sich, springt auf das Bett und setzt sich neben mich. Er lehnt seinen Kopf gegen mich und starrt mit mir gemeinsam an die

Wand. Manchmal habe ich das Gefühl, dass er mehr mitbekommt, als ich ahne. Dass Ghost mir sagen will, dass es okay ist, Chase sehen zu wollen.

»Was ist, wenn ich nicht deiner Vorstellung entspreche?« Diese Frage stelle ich ihm, damit er nicht den wahren Grund für meinen Abstand erfährt. Doch obwohl ich es nur als Ausrede benutze, frage ich mich, wie seine Antwort wohl lauten wird.

»Ich scheiße auf Vorstellungen, Brooke«, sagt er und lacht verbittert auf.

Ich schließe wieder die Augen und stelle mir vor, die Wand wäre nicht zwischen uns. Stelle mir vor, wie es wäre, wieder körperlichen Kontakt zu jemandem zu haben. Jemandes Hand zu halten und von jemandem umarmt zu werden. Einem Mann ...

Sofort schüttle ich die Gedanken ab, weil sie so abwegig sind. Weil ich mein Herz Thomas verschrieben habe.

»Und wenn du aussehen würdest wie ein Ork, es wäre mir egal«, setzt er noch hinterher. Ich weiß, dass er die Situation auflockern will, aber er schafft es nicht. Die Spannung in der Luft bleibt bestehen und entfaltet sich in mir wie ein Flächenbrand.

Eine Weile lang knie ich noch auf dem Bett und lehne meinen Kopf gegen die Wand. Höre seinem Schweigen zu, obwohl mir seine Stimme viel besser gefällt. Weil sie mir zeigt, dass es noch Hoffnung gibt. Ich muss sie nur finden.

Ein Rascheln reißt mich aus meinen Gedanken, und als ich einen Blick auf die Tür werfe, entdecke ich ein Blatt Papier. Sofort bücke ich mich, um es aufzuheben. Zum Vorschein kommt eine Bleistiftskizze, die meine Atmung stocken lässt.

»Weißt du jetzt, was ich meine? Es ist mir egal, wie du aussiehst, verrückte Brooklyn.« Chase klingt traurig. Viel zu traurig.

Tränen tropfen auf die Skizze. Eine Skizze von mir. Er hat die Silhouette einer Frau gemalt, die sich gegen eine Wand lehnt. Langes welliges Haar, ein Buch in der Hand. Und dort, wo mein Gesicht sein sollte, ist nichts. Als hätte ich keines. Ich presse die Skizze gegen meine Brust und versuche zu verhindern, dass ich laut schluchze. Er soll nicht wissen, dass er meine Emotionen so in der Hand hält. Dass ein paar Striche auf einem weißen Blatt reichen, um mich derart aus der Bahn zu werfen.

»Verschweigst du mir noch andere Talente von dir?«, frage ich ihn. Ich bin mir sicher, dass er längst weiß, was er innerhalb weniger Tage mit mir angestellt hat. Weniger Abende.

Abende, die zu Nächten wurden, weil wir nicht aufhören konnten, uns über Gott und die Welt zu unterhalten. Nächte voller Gespräche, Nächte voller Lachen. *Gott, ich hatte noch nie in meinem Leben so viele durchlachte Nächte.* Nicht einmal mit ihm. Und das ist es, was mir am meisten Angst einjagt. Thomas hat mich unglaublich glücklich gemacht, aber das mit Chase fühlt sich anders an.

»Ich würde ja sagen, dass du das herausfinden musst, aber wie ich dich kenne, lehnst du ab.« Wieder hört man ihm an, dass ich ihn kränke. Dass es ihn kränkt, von mir weggestoßen zu werden, weil ich nicht über meinen Schatten springen kann.

Dabei versuche ich doch einfach nur, mein Herz zu beschützen. Versuche, das hier auf Abstand zu halten.

Seinetwegen.

Weil ich glaube, dass Thomas einer von den Sternen da oben ist und mich beobachtet. Und es würde mir das Herz brechen, wenn er denkt, dass ich ihn ersetze.

Niemand kann ihn ersetzen. Niemand kann mir dieses Gefühl von Vollkommenheit geben, das er mir fünf Jahre lang jeden Tag gab. Mit ihm war ich vollständig. Ohne ihn bin ich nur noch eine leere Hülle.

»Wirst du mir eines Tages erzählen, wer dich so gebrochen hat?«, setzt Chase hinterher, weil ich nichts mehr sage. Weil mich meine Gedanken in die Tiefe stürzen. Ich sacke auf meine Fersen und presse die Skizze in meinen Schoß. Weitere Tränen rinnen über mein Gesicht und landen auf dem Bild in meinen Händen.

»Eines Tages. Vielleicht.« Ich will ihm keine falschen Hoffnungen machen, genauso wenig will ich ihn weiter vor den Kopf stoßen. Mir ist klar, dass er einfach vor seiner Tür warten könnte, bis ich das Haus verlasse. Aber ich glaube ihm, wenn er sagt, dass er sich an meine Regeln hält. »Ich muss gleich zur Arbeit«, sage ich schweren Herzens.

Chase sagt nichts mehr, und seine Stille ist ohrenbetäubend. Sie schneidet wie Messerspitzen in meine Haut.

Damit ich nicht auf die Idee komme, meine Meinung zu ändern, verstaue ich die Skizze unter meinem Kopfkissen, klettere vom Bett und mache mich auf den Weg ins Bad. Dabei zieht mich alles zurück ins Schlafzimmer. Zurück an diese Wand – zurück zu ihm.

· · ·

»Wow, gleich sehe ich ja das erste Mal diese verrückte Tür, von der du mir erzählt hast.« Es ist Viertel vor sechs am Abend, als ich mit Molly den Hausflur betrete. Sie hat darauf bestanden, mich zu begleiten, damit ich den Freitagabend nicht wieder allein verbringe.

Und etwas in mir hat sich nicht getraut, ihr zu sagen, dass ich bereits verabredet bin. In meinem Schlafzimmer. Mit ihm. Ich lächle sie an und nicke, weil ich mich nicht verraten will. Wenn ich mich unauffällig verhalte, wird sie nichts bemerken.

Gemeinsam erreichen wir meine Etage, und als ich auf der Fußmatte über etwas stolpere, schlägt mein Herz rasend schnell. Ein Buch liegt vor meiner Tür, das ich unter Tausenden sofort erkennen würde, weil ich das Cover schon vor dem Release ständig ansehen musste. Nein!

»Oh Gott.« Ich hebe das Buch mit dem schwarzen Umschlag auf und drehe mich fassungslos zu seiner Wohnung um. Mit den Fingerspitzen fahre ich über das schlichte Cover. Lediglich die blaue Rose in der Mitte verleiht ihm Farbe. Es ist perfekt. Mein Blick wandert zu dem Namen der Frau, die mich jedes Mal mit ihren Geschichten zum Träumen bringt. Erst träume ich, dann weine ich, dann schreie ich. Und wenn ich aufwache, will ich bloß eins: wieder einschlafen und weiterträumen.

»Wer legt dir denn Bücher vor die Tür?« Molly schielt über meine

Schulter, während ich eilig die Wohnung aufschließe und sie hinein-scheuche. »Ah, lass mich raten!« Sie klatscht in die Hände und zeigt mit dem Finger auf mich. »Das kommt von deinem höllisch heißen Nach-barn!« Siegessicher lacht sie auf, während die Tür hinter uns ins Schloss fällt. »Erwischt! Wieso schenkt er dir Bücher? Sag nicht, er liest so was.« Angewidert verzieht sie das Gesicht und stibitzt sich das Buch, um ei-nen Blick hineinzuwerfen. Sobald sie eine Seite aufgeschlagen und ei-nige Zeilen gelesen hat, schüttelt sie sich.

»Er liest so was nicht«, weise ich sie ab, auch wenn es gelogen ist. Immerhin liest er mir die Bücher vor. Aber nicht, weil er sie toll findet, sondern weil er mir eine Freude machen will und das seine Bestrafung dafür ist, dass er meine Mom erpresst hat.

»Aber wieso schenkt er sie dir dann?« Sie legt die Stirn in Falten und nickt wissend. »Hat er mit seiner Alten Schluss gemacht?«

Ich schüttle den Kopf. Molly reißt die Augen auf, und Ghost tapst müde auf uns zu.

»Und findet sie es gut, dass er dir Geschenke macht?«

Vermutlich nicht? Ich weiß, dass sie sich wundert, wieso Chase so wenig Zeit für sie hat. Und ein Teil von mir fühlt sich schuldig, aber der andere Teil weiß, dass sie ihm nicht guttut. Dass er etwas Besseres als sie verdient hat. Sie weiß nicht zu schätzen, was für ein besonderer Mensch er ist.

»Er wusste, dass ich auf das Buch warte. Du interpretierst da zu viel rein«, fahre ich sie an. Sekunden später tut es mir schon wieder leid. »Ich meine: Wir sind nur Freunde. Freunde machen sich gelegentlich Geschenke.«

»Ja. Freunde treffen sich auch gelegentlich. Aber ihr mit eurer ko-mischen Wandbeziehung seid echt seltsam.« Sie zieht die Brauen in die Höhe. »Das ist nicht etwa so ein Fetisch, oder?«

»Was für ein Fetisch sollte das denn sein?« Ich schüttle erstaunt den Kopf.

»Na ja, vielleicht macht es euch ja an, dass die Wand da zwischen euch ist. So ein Betonfetisch.« Sie schüttelt sich wieder. Ich entreiße ihr das Buch und bringe es in mein Schlafzimmer. Wie erwartet folgt Molly mir auf Schritt und Tritt. Und als sie die Tür entdeckt, geht sie zu ihr hin und klopft an.

»Molly, lass das!«

»Hey, hör auf, mit mir zu sprechen, als wäre ich ein Hund«, murmelt sie und lehnt ihren Kopf gegen das Holz. »Vielleicht habe ich euch in meinen Vorstellungen zu früh verurteilt.« Sie drückt die Klinke nach unten und bemerkt, dass die Tür fest verschlossen ist.

Als hätte ich das nicht schon Hunderte Male probiert!

»Sie ist sicher mega heiß, diese Wandbeziehung. Das bringt Pepp ins Schlafzimmer. Oder besser gesagt in die Gedanken. Im Bett herrscht ja tote Hose, wenn ihr euch nie seht«, sinniert sie und sieht sich weiter im Raum um, während ich versuche, nicht rot anzulaufen. Ich verheimliche ihr bewusst, dass Chase sich schon mehrere Male in meine Träume geschlichen hat. »Ich habe eine Idee!« Molly zückt ihr Handy und sucht etwas.

»Will ich sie wissen?«, hake ich missmutig nach.

»Und wie! Wir zwei Hübschen«, sie deutet mit dem Finger auf mich und dann auf sich, »gehen heute feiern. Und geben uns die Kante! Dann lernst du mal, wie eine Frau in unserem Alter ihre Freitagabende verbringen sollte.« Bevor ich ihr widersprechen kann, hat sie mir schon die Hand vor den Mund gepresst. »Wag es ja nicht, zu protestieren!«

Ich gebe mich geschlagen und krame mein Handy hervor. Meine Finger finden seinen Namen mit Leichtigkeit, und die Worte sind schneller abgeschickt, als mein Verstand arbeiten kann.

Du bist verrückt, Chase Graham. Ich weiß nicht, wie ich cir danken soll. B.

Dabei weiß ich ganz genau, wie ich es könnte …

· · ·

»Muss das sein?« Ich winde mich, weil ich eigentlich nur eins will: nach Hause gehen. Mich in mein Bett legen und mir vorlesen lassen.

Aber Molly stemmt die Hände in die Hüften und nickt energisch. »Ich hab dich nicht umsonst zwei Stunden lang in das hier verwandelt.«

Ich blicke an mir hinab und fühle mich verkleidet. Der Lederrock ist mir zu kurz, das Oberteil zu freizügig und mein Gesicht bekommt unter dem Make-up viel zu wenig Luft. Wann habe ich jemals so etwas wie Foundation und Augenbrauengel benutzt? Richtig: Nie.

»Bitte-bitte. Für mich? Ich hab mich so auf dich gefreut, als meine Mom mir erzählt hat, dass du in meinem Alter bist. Manchmal glaube ich, du bist eine Neunzigjährige, gefangen im Körper einer Zwanzigjährigen.«

»Sehr nett«, murmle ich und werfe einen Blick auf den Club vor uns. Er trägt den Namen *Shooting Star*, und eine Sternschnuppe ziert das Logo des Ladens.

»Na los. Wir werden Spaß haben, du wirst schon sehen.« Molly schnappt sich meine Hand und zerrt mich zu dem Türsteher, der uns grimmig mustert. Er hat eine Glatze, dafür aber einen mehr als vollen Bart, so als wären seine Haare einfach nur ein Stück nach unten gewandert. Ob er auch einen behaarten Buckel hat? Oder Hobbitfüße?

»Hey«, begrüße ich ihn unsicher.

»Heute findet eine Mottoparty statt«, murmelt er in seinen Bart.

Molly strafft die Schultern und nickt. »Wissen wir doch.«

Er blickt an uns hinab. »Und wen wollt ihr darstellen?« Er verschränkt die Arme vor der Brust und versperrt uns den Weg ins *Shooting Star*, aus dem die Musik dröhnt.

In dem Rock ist mir arschkalt, also zittere ich am ganzen Körper. »Komm, lass uns gehen.« Ich will Molly wegziehen, aber sie schüttelt mich ab.

»Nichts da. Der Look dieser Dame hat mich zwei Stunden meines Lebens gekostet. Also entweder lässt du uns rein oder ich bestelle deinem Boss Ryan schöne Grüße von seinem unfähigen Personal.« Der

Bärtige überlegt, und als er schließlich zur Seite tritt, grinst Molly siegessicher.

Gemeinsam betreten wir den Club. Der Eingangsbereich ist dunkel, und animierte Sternschnuppen huschen über den Himmel. Wow! Wer hätte gedacht, dass eine Kleinstadt solche Clubs zu bieten hat?

»Kennst du seinen Boss wirklich?«, frage ich sie leise, damit uns niemand hören kann.

Molly zuckt mit den Schultern. »Vielleicht hatte ich mal was mit ihm?« Ihre Augen blitzen auf, während ich mir ein Lächeln abringe.

Als wir den Club schließlich betreten und Bon Jovis It's my life ertönt, entspanne ich mich. Vielleicht wird der Abend doch nicht so schrecklich, wie ich dachte …

10

Chase

»Muss das wirklich sein? Eigentlich habe ich keine Lust.« Und keine Zeit! Ich werfe einen Blick auf die Uhr, während Carmen mich vorwurfsvoll ansieht. Sie trägt ein Catwoman-Kostüm, weil sie unbedingt auf diese bescheuerte Kostümparty gehen will, obwohl sie weiß, dass ich nicht mehr zu so was gehe, seit ich achtzehn bin.

»Du hast die ganze Woche keine Lust gehabt, irgendetwas zu unternehmen. Und jetzt willst du mich tatsächlich schon wieder versetzen?« Ihre Brüste fallen beinahe aus dem mehr als knappen Oberteil heraus, als sie ihre Arme vor der Brust verschränkt. Einen Moment sehe ich sie an, versuche, die liebevolle, verständnisvolle Seite an ihr wiederzufinden, die mich vor Monaten gerettet hat, aber ihre unbändige Eifersucht hat so vieles kaputtgemacht.

»Genau genommen *versetze* ich dich nicht, weil wir gar nicht verabredet waren«, korrigiere ich sie und lehne mich mit dem Rücken gegen die Tür. Die Tür, die in Brooklyns Zimmer führt. In den letzten Tagen ist es mir immer schwerer gefallen, sie nicht einfach einzutreten, wenn Brooklyn weinend einschlief. Dass sie mir nicht verrät, was sie derart im Griff hat, macht es nicht unbedingt besser.

»Was zur Hölle ist dein Problem? Wenn du eh nur in deiner Bude hockst, kannst du auch genauso gut mitkommen. Troy ist auch da.«

Troy?

»Und das weißt du woher?«

»Seine Freundin hat es mir erzählt?« Carmen atmet hörbar ein und aus. Als ihr Blick an meinem Regal und den darauf stehenden Büchern hängen bleibt, sieht sie mich ungläubig an. »Was sind denn das für Bücher?« Sie nimmt das Täubchen-Buch in die Hand und blättert verloren darin herum. Danach schlägt sie es schwungvoll zu, während ich mir ein Lächeln verkneife, weil ich an Brooklyn denken muss. Und an die stundenlangen Gespräche, die wir inzwischen jeden Abend führen, wenn ich eigentlich schlafen oder bei Carmen sein sollte. Ich weiß noch nicht sonderlich viel über sie, weil sie immer nur kleine Brocken in meine Richtung wirft. Ich weiß, dass sie aus Manchester kommt und nachts den Namen eines Mannes in ihren Träumen sagt. Und die Kombination dieser beiden Tatsachen sollte schon genügen, damit ich sie einfach in Ruhe lasse. Dennoch werfe ich meine Vernunft jedes Mal über Bord, wenn ich ihr vorlese.

»Ich wollte mal was Neues ausprobieren«, antworte ich schulterzuckend, auch wenn ich mich damit lächerlich mache. Doch als Carmen meine neue Ausbeute unkommentiert lässt, entspanne ich mich.

»Nun komm schon, Babe. Tu's für mich. Du musst dich auch nicht verkleiden.« Mit diesen Worten ist sie bei mir und schlingt ihre Arme um meinen Hals.

Wieso um Himmels willen fühlt es sich so falsch an, mit ihr hier zu stehen? Sie ist meine Freundin, verdammt! Und doch muss ich zugeben, dass ich sie in letzter Zeit nicht gerade vermisst habe, weil jedes Treffen am Ende des Tages in einem Drama endet. Brooklyn hingegen ... Fuck, nein!

»Bitte, Chase.« Ihre Augen sind glasig, und ich ringe mit meinem Gewissen. Ich verhalte mich unfair, das weiß ich. Und ich hasse es, zu etwas zu werden, das ich nie sein wollte. Ein Arschloch. Carmen behandelt mich oft wie Dreck, aber es gab auch Zeiten, in denen es zwischen uns gut lief. Diese Zeiten sind erst wenige Monate her, und doch fühlt es sich an, als würden Jahre zwischen dieser Version von ihr und der jetzigen liegen.

»Okay«, gebe ich mich schließlich geschlagen. »Wenn ich uns noch eine Chance gebe, hält es mich vielleicht davon ab, mich weiter in Brooklyns Leben einzumischen. Was sie – ganz offensichtlich – vermeiden will.

»Du wirst es nicht bereuen. Und wenn du mit mir tanzt, bekommst du vielleicht noch eine Überraschung«, gurrt sie und schnurrt wie ein Kätzchen.

»Geh ruhig schon mal vor, ich muss mich noch umziehen.« Carmen gibt mir einen Schmatzer auf den Mund und tänzelt in ihren hohen Schuhen aus dem Schlafzimmer. Ich setze mich aufs Bett und klopfe an die Wand, aber niemand reagiert. »Nun mach schon, Brooke.«

Aber sie antwortet nicht. Also reiße ich einen Zettel aus meinem Block und entschuldige mich dafür, dass ich sie versetzen muss. Danach falte ich den Zettel und schiebe ihn unter der Tür durch, damit sie ihn findet, wenn sie zurück ist.

»Ist das dein Ernst?« Vor dem Club, in dem die alberne Party stattfindet, treffen wir auf Troy, den ich seit seines London-Trips nicht mehr zu Gesicht bekommen habe, und seine Freundin Nicci, mit der er erst seit Kurzem zusammen ist. Und so wie ich meinen besten Kumpel kenne, wird sie nicht lange an seiner Seite sein. Die Frau, die ihn bodenständig macht, muss erst noch geboren werden. »Kriegst du darunter überhaupt Luft?« Ich ziehe an dem hautengen Stoff, der meinen besten Kumpel in eine billige Kopie von Spiderman verwandelt.

»Hey, wo ist dein Outfit?« Er blickt an mir hinab. Ich habe mich für eine schwarze Jeans und ein weißes Hemd entschieden, weil ich keinen Bock hatte, mich zu verkleiden. Außerdem kam Carmens Einladung zu spät, um mir noch in einem der Läden ein Last-Minute-Outfit zu besorgen.

»Ich gehe als Chase Graham«, antworte ich siegessicher und begrüße seine Freundin, die sich als weiblicher Avatar verkleidet hat. Gott, was die alle daran finden ...

Carmen greift nach meiner Hand und flüstert mir etwas zu, das ich aufgrund der Lautstärke vor dem Club nicht verstehen kann. Eine ellenlange Schlange hat sich vor dem Eingang gebildet. Man sieht Wonder Woman, Thor, Deadpool und zig andere Superhelden. Und mit jeder Figur vergeht mir die Lust auf die Party ein Stück mehr.

»Dann lass uns mal reingehen.« Spiderman aka Troy klatscht in die Hände und hält seiner Avatarsdame den Arm hin. Gemeinsam stellen wir uns an, obwohl ich eigentlich ganz woanders sein will ...

• • •

»Wieso zur Hölle sind wir eigentlich hier? Du *hasst* Carmen«, erinnere ich meinen besten Kumpel.

»Weil ich mal wieder wie in guten alten Zeiten mit dir abhängen wollte, Graham. Da nehme ich deine Angebetete gern mal in Kauf.« Ich werfe ihm einen durchdringenden Blick zu, und Troy weiß gleich, dass ich ihn durchschaut habe.

»Okay, okay.« Er hebt abwehrend die Hände hoch. »Nicci hat mich gezwungen. Die beiden sind wohl irgendwie Seelenverwandte. Seit Neuestem«, murmelt er und man merkt ihm an, dass er alles andere als froh darüber ist.

»Ich verstehe nicht, wie man auf so was stehen kann.« Mit dem Drink in meiner Hand deute ich auf die Menge tanzender Leute. Fast alle sind verkleidet, und ich fühle mich als einziger Normalo hier wie ein Alien. Als wäre ich derjenige, der einen Schatten hat, und nicht die, die sich in fremde Rollen zwängen und Hunderte Pfund für alberne Kostüme ausgeben. Als gäbe es nichts Wichtigeres.

»Ich auch nicht, aber Nicci wollte her, und sie hat mir eine Überraschung versprochen, wenn ich mitgehe«, sagt er triumphierend. Gott, sind diese Frauen denn alle gleich? Jemanden mit Sex zu bestechen ist nicht gerade kreativ.

Nein, nicht alle Frauen sind so, Graham.

Brooklyn ist anders, sonst hätte sie schon längst zugelassen, dass wir uns treffen. Und sie treibt mich mit ihrer Sturheit wahrhaftig in den Wahnsinn ...

»Hey, Hübscher.« Eine junge Frau gesellt sich zu uns an die Bar. Sie hat schneeweißes Haar und trägt ein hellblaues Kleid.

»Wen stellst du dar?« Es ist Troy, der mit ihr spricht, obwohl sie eindeutig mich mit ihren Blicken auszieht. Sie dreht sich einmal im Kreis für uns. Dass sie betrunken ist, ist nicht zu übersehen. Beinahe stolpert sie bei der Umdrehung über ihre eigenen Füße, die in braunen Stiefeln stecken.

»Mein Name ist Daenerys Targaryen, Erste meines Namens, Königin der Andalen und der ersten Menschen, Regentin der sieben Königslande und ... Mist, hab den Rest vergessen«, sagt sie und kichert. Troy und ich sehen uns schmunzelnd an, während die Blondine gegen meine Brust taumelt. Bevor sie auf die Nase fliegt, halte ich sie und stelle sie zurück auf die Füße.

»Okay, *Daenerys Targaryen*.« Ich lege meine Hände auf ihre Schultern und sehe sie an. Ihre grauen Augen blitzen auf, und ihre Arme zittern, weil sie vermutlich nur noch aus Hochprozentigem besteht. »Du solltest dringend ein Wasser trinken.«

»Chase Graham. Stets der ehrenhafte Ritter.« Troy klopft mir auf den Rücken und bestellt beim Barkeeper ein Wasser. »Carmen kann sich echt glücklich schätzen.«

Kann sie das? Immerhin wollte ich sie für eine andere Frau versetzen. Der Barkeeper gibt uns das Wasser, das ich an mich nehme und der Frau reichen will.

In letzter Sekunde wird es mir entrissen. Carmen funkelt erst mich und dann die Blondine wütend an, bevor sie ihr das Wasser ins Gesicht schüttet. Die Frau schnappt nach Luft, während ich Carmen das Glas entreiße und kaum fassen kann, was sie gerade getan hat.

»Was zur Hölle ist dein Problem?«, zische ich sie an und sehe, dass die Blondine kurz davor ist, ohnmächtig zu werden.

»Troy, kümmere dich um sie«, knurre ich und ziehe Carmen mit mir mit, um das zu klären.

»Was mein Problem ist? Meins? Wirklich?« Carmen kreischt mich so laut an, dass sich alle zu uns umdrehen. Sie übertönt sogar die Boxen des DJs. »Du hast mit der Kleinen geflirtet«, faucht sie und schlägt um sich, als ich sie aus der Menge ziehen will. »Während du mit mir hier bist!«

Verständnislos schüttle ich den Kopf. »Ich habe ihr ein scheiß Wasser besorgt, damit sie nicht abklappt. Gott, das nennst du flirten? So was nennt man Erste Hilfe, Carmen.«

Bis zu einem gewissen Punkt kann ich mit ihrer Eifersucht umgehen, aber das hier geht selbst mir zu weit. Ich habe keine Ahnung, was sich in den letzten Monaten verändert hat. Ich habe ihr nie einen Grund zur Eifersucht gegeben, und doch hat sie mir schon mehr als einmal eine Szene gemacht, wie man sie nur aus Filmen kennt. Noch jetzt kann ich den Kuchenteig in meiner Nase spüren.

»Ich habe gesehen, wie du sie angesehen hast, Chase!« Wie eine Furie baut sie sich vor mir auf und schreit mich an. Während ich mir nur eines wünsche: nicht hier zu sein. Sie einfach stehen zu lassen und zu verschwinden. Das hier war von Anfang an zum Scheitern verurteilt.

»Du bist paranoid, Carmen. Ich hab keinen Bock mehr auf diese Scheiße!« Es ist das erste Mal, dass ich in ihrer Gegenwart die Fassung verliere. Tränen rinnen ihr übers Gesicht, und ich fühle mich nicht einmal schuldig. Weil ich nichts getan habe! »Das mit uns ... das klappt nicht«, setze ich noch hinterher.

Carmen entgleiten alle Gesichtszüge, als sie versteht, was ich gerade gesagt habe. »Was willst du damit sagen, Chase? Machst du etwa mit mir Schluss? Hier?« Ihre Stimme zittert, während sich der Gedanke weiter in mir verfestigt.

»Es passt einfach nicht. Hat es nie. Und ich bin es leid, Kraft in eine Beziehung zu stecken, die ohnehin zum Scheitern verdammt ist.« Troy hat mich von Beginn an vor Carmen gewarnt, aber ich war einfach zu blind oder zu feige, mir das Offensichtliche einzugestehen. Oder ich war zu sehr in meinem eigenen Drama versunken, um die Wahrheit zu sehen.

»Du Drecksau! Weißt du nicht mehr, dass ich für dich da war, als du am Boden warst?« Plötzlich schlägt sie mir ihre Handtasche gegen die

Brust. »Was hast du die ganze Woche über getrieben, hm? Hast du das Flittchen von gegenüber gefickt?«

Ihre Augen verengen sich zu Schlitzen, und ihre Stimme vibriert vor Wut, während ich das erste Mal auf ihre Gefühle scheiße und sage, was ich denke.

»Halt Brooklyn da raus«, knurre ich sie an. Ihre Züge erstarren, und ich weiß, dass ich mich gerade selbst verraten habe. Aber es ist mir in diesem Moment absolut schnuppe.

»Du hast mich betrogen?«, fragt sie mich zischend.

»Nein.« Ich atme tief durch, bevor ich ihr die Wahrheit sage. »Aber soll ich dir sagen, was ich die Woche über getan habe?« Ich gehe auf sie zu, aber sie weicht zwei Schritte zurück. »Ich habe dich nicht vermisst. Ich hätte mir gewünscht, dass es so gewesen wäre, nach allem, was wir durch haben. Ich wollte dich vermissen, wirklich, aber da war nichts. Es tut mir leid.« Bevor ich ihr sagen kann, dass es hier enden muss, landet ihre flache Hand in meinem Gesicht.

»Ich hasse dich!« Ein weiterer Schlag, dieses Mal trifft sie meine Lippe, die augenblicklich aufplatzt. Blut rinnt in meinen Mund und verteilt einen metallischen Geschmack auf meiner Zunge.

Danach läuft Carmen tränenüberströmt davon. Troy sieht mich von der Bar aus mitleidig an und macht Anstalten, auf mich zuzukommen, aber ich winke ab. Denn anstatt mich mies zu fühlen, fühle ich nur eines: Leichtigkeit. Ja, ich fühle mich frei. Ich steuere den Ausgang des Clubs an, während ich mein Handy raussuche und eine Nachricht schreibe, die mir schon seit Stunden in den Fingern kribbelt.

Ich warte auf dich. C.

11

Brooklyn

»Und? Hast du Spaß oder hast du Spaß?«

Molly und ich tanzen zu einem Song der Backstreet Boys. Der Club hat eine Decke, die funkelt wie ein Sternenhimmel, und Frauen räkeln sich in ihren Kostümen auf den dafür vorgesehenen Podesten. Sie sehen toll aus und wissen genau, wie sie ihre Körper in Szene setzen müssen, ohne dabei billig zu wirken.

»Ich habe Spaß«, versichere ich ihr, auch wenn das nur die halbe Wahrheit ist. Denn noch mehr Spaß hätte ich zu Hause in meinem Bett. Aber ich will sie nicht enttäuschen, also halte ich die Klappe.

Es ist das erste Mal seit einem Jahr, dass ich auf eine Party gehe. Das erste Mal, dass ich wieder tanze. Früher habe ich das Tanzen geliebt. Aber nur, wenn er am Rand stand und mir zusah …

»Womit habe ich das verdient?«

Thomas sieht mich mit einem Feuer in den Augen an, das mir durch Mark und Bein geht. Plötzlich schert es mich nicht mehr, ob das, was ich hier tue, gut aussieht oder nicht. Ich genieße es. Bei ihm kann ich frei von allen Zweifeln sein. Bei ihm kann ich so sein, wie ich es will. Und deshalb weiß ich, dass er perfekt zu mir passt. Von Anfang an perfekt für mich war.

»Hm. Weiß nicht?«, stichle ich. Wir stehen in unserem Garten auf dem frisch gemähten Rasen, mitten am Tag. Die Nachbarn können aufs Grundstück gucken und uns beobachten, aber das ist mir egal. Ich stehe barfuß auf dem Gras und tanze zu

der Musik in meinem Kopf, während Thomas an der großen Eiche lehnt und lächelt. Oh, dieses Lächeln!

»Du bist das seltsamste Geschöpf, das ich kenne, Brooke.« In seiner Sprache heißt das Ich liebe dich.

»Komm her und tanz mit mir«, rufe ich ihm zu und strecke die Arme nach ihm aus. Thomas zögert nicht, er nimmt meine Hand in seine und zieht mich an sich.

»Aber nur, weil du es bist.«

Ich liebe dich auch, Thomas!

»Brooklyn?«

Bilder verschwimmen zu einem undurchsichtigen Brei. Das Grün des Rasens wird zum Blau des Clubs, in dem ich mitten auf der Tanzfläche stehe. Meine Schultern beben, und der Boden unter meinen Füßen ist viel zu instabil.

»Brooklyn?«

Innerhalb von Sekunden liege ich in Mollys Armen und schluchze auf. Nur zu gern würde ich den Moment mit Thomas in unserem Garten vergessen, aber ich bin machtlos. Wie eine Lawine reißt mich die Erinnerung mit sich und begräbt mich unter einer dicken Schicht blutrotem Schnee.

»Hey, alles ist gut«, beruhigt sie mich und tätschelt meine Wange, über die Tränen rinnen. »Ich bin hier.«

Ich wische mir die Tränen aus dem Gesicht und verabschiede mich schnell von Molly. Ich muss weg hier. Allein sein. Einfach für mich sein.

Bevor ich mich aus dem Club durch die unzähligen Massen kämpfe, steuere ich das Damenklo an und stürme in eine der Kabinen. Hinter der Tür sinke ich auf den Boden und lasse alles raus. Weine, schluchze, vergesse, dass mich jemand hören könnte. Wieso die Fassade erhalten? Für wen? Hier kennt mich doch ohnehin niemand! Und wenn es so weitergeht, weiß ich, dass ich nicht allzu lange in Bedford bleiben werde, sondern wieder die Flucht ergreife. Die Flucht vor den Gefühlen, die Thomas in mir wachruft. Ich dachte, ein Umzug würde mir helfen.

»Hey!« Eine Frauenstimme lässt mich erstarren. Gefolgt vom Klackern hoher Absätze auf den braunen Fliesen des Badezimmers. »Hey. Was ist los?«

Ein Schluchzen, das nicht von mir stammt, erfüllt das Bad. Ich halte den Atem an, um mich nicht zu verraten.

»Jetzt beruhige dich. Troy hat mir erzählt, dass ihr euch gestritten habt. Was ist passiert?« Das Rauschen des Wasserhahns übertönt das Schluchzen der Frau.

»Er hat ... ich hab ihn gesehen. Mit der Blondine, weißt du?«, schluchzt sie als Antwort. Und ich gefriere zu Eis, weil ich diese Stimme unter Hunderten erkennen würde. Carmen.

»Chase? Chase hat sich mit einer anderen ... nein!«

Ich spüre, wie mein Herz beim Gedanken daran, dass Carmen die Wahrheit sagen könnte, eine Sekunde lang aussetzt. Die Vorstellung, er könnte ... nein! Ich kenne ihn nicht gut, aber ich weiß, dass er nicht so ist. Allein die Vorstellung, dass er auf derselben Party ist wie ich, bringt meinen Puls zum Rasen und treibt mir den Schweiß auf die Stirn.

»Ich hab es gesehen, Nicci«, zischt Carmen ihre Begleitung an. »Und ... und weißt du, was er dann gesagt hat? Dass er mich die ganze Woche lang nicht vermisst hat«, wimmert sie, während ihre Freundin Tücher aus dem Behälter reißt.

Ich bleibe am Boden der Kabine sitzen. Stimmt das? Chase hat Carmen mit keiner Silbe erwähnt, aber ich bin immer davon ausgegangen, dass sie sich gesehen hätten. Dabei hat er die Abende mit mir verbracht ... Am liebsten würde ich meine Kabine verlassen und mich bei ihr entschuldigen. Jedenfalls, bis sie den nächsten Satz sagt und alles wieder kaputtmacht.

»Das liegt sicher alles an der Schlampe, die neben ihm eingezogen ist.« Ich schlucke ihre Beleidigung herunter, weil ich weiß, dass sie nur einen Sündenbock sucht. Es kann nicht an mir liegen ... oder?

»Komm, ich bring dich nach Hause.« Papier wird in den Müll geschmissen, und anschließend verlassen sie mit schnellen Schritten das Bad.

Während ich mein Handy herauskrame und erstarre, als ich seine

Nachricht sehe. Er wartet auf mich … Und ich weiß, dass ich nicht gehen sollte. Aber ich weiß auch, dass mich jetzt nichts mehr hier halten kann.

Zwanzig Minuten später schließe ich mit zitternden Händen die Tür auf, schmeiße meine Schuhe in die Ecke und renne in mein Schlafzimmer. Ghost hebt nur einmal kurz den Kopf und schläft dann weiter, als wäre nichts gewesen.

»Hallo, Kleiner.« Ich spreche so leise, dass Chase mich nicht hören kann und gebe Ghost einen Kuss auf die Nase. Danach atme ich tief durch, setze mich mit dem Rücken an die Wand und klopfe einmal leise dagegen.

»Du bist da.« Chase klingt glücklich. Wieso um Himmels willen klingt er glücklich, obwohl er gerade einen heftigen Streit mit seiner Freundin hatte? Doch die wichtigere Frage ist: Wieso bin ich glücklich, weil er sich von seiner Freundin getrennt hat? Ich müsste mit Molly auf der Tanzfläche stehen und den Abend genießen, aber ich konnte nicht. Und es ist kein Wunder, dass sie nicht sonderlich begeistert von meiner Flucht war, als ich ihr sagte, dass es mir nicht gut gehe und ich ins Bett müsse. Sie wollte mich unbedingt begleiten, aber ich habe sie erfolgreich abgewimmelt.

»Ich bin da.« Ich presse meinen Rücken so fest gegen die Wand, dass man meinen könnte, die Wand und meine Haut wären eins. Und als mein Blick wieder auf meine viel zu knappen Klamotten fällt, schäme ich mich. Dafür, dass ich mich zu Sachen überreden lasse, die ich eigentlich nicht will.

»Wo warst du?«, will er plötzlich wissen.

»Molly hat mich auf eine alberne Party geschleppt. So ein Motto-Ding.« Dabei weiß ich ganz genau, dass er auch da gewesen sein muss, wenn ich alle Zeichen richtig gedeutet habe. Allein die Vorstellung, dass er irgendwo in der Masse stand, macht mich schwach. Dass wir vielleicht sogar aneinander vorbeigelaufen sind, ohne uns zu erkennen. Dass er gesehen hat, wie ich tanze. Oder zusammenbreche.

»Du warst auch da?« Seine Stimme ist wieder so rau wie Schleifpapier, und damit schabt er mehrere Male über mein Herz. Wieso tut er das? Wieso stellt er Dinge mit meinem Körper an, die ich nicht begreife? »Ich war auch da«, spreche ich ihm wieder nach.

»Du willst mir nicht wirklich erzählen, dass wir beide auf derselben Party waren?«

»Ich will dir wirklich erzählen, dass wir beide auf derselben Party waren.« Ich schlucke. Wieso fallen mir keine eigenen Worte mehr ein? Alles dreht sich wie auf einem Karussell und dieses Mal nicht aufgrund von Alkohol. Ich sollte nicht hier sein und mir mehr wünschen. Ich sollte alles, aber nicht mehr wollen.

»Und du bist sofort hergekommen, als ich dir geschrieben habe«, stellt Chase erstaunt fest.

»Und ich bin sofort hergekommen, als du mir geschrieben hast.«

»Hast du verlernt, eigene Sätze zu formulieren?«, will er lachend wissen.

Und alles, was ich sagen will, ist, dass ich in seinem Arm liegen will. Dass ich will, dass er mich hält. Dass ich es leid bin, nur seine Stimme zu hören und seine Buchstaben zu lesen. Ich will dieselbe Luft einatmen wie er, will wissen, ob sich seine Haut weich oder rau anfühlt. Ob sein Haar dick oder dünn ist. Will wissen, wie er riecht. Aber am allermeisten will ich, dass mich jemand davon abhält, den Fehler meines Lebens zu begehen.

»Ich habe verlernt, eigene Sätze zu formulieren.«

Wieder dieses Lachen. Wieder diese Blitze. Wieder dieser Donnerschlag in meiner Brust.

»Ich hab mich von Carmen getrennt«, platzt es aus ihm heraus. Als hätte er sich die ganze Zeit auf die Lippe gebissen, obwohl er es in die Welt schreien will.

»Du hast dich von Carmen getrennt.« Ich wiederhole alles, was er sagt, weil mein Kopf so leer ist. Und als ich an ihre Tränen und ihre Worte denke, tut sie mir fast schon leid. Es muss einen Grund geben, wieso Chase mit ihr zusammen war, also kann sie gar nicht so übel sein, wie sie den Anschein erweckt.

»Was sagst du dazu? Ich könnte einen Kummerkasten gebrauchen, Eselchen.« Er murmelt diesen Namen, ohne zu wissen, dass mein Herz dadurch anschwillt.

»Was ich dazu sage?« Endlich finde ich wieder meine eigenen Worte. »Ich denke, dass sie nicht zu dir gepasst hat. Also war es wohl die richtige Entscheidung.« Eigentlich sollte ich ihn erst einmal fragen, wie es ihm damit geht, aber das musste einfach raus. »Wie geht es dir damit?«, setze ich schließlich noch hinterher. *Bitte, lass es ihm gut gehen ...*

»Ich weiß es nicht. Ich sollte traurig sein, oder?«

»Solltest du.«

»Aber ich bin es nicht«, verrät er mir stockend.

»Du bist es nicht?« Innerlich tanzt alles in mir, weil es mich glücklich macht, zu hören, dass es ihm gut geht.

»Nein.«

Eine Weile lang bleibt es still zwischen uns, und ich stelle mir vor, wie es wäre, wenn wir uns jetzt sehen würden. Wenn ich ihn in den Arm nehmen und ihm sagen könnte, dass er sich richtig entschieden hat. Draußen hat mittlerweile starker Regen eingesetzt, der wieder donnernd gegen die Scheibe prasselt. Während es auf der anderen Seite der Wand ruhig bleibt, gehe ich zu meinem Kleiderschrank hinüber, schäle mich aus meinen Klamotten und streife mir Thomas' Shirt über. Es riecht nach Waschmittel, und ich wünschte mir, es würde immer noch nach ihm riechen. Dann würde es mich davon abhalten, Chase näher an mich heranzulassen.

»Bist du noch da?«, fragt Chase nach einer Ewigkeit.

Ich setze mich zurück auf mein Bett und nicke. »Ich bin noch da.«

»Was würdest du sagen, wenn ich dir sage, dass ich dich jetzt sehen will?« Seine Frage schnürt meine Kehle zu, und auch wenn ich antworten will, kriege ich zunächst keinen Ton heraus. Mein Herz donnert laut in meiner Brust, und meine Knie zittern.

»Dann würde ich dir vermutlich sagen, dass das nicht geht.« Wieder weise ich ihn ab, so wie jeden Abend. Und wieder bricht es mir das Herz, das tun zu müssen.

»Und wenn ich dir sage, dass ich dich jetzt ganz unbedingt sehen muss?« Erneut gleicht seine Stimme einem Stück Schleifpapier, das weitere Teile meiner Mauer ohne meine Erlaubnis abträgt.

»Dann würde ich dir sagen, dass das ganz und gar nicht geht.« Wieso nur fällt es mir so schwer, über meinen Schatten zu springen? In den letzten Tagen hat Chase mir Halt gegeben, obwohl ich ihn immer wieder gegen die Wand habe rennen lassen. Wie kann er so viel Ausdauer besitzen? Andere Männer hätten mich längst als psychisch krank abgestempelt und links liegen gelassen. »Es ist nur ... ich will nichts überstürzen, Chase«, erkläre ich ihm und ziehe die Beine an den Bauch heran. Die Arme um die Knie geschlungen, wiege ich mich leicht vor und zurück. Sein verbittertes Lachen geht mir durch Mark und Bein, und ich atme tief durch.

»Gott, Brooklyn!« Sonst ist seine Stimme immer so warm, aber jetzt gefriert mir das Blut in den Adern. Das erste Mal spricht er mit mir, als würden wir uns streiten. »Du willst nichts überstürzen?« Plötzlich ist die Kälte verschwunden, und seine Wärme legt sich wieder wie ein Mantel um mich. »Du fährst die ganze Zeit mit angezogener Handbremse.«

Und er hat recht. Ich sollte stärker sein, sollte seine Nähe zulassen, wenn ich merke, dass sie mir guttut. Aber ich fühle mich schuldig, weil ich das erste Mal seit einem Jahr nicht Thomas' Gesicht sehe, wenn ich die Augen schließe.

»Es tut mir leid«, antworte ich den Tränen nahe.

»Mir tut es auch leid.« Seine Worte lassen mich die Stirn runzeln. Und als ich höre, dass er in seiner Wohnung die Schubladen aufreißt, setze ich mich auf.

»Was tut dir leid, Chase?« Ich lege meine Hände an die Wand und presse mein Ohr dagegen. »Was tut dir leid?« Er antwortet nicht, doch als ich höre, dass etwas an der Tür knackt, springe ich auf. »Was tust du da?« Meine Stimme zittert, so wie mein ganzer Körper, der unter Strom steht. Es klingt, als würde er mit einem Schraubenzieher an der Tür herumhantieren.

»Ich löse deine Handbremse«, erklärt er mir ruhig.

Dann wird es kurz still. So ruhig. Als würde er nicht gerade versuchen, meine Festung zu stürmen, indem er diese Tür öffnet.

»Bitte sag mir, dass ich dich sehen darf. Ich brauche nur ein einfaches Ja von dir, Brooklyn.«

»Chase, du solltest das nicht tun«, sage ich kopfschüttelnd.

»Doch, das sollte ich. Und du weißt auch, dass es dir guttut. Es tut dir gut, mit mir zu reden. Es tut dir gut, wenn ich dir vorlese. Bitte, Brooke. Bitte sag einfach Ja.«

Tausend Szenarien schießen mir durch den Kopf. Ich könnte ihn gleich zum allerersten Mal sehen, nachdem es ihn tagelang nur in meiner Fantasie gab. Immer durch die Wand getrennt.

Ich atme tief durch und nicke.

»Okay. Ja … o-okay.«

Es knackt und quietscht Sekunden später, als er die Tür mit seinem Werkzeug weiter bearbeitet.

»Okay, Brooklyn.« Seine Stimme ist kaum mehr als ein Hauchen. »Du willst es langsam angehen lassen?«

Ich nicke wieder, in dem Wissen, dass er mich nicht sehen kann. Noch nicht. Meine innere Stimme schreit mich an, einfach zu verschwinden, aber meine Beine sprechen ihre eigene Sprache und sind am Boden festgewachsen.

»Schließ die Augen.«

Als würde er mich fernsteuern, fallen meine Lider zu. Alles ist dunkel, meine Sinne fixieren sich nur auf eines: diese Tür. Eine Tür, die gleich aufgehen wird.

»Bist du so weit?«

Er wartet auf mein Okay. Aber ich weiß nicht, ob ich es ihm geben kann. Ich bin nicht so weit, noch lange nicht. Meine Lippen bleiben fest aufeinandergepresst. Ich darf nicht … ich darf nicht … Mit den Fingern kralle ich mich in Thomas' Shirt fest, suche meinen Halt bei ihm, obwohl er nicht mehr da ist. Der Stoff schafft es leider nicht, das Poltern meines Herzens zu regulieren.

»Ich komme jetzt rein. Lass die Augen zu«, empfiehlt er mir.

Während ich höre, wie die Tür langsam aufgeht, stehe ich weiterhin mitten im Raum in der Dunkelheit. Und wünsche mir, dass ich willensstärker wäre. Aber ich bin es nicht. Ich bin schwach. Und eigentlich will ich nur eines: endlich die Augen aufmachen ...

»Ich komme jetzt auf dich zu«, kommentiert er jeden seiner Schritte. Etwas fällt zu Boden – vermutlich das Werkzeug, mit dem er die Tür mit meiner Erlaubnis aufgebrochen hat. Je näher er mir kommt, desto stärker spüre ich seine Anwesenheit. Ich inhaliere einen Duft, der mir neu ist und mich in eine andere Sphäre befördert.

Er riecht viel besser als in meinen Vorstellungen. Seine Nähe ist elektrisierend. Meine Haare stellen sich auf und recken sich ihm entgegen.

»Und jetzt berühre ich dich«, sagt er rau. Seine Stimme fegt durch mein Innerstes wie ein Tornado. Und als ich seine Finger an meinen spüre, rinnt eine Träne über mein Gesicht.

Er nimmt meine Hände in seine, sodass ich Thomas' Shirt loslassen muss, auch wenn sich alles in mir dagegen sträubt. Es ist so falsch. Und zur selben Zeit viel zu schön. Seine Hände sind warm und weich und groß genug für mein gebrochenes Herz.

»Wieso hast du die Tür aufgebrochen? Du ... du hättest einfach die Wohnungstür nehmen können.« Ist das meine einzige Sorge? *Wirklich, Brooklyn? Das ist alles, was dir dazu einfällt?*

»Hätte ich«, stimmt er mir zu. Ich kann spüren, dass er ganz dicht vor mir steht. Seine Bauchmuskeln drücken sich gegen meine Haut, und ich presse die Lider weiterhin zusammen. Dabei will ich ihn nicht nur berühren, sondern auch sehen. »Aber das wäre zu einfach gewesen. Meinst du nicht?«

»Das wäre zu einfach gewesen«, pflichte ich ihm bei. Meine Hände liegen in seinen, und als er mit den Fingerspitzen über meine Unterarme fährt, breitet sich eine Gänsehaut auf meinem ganzen Körper aus.

»Willst du nicht die Augen aufmachen?«, fragt er mich zaghaft, aber alles, worauf ich mich konzentrieren kann, ist, nicht ohnmächtig zu werden. Seine Stimme klingt ohne diese Wand zwischen uns noch schöner.

»Nein«, antworte ich schwach. Dabei schreit alles in mir Ja.

»Du bist ein schöner Ork, Eselchen. Wenn nicht sogar der schönste Ork, den ich bisher gesehen habe.« Seine Worte sorgen dafür, dass ich lachen muss. »Und dein Lachen ist viel schöner, als ich vermutet habe«, setzt er noch hinterher.

Er darf mich nicht schön finden. Innerlich bin ich hässlich. Innerlich bin ich das hässlichste Wesen der Welt, weil ich in dieser Sekunde den Menschen hintergehe, dem mein Herz gehört. Den Menschen, der einer von den Sternen ist, die heute so schön über der Stadt scheinen.

»Mach die Augen auf.« Der Druck in seiner Stimme lässt mich wieder erzittern.

Und als ich schließlich die Augen aufschlage, geben meine Beine unter mir nach. Aber Chase gibt mir den nötigen Halt, damit ich nicht zusammenklappe.

»Hallo«, flüstert er, und als ich sehe, wie dicht seine Lippen an meinen sind, kann ich nicht klar denken. Wunderschöne Lippen. *Schönere Lippen als in meinen Vorstellungen.* Mein Blick wandert hoch zu seiner Nase. Eine wunderschöne Nase. *Eine schönere Nase als in meinen Vorstellungen.* Und als ich schließlich in dunkle Augen blicke, schmilzt etwas in mir. Wunderwunderschöne Augen. *Die schönsten Augen, die ich je gesehen habe.*

Chase' Gesicht ist perfekt. Von den Lippen bis zu den Haaren und wieder zurück. Wie ein Kunstwerk. Mein Herz macht einen Satz, und als ein Mundwinkel von ihm nach oben tanzt und ein Grübchen auf seiner Wange entsteht, weiß ich, dass ich noch nie ein schöneres Lächeln gesehen habe.

»Hallo, verrückte Brooklyn. Ich bin Chase«, stellt er sich vor. Und seine Worte entzünden in mir Raketen, die in meinem Herzen explodieren wie am Silvesterabend.

»Hallo, verrückter Chase. Ich bin Brooklyn«, antworte ich unsicher.

Das hier ist so was von falsch. Alles. Von den Fußspitzen, die noch dichter an ihn herangehen wollen, bis hin zu meinen Ohren, die ihn hören wollen. Wieso fühlt es sich so richtig an? Sein Atem trifft auf meine Haut und lässt mich erschaudern. Dieser umwerfende Atem! Diese verräterische Haut ... Wieso bin ich nicht immun gegen ihn? In den letzten Monaten war ich gegen jeden Mann immun. Aber hier und jetzt bin ich infiziert.

»Freut mich, dich kennenzulernen, Brooklyn.« Die Aufrichtigkeit in seinen Worten lässt mich schlucken.

»Freut mich, dich kennenzulernen, Chase«, antworte ich so schwach, dass meine Stimme abbricht. Ich weiß nicht mehr, wo oben und unten ist, weiß nicht mehr, was ich von alldem halten soll.

»Was ist da passiert?« Ich nehme meine Hand aus seiner und streife seine aufgeplatzte Lippe. Selbst mit dem Blut darauf ist sie immer noch die schönste Lippe, die ich je gesehen habe. Würde es einen Wettbewerb für schöne Lippen geben, würde Chase ihn gewinnen.

Er zuckt mit den Schultern, als hätte er des Öfteren solche Blessuren in seinem Gesicht. Und dabei wird mir erst wieder klar, dass ich ihn eigentlich nicht kenne, auch wenn mir mein Körper etwas anderes weismachen will. »Carmen war nicht gerade begeistert von meinem Entschluss.«

Wieder muss ich daran denken, dass er bis vor wenigen Minuten noch in einer Beziehung war. *Und dass ich diese Lippen nicht so schön finden sollte.* Ich sollte ihm die andere Seite auch noch blutig schlagen, weil er mich berührt, wie er mich nicht berühren sollte.

Ghost streckt sich, und als er Chase entdeckt, springt er vom Bett herunter und beschnüffelt ihn.

»Darf ich vorstellen: Ghost, Chase. Chase, Ghost.« Chase streichelt ihn und lässt dafür meine Hand los. *Nimm sie wieder!* Als würde er meine Gedanken hören, zieht er mich sofort wieder an sich heran. Das hier ist der Fehler meines Lebens.

Chase sieht mich unverwandt an. Ich weiß, dass er mich küssen will. Seine Augen schreien es heraus, seine Lippen tun es ihnen gleich. Aber ich kann nicht. Ich schließe die Augen und lehne meine Stirn gegen seine harte Brust. Ich kann sein Herz schlagen hören. Viel zu schnell. Viel zu laut. Sein Herz ist zu laut für mein stilles.

Doch als würden sie im Einklang miteinander stehen, beginnt jetzt auch meines, wieder lauter und schneller zu schlagen.

»Ich glaube, ich brauche Luft«, sage ich erstickt. Chase legt seine Hand an meine Wange und küsst meine Stirn.

Seine Lippen berühren mich. Seine Lippen. Seine wunderschönen Lippen berühren meine hässliche, verräterische Stirn. Wieso fühlt sich all das so vertraut an? So echt? Wieso habe ich das Gefühl, ihn zu kennen, obwohl ich ihn gerade zum ersten Mal gesehen habe?

»Komm mit mir.« Er zieht mich mit sich, und ich folge ihm zitternd.

»Wohin gehen wir?«, frage ich ihn atemlos. Ghost folgt uns schwanzwedelnd.

»Wir geben dir Luft.«

12

Chase

Sie ist perfekt. Von den Zehen bis zu den Haaren. Sie ist verdammt perfekt. Ich hatte tausend Versionen von ihr im Kopf. Schwarze Haare, rote Haare, keine Haare. Dick, dünn, groß, klein. Blaue Augen, graue Augen, braune Augen. Aber sie sind grün. So unfassbar klar und grün. Doch egal, wie schön meine Vorstellung von ihr auch war, die Realität ist bei Weitem das Schönste, was ich je gesehen habe. Ihr Gesicht ist so filigran, so zerbrechlich. Als sie sich an mich geschmiegt hat, hatte ich Angst, ihr wehzutun. Sie zu berühren war surreal. Und zur selben Zeit so echt.

Wir laufen mit Ghost durch die Silver Street. Während ihr Blick auf den Boden gerichtet ist, sehe ich nur sie an. Bei meinem Glück knalle ich geradewegs gegen eine Laterne und fange mir neben der aufgeplatzten Lippe auch noch ein blaues Auge ein. Weil ich den Blick nicht von ihr lassen will. Schließlich muss ich nachholen, was ich tagelang verpasst habe, weil sie sich gewehrt hat, mich in ihr Leben zu lassen.

»Wieso siehst du mich so an?«, fragt sie beschämt und wirft mir einen scheuen Blick zu. Sie ist so verdammt hübsch. Und ich bin vollkommen neben der Spur. Wieso hat sie mich so in der Hand?

»Soll ich wegsehen?«

»Nein.« Ein Lächeln huscht über ihr Gesicht.

»Gut. Würde ich auch nicht«, gestehe ich ihr.

»Du hast die Regeln gebrochen.« Mittlerweile sind wir am Fluss angekommen, und die Lichter der Laternen spiegeln sich auf dem Wasser. Wir steuern eine Bank an und setzen uns. Ghost scheint der kalte Boden nicht viel auszumachen, zumindest legt er sich bereitwillig vor uns und genießt den Wind.

»Die Regeln waren von Anfang an zum Scheitern verurteilt.«

»Wieso? Sie waren doch klar formuliert«, widerspricht mir Brooklyn lächelnd. Alles zieht mich in ihre Richtung, aber ich wahre den Abstand. Sie wirkt viel zu schreckhaft für jegliche Form des Körperkontaktes. Viel zu leicht könnte ich sie von mir wegstoßen, ohne es zu wollen.

»Du hast mir nicht erlaubt, dich zu sehen. Für mich klang es eher nach einem Verbot als nach einer Regel.« Und obwohl sie erst seit kurzer Zeit neben mir wohnt, fühlt es sich so vertraut an, ihre Stimme zu hören. Und ihr viel zu trauriges Lachen, das ich gern glücklich machen würde, auch wenn mich die Dämonen in meinem Kopf nicht loslassen wollen.

Aber was, wenn meine Vermutung richtig ist und sie *sie* ist? Schnell schüttle ich die Gedanken daran ab. Wie groß könnte die Wahrscheinlichkeit sein?

»Und du hast dich dem Verbot widersetzt. Das bedeutet Höchststrafe für dich, Chase.« Sie reckt das Kinn in die Höhe und zwinkert mir zu. Gott, sie ist viel zu schön. *So schön sollte kein verdammter Mensch sein.*

»Und wie sieht die aus?« Für dich tue ich alles, verrückte Brooklyn Parker. Alles. Meine Augen suchen Blickkontakt, aber sie sieht stattdessen auf den Great Ouse River vor uns. Sie trägt eine schwarze Jacke über dem viel zu großen Coldplay-Shirt und eine enge Jeans. Selten fand ich ein Bandshirt so attraktiv wie an ihr.

Sie ist das genaue Gegenteil von Carmen. Und zu meinem Entsetzen ist das hier das erste Mal, dass ich seit dem Verlassen des Clubs an sie denke. Ich sollte mich bei ihr entschuldigen. Aber ich bin viel zu sehr mit der Frau neben mir beschäftigt. Mir ist klar, dass ich mit Carmen reden muss, aber nicht jetzt. Sie würde mir in ihrer Wut ohnehin nur eine zimmern.

»Das bedeutet mindestens zehn weitere Bücher auf der Liste der

Bücher, die du mir vorlesen musst«, antwortet sie mir triumphierend.

Gott. Ich würde dir auch die verdammte Straßenkarte oder jede Speisekarte in ganz Bedford vorlesen, solange du mir nur zuhörst. Sie fährt sich durch ihre kurzen Haare. Und ich habe nie etwas Feminineres gesehen als sie.

»Meine Eier hast du ohnehin schon, von daher ...« Ich zucke mit den Schultern. Und sie lächelt! Dieses Wahnsinnslächeln auf ihren Wahnsinnslippen. Alles in mir will, dass ich sie küsse. Aber etwas in ihren traurigen grünen Augen hält mich davon ab.

Wir halten Abstand, obwohl ich mir etwas anderes wünsche. Ich sage ihr nicht, was ich fühle, dass ich nichts lieber täte, als ihre Traurigkeit wegzuküssen. Auf jedem Zentimeter ihrer perfekten Haut.

»Du siehst aus wie er«, flüstert sie plötzlich und sieht mich das erste Mal, seit wir unterwegs sind, richtig an. Ihr Blick huscht über mein Gesicht, hoch zu meinen Haaren, und bleibt schließlich an meinen Lippen hängen.

»Wie wer?« Bitte lass sie nicht an einen anderen denken, wenn sie mich ansieht. Gibt es etwas Schlimmeres, als die zweite Wahl zu sein? Ich denke an ihre Albträume, und mir wird übel. Was, wenn sie diesen Thomas in mir sieht?

»Jon Snow, König des Nordens«, antwortet sie kichernd, und ich entspanne mich auf der Stelle.

»Gott, du redest wieder von dieser Serie, oder?« Wie kann sie bloß so darauf abfahren? Und doch kann ich nicht leugnen, dass ich Blut geleckt habe. Wenn sie die Serie liebt, kann sie nur gut sein. Bis jetzt bin ich noch nicht dazu gekommen, mir eine Folge anzusehen, weil ich meine Abende anderweitig verplant hatte.

»Immer«, sagt sie lächelnd. »Du siehst ihm wirklich ähnlich.« Wieder wandert ihr Blick über mein Gesicht. Und wieder genieße ich es viel zu sehr, von ihr angesehen zu werden.

»Muss ja ein heißer Kerl sein, dieser Jon Snow.« Ich hebe herausfordernd die Augenbrauen und warte auf ihre Antwort. Ehe ich mich darauf einstellen kann, ist Brooklyn an mich herangerutscht und legt ihren

Kopf auf meiner Schulter ab, als wäre es ganz normal, hier mit mir zu sitzen. Ich lege meinen Arm um sie und halte sie. Spüre, dass sie unter der Jacke zittert. Ob vor Kälte oder aus einem anderen Grund, weiß ich nicht.

»Ist er auch«, murmelt sie beschämt, während ich nicht aufhören kann zu lächeln. Gemeinsam sitzen wir auf der Bank und starren auf den Fluss. Es regnet mittlerweile wieder leicht, doch das ist uns egal. Ich würde sogar noch sitzen bleiben und sie halten, wenn die Erde bebt. Ich würde es einfach aushalten und sie beschützen.

»Wer ist er?« Ich will sie kennenlernen. Und dazu gehören auch ihre Schatten. Außerdem muss ich wissen, ob ich mich gerade auf einem Selbstzerstörungstrip befinde.

Brooklyn schmiegt ihre Wange dichter an mich, als sie mir antwortet. »Das hab ich doch schon gesagt: Er ist der König des Nordens.«

Ich schüttle lachend den Kopf. Wie kann sie ständig daran denken? »Nicht Jon Snow, Eselchen. Wer ist er?« Ich streiche über ihren Arm, und als meine Finger ihre streifen, umschließe ich ihre Hand mit meiner. Die Berührung fühlt sich vertraut an, dabei kenne ich sie kaum.

»Thomas. Wer ist das?« Ich habe sie diesen Namen so oft nachts rufen hören. Habe sie flüstern hören. Und jedes Mal hat sie dabei geweint, während ich Panik in mir aufflammen spürte. Ein Teil in mir hat Angst vor der Wahrheit, aber der größere Teil will ihr zeigen, dass ich auch außerhalb der Wand für sie da bin. Dass sie nicht allein hier ist.

Ihr ganzer Körper verkrampft sich, also ziehe ich sie noch enger an mich heran. Genieße die Wärme ihres Körpers, auch wenn sie immer noch wie Espenlaub zittert.

»Er ... ich kann nicht über ihn reden«, weist sie mich ab und vergräbt ihr Gesicht in meinem Hemd. Ich habe es nicht mal für nötig gehalten, mir eine Jacke anzuziehen, obwohl es draußen arschkalt ist. Doch statt zu frieren, brennt alles in mir.

»Vielleicht irgendwann.«

»Vielleicht irgendwann«, wiederholt sie meine Worte. Aber auch wenn ich ihr glauben will – ich kann es nicht. Denn ihr Körper schreit etwas anderes ...

13

Brooklyn

»Da wären wir.« Chase und ich stehen im Hausflur zwischen unseren Wohnungen. Keiner von uns weiß, wie er sich verhalten soll.

Er ist so schön.

Ich lehne mich mit dem Rücken an die Wand und warte, bis er noch etwas sagt. Warte, bis er mir die Entscheidung abnimmt, wie es jetzt weitergehen soll.

Doch eines ist mir klar: Es muss hier enden. Bevor ich auf die Idee komme, etwas noch Unüberlegteres zu tun. Ich hätte ihn davon abhalten sollen, die Tür zu öffnen. Aber ich habe es nicht getan. Ich sollte mich in Grund und Boden schämen, aber ich tue es nicht. Stattdessen fühle ich mich seinetwegen lebendiger als in den letzten Monaten.

»Ich sollte jetzt in meine Wohnung gehen«, sage ich matt. Es ist dunkel im Hausflur, und doch sehe ich das Feuer, mit dem er mich anblickt. Er tritt an mich heran und lehnt seine Stirn an meine. Wieder sind wir uns viel zu nah.

»Solltest du«, pflichtet er mir bei. Und schon beginnt das Spiel von vorn. Allein beim Gedanken an die Szene und die Intimität in meinem Schlafzimmer wird mir schwindelig.

»Sollte ich. Ganz dringend.« Und wieso tue ich es dann nicht?

»Ganz dringend«, raunt er. Seine Stimme war nie so schön wie in diesem Moment.

Die Wand hat mich immer beschützt, aber jetzt bin ich Chase

schutzlos ausgeliefert. Alles in mir vibriert. Meine Lippen, meine Schultern, mein Herz. Mein Bauch ... Sind das Schmetterlinge? Es dürfen keine sein! Ich versuche, mich nicht von meinem Selbsthass übermannen zu lassen.

»Aber du kannst nicht.« Chase nimmt mir die Worte ab, legt seine Hand an meine Taille und drückt mich noch fester gegen die Wand. Mein Körper schreit nach mehr, aber mein Herz will zehn Gänge zurückschalten.

Die Frage ist nur: Was ist stärker? Ich vermisse es, die Nähe eines Mannes zu spüren. Vermisse es, mich geliebt zu fühlen. Diese wenigen Stunden mit Chase haben mir so viel gegeben, dass ich vergesse, dass ich gehen sollte. Dass ich ihn zu weit in mein Leben gelassen habe, als ich ihn in mein Schlafzimmer kommen ließ.

»Ich kann nicht«, bestätige ich schluckend. Seine Lippen stehen offen, und sein Atem berührt mich. Wie es wohl wäre, ihn zu küssen?

Wie es wäre, neben ihm einzuschlafen? Nicht durch eine Wand getrennt, sondern Haut an Haut. Körper an Körper. Seele an Seele. Ich schließe die Augen, während Ghost neben uns unruhig wird. Er will wohl in die Wohnung und scheint nicht zu verstehen, wieso er im kalten Flur warten muss, wo er seinen Teppich doch so vermisst.

»Ich würde dich wahnsinnig gern küssen, Brooklyn.« Chase' Stimme schleift wieder ein Stück der Mauer um mein Herz ab, sie bringt meine Wangen zum Glühen.

»Wieso tust du es dann nicht?« Ich beiße mir auf die Lippe, will die Worte zurücknehmen, sage aber nichts mehr. Durch den Stoff seiner Jeans hindurch kann ich spüren, dass er mehr will.

»Weil ich dich nicht zerbrechen will.« Chase' Antwort lässt mich schlucken, und wieder stehe ich kurz davor, in Tränen auszubrechen. »Du hast keine Ahnung, Brooklyn, wie viel Überwindung mich das kostet.« Seine Stirn liegt immer noch an meiner, seine Hand ruht immer noch auf meiner Taille. Seine Berührungen sorgen für ein Kribbeln auf meiner Haut.

»Gute Nacht, Chase Graham.« Ich versuche, meine Enttäuschung zu verbergen, kann es aber nicht. Er nähert seine Lippen meinen, und als er meinen Mundwinkel küsst, halte ich den Atem an. Alles explodiert.

Er führt seine Lippen an mein Ohr. »Gute Nacht, wunderschöne Brooklyn Parker.« Und mit diesen Worten geht er rückwärts zu seiner Tür, ohne mich dabei aus den Augen zu lassen.

Auch, als er längst in seiner Wohnung verschwunden ist, stehe ich noch wie erstarrt da. Kralle mich wieder in den Stoff meines Shirts. Tränen rinnen über mein Gesicht und landen auf meinen Lippen. Ghost winselt und stupst meine Knie an, damit ich endlich etwas tue.

Hektisch schließe ich meine Wohnungstür auf, flüchte ins Bad und reiße mir das Shirt vom Leib. Ich werfe es auf den Boden und stelle mich mit dem Rest meiner Sachen unter die Dusche. Ich muss es von mir waschen. Muss loswerden, was nicht in mir sein sollte. Seine Finger waren auf meinem Körper!

Weinend spüle ich die Gedanken und Gefühle mit seinem Geruch in den Abfluss. In die Vergessenheit. Klitschnass beuge ich mich aus der Duschkabine, greife nach dem Shirt und presse es gegen meine Brust. In Sekundenschnelle ist es durchweicht.

Ich sitze auf dem Boden der Dusche, wiege mich vor und zurück. Vor. Zurück. Vor. Zurück. Presse mir den nassen Stoff gegen mein verräterisches Herz.

»Es tut mir leid«, schluchze ich und kneife die Augen zusammen. »Es tut mir so leid.« Es tut mir so leid, dass ich ihn küssen wollte. Dass ich mich das erste Mal seit einer Ewigkeit wieder wie eine Frau gefühlt habe. Dass ich ihn wollte ... obwohl ich es nicht darf. »Ich liebe dich, Thomas.«

Ghost tapst ins Bad und legt sich vor die offene Dusche, direkt auf die Fliesen, während ich sitzen bleibe und in meinen Schuldgefühlen ertrinke.

• • •

»Ihr habt euch *geküsst!*« Molly und ich binden uns im Personalraum die

Schürzen um und trinken unseren Kaffee aus. »Und wie ihr euch geküsst habt.« Sie trällert.

Wieso um Himmels willen trällert sie, während ich mir nicht mal mehr in die Augen sehen kann?

»Oh Gott. Ihr hattet sogar *Sex*! Wusste ich's doch, dass euch die Wand aufgeilt! Brooklyn Parker, du versautes Stück!«

Ich verenge die Augen zu Schlitzen und schüttle den Kopf. »Weder noch!«

»Wie? Weder noch?«

»Wir haben uns weder geküsst noch miteinander geschlafen. Was denkst du eigentlich von mir?« Ich werde wütend, nicht nur auf sie, sondern auch auf mich. Schon als ich mich heute Morgen aus dem Bett gequält habe, war meine Stimmung im Keller.

»Was ich von dir denke? Also, wenn du mich fragst, bist du eindeutig zu lange nicht mehr berührt worden.« Sie legt ihre Hand auf meinen Unterarm, und als ich zurückzucke, bestätigt sich ihre Vermutung. »Du bist *viel* zu lange nicht berührt worden«, wiederholt sie schockiert. »Und Chase scheint ein toller Kerl zu sein. In Kombination mit seinem satansscharfen Aussehen ist das eine explosive Mischung für deinen Uterus. Der sollte dringend mal aus dem Winterschlaf geholt werden.«

»Gott, Molly!« Ich lasse sie an der Spüle stehen und laufe nervös im Raum auf und ab. »Ich hätte ihn fast geküsst, verstehst du? Ich hätte Thomas fast –«

»Betrogen? Hintergangen?« Molly legt ihre Hände auf meine Schultern. »Brooke, er ist *tot*. Du kannst keinen Toten betrügen.« Sie spricht die bittere Wahrheit so deutlich und unverfroren aus, dass ich Magensäure in meinem Mund schmecke. Wieso nur ist sie so direkt? Und wieso hilft mir das, einen klaren Kopf zu bewahren? Wieso verspüre ich nicht den Drang, ihr eine Ohrfeige zu geben, weil sie seinen Tod so beiläufig erwähnt?

Weil sie recht hat, weil alles, was sie sagt, stimmt. Ich habe mich einem Toten verschrieben und stecke in Erinnerungen fest.

»Es tut mir leid, wenn ich dir damit deine Illusion kaputtmache, aber Thomas ... ist nicht mehr da. Und nach dem, was du mir von ihm erzählt hast, würde er ganz sicher nicht wollen, dass du dein restliches Leben einem Geist verschreibst.«

Ich schließe die Augen und versuche zu verstehen, was sie mir sagen will, aber ich kann nicht. Ich stecke fest. Erst das Läuten der Kundenglocke befreit mich, und ich nutze die Chance zu fliehen.

Ich laufe hinunter in das Café und erstarre, als ich den Kunden sehe. Die braunen Augen, die in diesem Licht golden gesprenkelt schimmern.

Wie festgewurzelt bleibe ich stehen, und er ebenfalls. *Bitte komm her und küss mich. Bitte ... tu es nicht.*

Als er stumm stehen bleibt, kann ich nicht leugnen, dass ein Teil von mir enttäuscht ist.

»Hey«, sage ich schließlich und versuche, das Chaos in meinem Inneren zu verbergen.

»Hey«, antwortet er. Ein Wort, drei Buchstaben. Und doch klingen sie aus seinem Mund besonders.

Ich gehe unsicher zum Tresen und deute auf die Theke. »Was willst du haben?« Meine Knie schlottern, und sein nach oben tanzender Mundwinkel macht das Ganze nicht unbedingt besser.

»Dich.«

Ich verschlucke mich an meinem Lachen. »Mich?« Unsicher blicke ich mich im Café um und stelle erleichtert fest, dass wir allein sind. Dabei bin ich mir sicher, dass Molly gerade ihr Ohr gegen die Tür drückt, um uns zu belauschen und später alles bis ins kleinste Detail auseinanderzupflücken.

»Ich will wissen, was du heute Abend vorhast«, erklärt er, während ich den Blick nicht von diesem göttlichen Grübchen auf seiner Wange nehmen kann. Mein Herz donnert gegen meine Rippen, während er die Gelassenheit in Person ist.

»Normalerweise hab ich abends immer ein Date mit meinem Nachbarn«, sage ich so locker wie möglich. Ein Lächeln huscht über sein Gesicht, und seine gute Laune steckt mich an. Plötzlich entspanne ich mich, weil ich weiß, dass mir vor ihm nichts peinlich sein muss.

»Was für ein Zufall: Ich habe auch ein Date mit meiner Nachbarin«,
sagt er zufrieden.

»Also, Brooklyn.« Seine Stimme ist so verdammt melodiös ... »Ich
hole dich dann um sieben ab.« Er klopft auf den Tresen und lässt mich
anschließend hier stehen.

»Wie jetzt? Was ist um sieben?«, rufe ich ihm hinterher.

Chase dreht sich zu mir um und macht eine ausladende Handbewe-
gung. »Da hast du ein Date mit deinem Nachbarn.« Und schon verlässt
er mit einem Zwinkern das Café, während mir mein Herz in die Schürze
rutscht.

Molly schielt durch den Spalt in der Tür und hält ihren Daumen
hoch. »Und denk an deinen Uterus, Brooklyn. Sei nicht immer so egois-
tisch! Er will auch seinen Spaß!«

Ich schnappe mir das erstbeste Handtuch und werfe es nach ihr,
aber sie schlägt die Tür schnell zu, sodass es zu Boden fällt. »Du olle
Stalkerin!«

Danach kommen die ersten Gäste, und ich versuche, mich wieder
auf die Arbeit zu konzentrieren. Doch meine Gedanken schweifen immer wieder zu ihm und dem Date, das mich heute erwartet. Und ich
lächle dabei das verräterischste Lächeln, zu dem meine verräterischen
Lippen in der Lage sind.

· · ·

Da ich nicht weiß, was Chase mit mir vorhat, stehe ich am Abend plan-
los vor meinem Kleiderschrank. Die Temperaturen sind über Nacht
deutlich gesunken, weshalb ich mich am Ende für einen Strickpulli entscheide. So habe ich wenigstens etwas, worin ich mich verstecken kann,
wenn mir seine Blicke zu intensiv werden.

Danach gehe ich ins Bad, um mich fertig zu machen. Ich lege etwas
Puder und Mascara auf, male meine Lippen in einem sinnlichen Rot an
und atme tief durch.

Als es schließlich an der Tür klingelt, verkrampft sich alles in mir.

Ich sollte ihm öffnen und sagen, dass das hier falsch ist. Dass unsere *Freundschaft* von Anfang an ein Fehler war. So ein wunderschöner Fehler ...

Ghost bellt einmal laut auf und scheucht mich damit aus dem Bad. Er folgt mir schwanzwedelnd zur Tür. Bevor ich aufmache, gehe ich vor ihm in die Hocke und sehe ihn fragend an.

»Das ist alles so was von falsch, oder, Räuber?« Ich suche in seinen Knopfaugen nach etwas, das mich anschreit, es nicht zu tun. Aber als Ghost stattdessen über meine Hand leckt und mit dem Schwanz wedelt, muss ich lachen.

Dieser miese kleine Verräter!

»Brooklyn?« Chase' Stimme vor der Tür sorgt dafür, dass Ghosts Schwanz noch schneller rotiert. Ich gebe ihm einen letzten Kuss, schnappe mir meine Jacke und reiße die Tür auf. Und dann ... bin ich sprachlos.

»Du siehst umwerfend aus«, platzt es aus mir heraus. Ich schließe die Augen und schüttle den Kopf. »Das wollte ich nicht sagen, ich ...« Luft holen, Brooklyn! Wäre die Luft bloß nicht voll von ihm und seinem Duft! »Ich wollte sagen: Ich bin bereit.«

Sein Mundwinkel tanzt nach oben, und ich schüttle die Angespanntheit von meinen Schultern. Einfach locker machen, Parker! Ich spanne die Pobacken an und lasse wieder locker. Das ist ein Trick meiner Grandma gewesen, und er hilft erstaunlich gut. Auch wenn er total albern ist und Chase auf keinen Fall sehen soll, was ich hier tue.

»Hallo, Brooklyn«, antwortet er mit einem Funkeln in seinen goldbraunen Augen. Diese wunderwunderschönen goldenen Augen. Noch nie in meinem Leben habe ich Augen in diesem Farbton gesehen.

»Hallo, Chase.«

Er wirft einen Blick über meine Schulter zu Ghost. »Sorry, Kumpel. Aber da, wo wir hingehen, kannst du leider nicht mit«, entschuldigt er sich bei meinem Hund. »Beim nächsten Mal suche ich etwas aus, das hundefreundlich ist, versprochen.«

»Wo gehen wir denn hin?« Diese Frage macht mich schon den ganzen Nachmittag schier verrückt!

»Das bleibt eine Überraschung. Und jetzt komm.« Er greift wie selbstverständlich nach meiner Hand und zerrt mich in den Hausflur.

Sobald die Tür hinter mir ins Schloss fällt, legt er seine Lippen an meine Wange und entfacht einen Flächenbrand auf meiner Haut.

»Wollen wir?«, frage ich ihn atemlos.

»Wir wollen.«

»Worauf warten wir dann noch?«, sage ich und kichere, weil er nicht daran denkt, sich von mir zu lösen. Währenddessen bellt Ghost uns durch die Wohnungstür hindurch an.

»Manchmal muss man kurz die Zeit anhalten«, erklärt Chase und zwinkert mir zu. Danach führt er mich die Treppe nach unten, und bevor wir die Haustür öffnen, hält er mich noch einmal zurück. »Ach, und Brooklyn?«

»Ja?« *Bitte sag, dass du mich küssen willst. Dass du es bereust, mich gestern Nacht nicht geküsst zu haben, als ich es am meisten brauchte. Wenn ich zerbrochen werden muss, dann von dir, Chase!* Aber er tut es nicht.

»Du siehst auch umwerfend aus.«

Locker bleiben, Parker! Aber wie zur Hölle soll das gehen? Er findet mich umwerfend, ich finde ihn atemberaubend. Und aus irgendeinem Grund wünschte ich mir, wir würden einfach zurück in meine Wohnung gehen, gemeinsam einen Kokon bauen und ihn niemals verlassen ...

14

Brooklyn

»Das *Bedford Corn Exchange?*« Wir stehen vor einem Gebäude mit dieser Aufschrift, und ich sehe Chase fragend an. »Sehen wir uns ein Theaterstück an?«, mutmaße ich und suche nach einem Plakat, das mir verrät, welches Stück heute aufgeführt wird. Molly hat mir von dieser Bühne erzählt, weil sie mich überreden wollte, mit ihr in eine Aufführung zu gehen, die sich »Der Henker« nennt. Aber bei dem Namen des Stücks habe ich ihr lieber abgesagt.

»Nein.«

»Und was machen wir dann hier?« Es ist so kalt draußen, dass mir selbst meine dicke Daunenjacke keine Wärme spendet. Menschen strömen an uns vorbei ins Gebäude, und wir folgen ihnen. Das beige Haus besteht aus Backsteinen und sieht eher aus wie eine alte Universität. Ich liebe den Charme dieser Häuser, auch wenn es nicht wirklich ins Kleinstadtfeeling passt.

»Von hier an musst du geduldig sein.« Seine Stimme kitzelt an meinem Ohr, und als er sich hinter mich stellt und mir einen Schal um die Augen bindet, stockt mein Atem.

Oh nein, das darf nicht sein. Weil mich alles daran erinnert, was beim letzten Mal passiert ist, als mir die Augen verbunden wurden. Thomas hat mir Ghost geschenkt, und dann ...

»Was wird das, Chase?« Ob er merkt, dass ich vor Angst zittere? Weil ich alles will, nur nicht an diesen Tag erinnert werden? Was, wenn wieder etwas so Schlimmes passiert? Doch wenn ich ihm erklären will, warum ich es nicht möchte, müsste ich ihm von meiner Panik erzählen. Und das will ich nicht. Vor allem nicht heute Abend, bei unserem ersten Date.

»Ich verbinde dir die Augen.« Er zieht den Knoten fest, legt seine Hände auf meine Schultern und streift mir die Jacke ab. »Warte hier, ich bringe schnell die Sachen weg.« Und dann ist Chase verschwunden, während ich mit verbundenen Augen in einer Menschenmenge stehe. Was zur Hölle wird das?

Die Dunkelheit nimmt mir die Luft zum Atmen, und ich würde mir die Augenbinde am liebsten abreißen. Sie katapultiert mich zurück in die schlimmsten Minuten meines Lebens.

Eine Weile stehe ich noch zwischen den Menschen, bis jemand nach meiner Hand greift. »Halt dich an mir fest.« Dann werde ich wie eine Blinde durch die Menge geführt. Der Boden unter meinen Füßen verändert sich und wird glatter, sodass ich aufpassen muss, nicht mit meinen Schuhen auszurutschen.

»Ich hasse Überraschungen«, murmle ich. Dabei will ich ihm gern die ganze Wahrheit sagen. Und zwar, dass ich sie erst seit einem Jahr hasse. Dass ich es früher geliebt habe, von Thomas überrascht zu werden. Ich wäre ihm überallhin gefolgt, egal zu welcher Uhrzeit.

»Tut mir leid. Ich hätte dich vorher fragen sollen, aber glaub mir – es wird sich lohnen«, sagt er einfühlsam. Wir laufen weiter über den glatten Boden, bis ich irgendwann gegen etwas Hartes stoße. Chase nimmt meine Hände in seine und platziert sie auf dem Geländer vor uns. Ich kralle mich an der Stange fest und genieße seine Wärme in meinem Rücken.

»Verrätst du mir jetzt, was das hier wird?«

»Noch nicht.« Wieder trifft mich sein Atem. Und wieder kann ich nicht klar denken, weil er mir so nah ist, wie er es niemals sein sollte.

»Du musst geduldig sein.«

Also versuche ich, mich zu entspannen und auf das zu warten, was kommen wird. Mich beschleicht das Gefühl, dass es mir den Boden unter den Füßen wegreißen wird.

...

»Geht es jetzt los?«, frage ich aufgeregt. Mittlerweile stehe ich schon seit einer halben Stunde im Dunkeln, und um uns herum haben sich zahlreiche Menschen versammelt. Langsam, aber sicher habe ich mich an die Dunkelheit gewöhnt.

»Geht es«, versichert Chase mir flüsternd, während ich mich stärker an das Geländer kralle. Die Stimmung ums uns herum wirkt immer aufgeladener.

Als die Musik einsetzt und die Leute einen Namen grölen, erstarre ich. Chase steht dicht hinter mir, seine Arme liegen auf meiner Taille, während alles in mir kurz vor der Explosion steht. Ich kenne diese Klänge. Kenne die Stimme des Mannes, die jetzt die Menschen um mich herum zum Schreien bringt.

»Nein«, sage ich so laut, dass Chase mich hören kann. Er lacht hinter mir, ohne zu wissen, dass ich kurz vor einer Panikattacke stehe. Ich verbrenne innerlich, gefriere äußerlich. Und er glaubt, dass ich vor Freude in seinen Armen zittere.

»Du hast dieses Bandshirt getragen, und sie spielen heute ein kleines Benefizkonzert hier«, erinnert Chase mich daran, dass ich gestern *sein* Shirt anhatte, um mich vor Dummheiten zu bewahren. Und jetzt stehe ich hier mit schlotternden Knien und Tränen in den Augen. Wie konnte ich nicht mitbekommen, dass die Band heute hier sein wird? Dann hätte ich mich in meiner Wohnung eingesperrt und wäre sicher nicht hergekommen. Nicht ohne Thomas.

»Chase«, flüstere ich und schlucke. Weil ich ihm gern sagen würde, dass ich hier raus muss. Dass ich nicht hierbleiben kann, ohne zusammenzubrechen. Dass ich die Flucht ergreifen muss – jetzt, sofort!

»Viel Spaß, Brooklyn.«

Ich umklammere das Geländer so fest ich kann, während die

Stimme des Frontmanns lauter wird. Eine Stimme, die mich so oft schweben ließ und mir jetzt einen Dolch ins Herz rammt.

Coldplay.

Meine Schultern beben, weil ich versuche, das Schluchzen herunterzuschlucken. Chase zieht mich noch dichter an seine Brust, und ich? Ich sterbe. Song für Song. Ton für Ton. Silbe für Silbe. Ich sterbe den einnehmendsten Tod, den es gibt. In seinen Armen. Am liebsten würde ich wegrennen, aber hinter mir stehen so viele Leute, dass ich es vermutlich nicht schaffen würde.

Chase' Hände wandern hoch zu dem Schal, der meine Augen verbindet, und als er den Knoten löst und der Stoff zu Boden fällt, halte ich den Atem an. Wir stehen in der ersten Reihe. *So wie damals.* Hören dieselbe Stimme. *So wie damals.* Nur, dass ich mit dem falschen Mann hier bin. Dass es die falschen Arme sind, die mich halten. Der falsche Geruch, der in der Luft liegt.

»Freust du dich?« Sein Mund ist dicht an meinem Ohr. Tränen brennen in meinen Augen, während der Bandleader *Everglow* singt und die Massen in Trance versetzt. Ich schließe die Augen, weil ich den Anblick nicht ertragen kann und werde in die Vergangenheit geschleudert.

»Du bist verrückt, Thomas.« Alles in mir kribbelt vor Aufregung, während wir auf die Bühne starren und in der Musik versinken. Wir tragen beide unsere Bandshirts und stehen dicht beieinander.

»Verrückt nach dir«, antwortet er dicht an meinem Ohr. Ich lehne mich zurück, presse meinen Rücken gegen seine Brust und wiege mich mit ihm zum Takt der Musik hin und her. Links, rechts. Ein Herzklopfen, links. Ein Herzklopfen, rechts. Ein Kuss, links. Ein Kuss, rechts.

Chris Martin ist uns so nah, dass wir ihn fast berühren können. Ich genieße die Musik, die Verbundenheit zwischen mir und Thomas.

»Ich liebe dich, Thomas«, rufe ich über die Musik hinweg. Seine starken Arme schlingen sich um meine Brust, und ich fühle mich zu Hause. Angekommen. In einer Welt, die perfekt für mich ist. Wieder schmiege ich meinen Kopf an seine Schulter und warte darauf, dass er mich dichter an sich zieht.

»Ich liebe dich auch, Brooke.« Er streicht mit seiner Hand durch mein Haar und senkt seine Lippen auf meine.

»I'm going back to the start«, singt die Menge mit, als The Scientist die Konzerthalle erfüllt. Tränen rinnen über mein Gesicht, während ich versuche, mir nicht zu wünschen, der Mann hinter mir wäre Thomas.

Chase hat das hier getan, um mir eine Freude zu machen, ohne zu wissen, dass er mir damit die Seele aus dem Leib reißt und sie den Erinnerungen zum Fraß vorwirft. Er hat mich hergebracht, weil er dachte, dass es mich freuen würde. Wie soll ich ihm nur sagen, dass das Gegenteil der Fall ist? Ich will ihn nicht enttäuschen.

»Hey, ist alles okay?« Er spricht in mein Ohr, und ich presse die Lippen fest zusammen. Sicher hat er bemerkt, wie sehr mich dieser Moment aus der Bahn wirft. Ich nicke wie ferngesteuert, drehe mich leicht zur Seite und sehe zu ihm auf. Panik liegt in seinem Blick, die ich ihm nehmen will. Er kann schließlich nichts für mein kaputtes Ich.

»Ja.« Ich spreche leise, aber er scheint es trotz der Musik zu verstehen. Abwartend sieht er mich an. »Ich bin nur so überwältigt.«

Seine Hände liegen an meinen Hüften, während ich zurück zur Bühne sehe, der Band zuhöre und weine. Und als Chase mir einen Kuss auf den Scheitel gibt, kann ich es nicht länger zurückhalten. Ich lasse alles raus: Ich weine, singe die Liedtexte mit, die wir einst zusammen sangen. Tanze zu der Musik, zu der wir einst zusammen tanzten.

Nur mit dem Unterschied, dass jetzt Chase hinter mir steht. Ich suche bei ihm Halt, als ich das Geländer endlich loslasse und die Hände auf seine lege.

»You don't know how lovely you are«, singt die Menge. Und ich höre diese Passage das erste Mal mit einem mir fremden Bild in Gedanken. Einem Bild von goldbraunen Augen, die mich verschmitzt ansehen.

»Gefällt es dir wirklich?« Er klingt verunsichert, und das ist das Letzte, was ich an diesem Abend für uns wollte. Wieder durchströmt mich seine Stimme wie ein Blitz. Ich schließe die Augen und nicke. Will ihm nicht die hässliche Wahrheit zeigen. Er soll nicht wissen, dass es mich mit jedem Stück erneut umbringt. »Es gefällt mir«, versichere ich ihm, auch wenn ich ihn damit zu seinem Schutz anlügen muss.

...

»Das war der Wahnsinn!« Chase strahlt über das ganze Gesicht, als wir drei Stunden später die Halle verlassen und in die Kälte treten. Es ist so eisig, dass man unseren Atem in der Luft sehen kann. »War es«, stimme ich ihm zu. Sobald ich alles rausgelassen hatte, konnte ich das Konzert tatsächlich genießen und lachen. Doch jetzt fühle ich mich wie eine Verräterin.

»Was machen wir jetzt?«, frage ich ihn etwas zu euphorisch. Ich will mich ablenken und vergessen, dass ich Thomas in so vielen Hinsichten betrogen habe, dass ich nicht mehr mitzählen kann.

»Sag du es mir. Was willst du tun?« Er läuft rückwärts vor mir her über den Bürgersteig, während ich ihm folge, die Hände in den Jackentaschen vergraben.

»Lass uns einfach nur reden.« Das ist es, was ich will. Reden. Jemanden haben, der mir zuhört. Der mich versteht, auch wenn ich mich selbst nicht verstehe. Der mich hält, wenn die Last auf meinen Schultern viel zu schwer ist.

»Okay, dann reden wir.« Wieso nur erfüllt er mir jeden Wunsch? Wieso fühlt es sich so gut an, von ihm angesehen zu werden? Wir stehen zwischen Hunderten Menschen, die das Gebäude verlassen, doch er sieht nur mich. »Und worüber willst du reden?« Chase bleibt stehen, damit ich ihn einhole, und gemeinsam schlendern wir durch die Straßen.

»Über dich«, entflieht es mir. Ich sollte nichts über ihn erfahren wollen, aber ein Teil von mir will genau das. Viel zu dringend.

»Da gibt es nicht sonderlich viel zu erzählen.« Plötzlich wirkt er verschlossen. Aber ich denke nicht daran, jetzt lockerzulassen, nachdem ich meine Mauern für ihn eingerissen habe.

»Was ist deine Leidenschaft, Chase? Ich will alles über dich wissen! Gib mir meine Medizin!«, albere ich, um meine schwarzen Gedanken an das Konzert zu verdrängen.

»Meine Leidenschaft?« Er schiebt seine Hände in die Jeanstaschen und sieht mich aus dem Augenwinkel heraus an. »Was glaubst du, ist meine Leidenschaft?«

»Weiß nicht. Vielleicht durchgeknallte Frauen?« Ich hebe herausfordernd eine Augenbraue und sehe ihn abwartend an. Und ehe ich verstehe, was hier gerade passiert, hat Chase mich gegen eine Laterne gepresst. Das Licht über unseren Köpfen flackert, und es wird von Sekunde zu Sekunde kälter.

»Definitiv durchgeknallte Frauen«, pflichtet er mir bei.

»Und Liebesromane«, hauche ich gegen seine mir viel zu nahen Lippen.

»Definitiv Liebesromane. Du wirst es nicht glauben, aber bevor ich dich kennengelernt habe, habe ich nie ein Buch gelesen. Zumindest nicht außerhalb der Schule.« Seine Augen sehen mir bis in die Seele, und als er seine Hände auf meine Taille legt und seine Stirn an meine lehnt, bin ich gewillt, mich einfach fallen zu lassen.

»Und Wände. Und seltsame Türen in deinem Schlafzimmer«, stottere ich und schlucke.

»Definitiv sind Wände und seltsame Türen in meinem Schlafzimmer auch meine Leidenschaft.« Er streicht mir eine verirrte Strähne aus dem Gesicht. Seine Lippen schreien nach einem Kuss, seine Augen nach viel mehr. Aber ich kann nicht. Ich darf nicht zu der Frau werden, die ich nie werden wollte.

»Hast du noch andere Leidenschaften, die ich nicht kenne?« Meine Frage gleicht einem Flüstern, und es ist mir egal, dass uns die Menschen auf dem Bürgersteig seltsam anstarren. *Hier kennt dich keiner, Brooklyn. Hier kann dir keiner vorwerfen, ihn zu betrügen. Die Einzige, die dir Vorwürfe macht, bist du!*

»Du weißt, dass ich gern zeichne und gern Klavier spiele. Du weißt, dass ich es liebe, durchgeknallten Frauen Bücher vorzulesen und dass ich auf Wände und Türen stehe. Dass ich aus Bedford komme und einen Bruder habe, der in Italien lebt. Dass ich meine Nudeln am liebsten mit Ketchup esse und zum Entspannen an Autos schraube.«

Er schluckt. Ich schlucke. Sein Atem. Mein Atem. Seine Haut. Meine Haut. Viel zu viel Körperkontakt. Und doch so schön ...

»Ich glaube, du weißt mehr über mich als sonst jemand auf der Welt.« Seine Feststellung scheint ihn selbst unerwartet zu treffen. Er runzelt die Stirn und sucht in meinen Augen nach einer Antwort.

»Gibt es nicht irgendwelche Geheimnisse, die du mir noch nicht verraten hast?«, frage ich ihn herausfordernd. Chase hält den Atem an. Kurz sehe ich Reue in seinen Augen aufblinken, die ich mir nicht erklären kann, doch als er seine Hand an meine Wange legt, schließe ich die Augen. Ich warte auf seine Antwort. Will seine Stimme hören. Will mir weiter und weiter von ihm das Herz brechen lassen.

»Das größte Geheimnis ist, dass ich dich küssen will.«

Wieder ein Schlucken. Wieder werden meine Knie weich. Wieder dreht sich alles viel zu schnell. Wieder presse ich mich dichter an den falschen Mann heran und spüre ein verräterisches Verlangen in mir.

»Tu es, Chase.« Meine Stimme vibriert, und neue Tränen wollen über mein Gesicht rollen. Aber dann würde er sie sehen, und das darf nicht passieren.

Als seine Lippen meine berühren, fällt die ganze Anspannung des Abends von mir ab. Chase nimmt mir mit dem Kuss, den er mir gibt, den Halt und schenkt mir dafür so viel mehr. Seine Lippen liegen so sanft auf meinen, dass ich nach unten sacke. Chase schiebt sein Knie zwischen meine Beine und hält mich, seine Hände umgreifen mein Gesicht, seine Zunge dringt sachte in meinen Mund ein.

So bittersüß.

Ich fahre mit meiner Hand durch sein Haar, während seine Lippen meine streicheln und dabei weitere Scherben meines gebrochenen Herzens zu Boden fallen und erneut zersplittern. Er knabbert an meiner Unterlippe, und ich stöhne leise in seinem Mund auf.

Er hält mich, während ich innerlich zerfalle. Er küsst mich, als hätte er noch nie eine Frau so ehrlich geküsst. Seine Lippen geben mir ein Versprechen, von dem ich nicht weiß, ob ich es einfordern sollte.

Als ich plötzlich sanft nasse Tropfen auf meiner Haut spüre, öffne ich die Augen und sehe, dass etwas Weißes vom Himmel fällt. Die ersten Schneeflocken des Jahres verbrennen auf meiner Haut. Ich kneife die Augen zu. *Konzentrier dich auf das Jetzt, Brooklyn! Genieße, was da ist. Denke nicht an die Vergangenheit.* Ich spüre Chase' Hände auf meinem Körper, spüre, wie er mich fest an sich presst. Plötzlich verändert sich etwas.

Die Flocken werden größer. Erdrückender. Und sosehr ich auch versucht habe, die Tränen zurückzuhalten – jetzt strömen sie über mein Gesicht. Die Schneeflocken reißen mich mit wie eine Lawine. Chase schmeckt meine Tränen und löst sich von mir.

»Hey, was ist los?« Er sieht mich so erschrocken an, dass es mir beinahe das Herz bricht. »Schsch, alles wird gut«, flüstert er beruhigend. Doch alles, was ich spüre, sind diese Schneeflocken, die sich anfühlen wie Rasierklingen.

»Alles wird gut?« Ich lache bitter auf. »Von wegen! Siehst du das nicht?« Ich stoße ihn von mir, aber Chase zieht mich in Sekundenschnelle wieder an sich heran.

»Hey, atme, Brooklyn, atme.«

Meine Lunge füllt sich mit Schmerz, und ich atme alles ein, nur keinen Sauerstoff. Atme seine Verwirrung ein, die Verzweiflung in seinen Augen und den Schock auf meinem Gesicht.

»Da liegt ja das Problem!«, brülle ich Chase an. »Ich will nicht atmen!« Wieder stoße ich ihn von mir, und dieses Mal bin ich schneller als er und ergreife die Flucht. Laufe los, nur weg hier!

»Brooklyn, warte!« Er ist hinter mir. Ich versuche, schneller zu rennen, stolpere dabei fast über meine eigenen Beine. Ich bin viel zu langsam. Meine Lungenflügel schmerzen.

»Hau ab, Chase!« Ich sehe nichts mehr, Tränen verschleiern mir die Sicht, blind taumle ich weiter. Ich höre seinen Atem hinter mir, er kommt näher. »Fass mich nicht an«, rufe ich, aber Chase schlingt seine

Arme von hinten um mich, während ich mich mit meiner ganzen Kraft von ihm losreiße. Ich schlage mit den Knien auf dem Bürgersteig auf, schluchze den Schmerz aus meiner Brust heraus. Sekunden später ist er wieder bei mir und hält mich. »Fass mich nicht an«, wiederhole ich wie ein Mantra.

»Sch, Brooklyn. Alles wird gut.«

Wieso geht er nicht einfach? Ich versuche, ihn abzuschütteln, doch er hält mich, murmelt beruhigende Worte. Die Schneeflocken werden immer dicker. Schon ist der Boden weiß. Wie damals.

»Wie soll denn alles gut werden? Siehst du vielleicht irgendwas, was ich nicht sehe?«, frage ich ihn mit erstickter Stimme. Seine Wärme an meinem Rücken, die Kälte der Flocken in meinem Herzen.

»Was siehst du, Brooklyn? Sag es mir.« Er klingt so verzweifelt, so flehend.

Ich deute auf die Flocken, die uns wie Figuren in einer Schneekugel umgeben. »Den Schnee. Siehst du nicht den Schnee?«, frage ich ihn bebend.

Er zieht mich dichter an sich, ohne zu antworten. »Ich bringe dich heim.« Und mit diesen Worten hebt er mich hoch und trägt mich in seinen Armen durch den Schnee. Er hält mich, lässt mich nicht mehr los. Und dieser Halt gibt mir wieder Kraft.

15

Brooklyn

»Wir zwei werden die besten Freunde der Welt.« Ghost leckt über meine Hand, und seine Augen strahlen, als würde er mir so antworten wollen. Er kuschelt sich tiefer in meinen Schoß, während ich ihn minutenlang wie in Trance kraule und mein Glück kaum fassen kann.

Das entfernte Quietschen von Autoreifen dringt durch die dünnen Fensterscheiben, dann ein Scheppern, als würde Blech auf Blech treffen. Etwas in meiner Brust zieht sich schmerzvoll zusammen.

Ich drücke Ghost an mich, stehe auf und trete auf die Veranda. Mit nackten Füßen steige ich die Stufen hinab und laufe die Einfahrt hinunter, ohne auf den Schnee unter meinen Fußsohlen zu achten. Ich gehe weiter, bis ich den Zaun erreiche, den Thomas erst vor einer Woche neu gestrichen hat. Dann setze ich Ghost auf dem Boden ab, reiße das Gartentor auf und laufe los. Ich weiß nicht, wieso ich annehme, dass etwas Schlimmes passiert ist, aber mein Instinkt treibt mich weiter Richtung Kreuzung. Barfuß laufe ich zu dem Punkt, der unsere Nebenstraße mit der stark befahrenen Hauptstraße verbindet. Ich laufe so schnell ich kann, habe aber das Gefühl, nicht voranzukommen.

Je näher ich meinem Ziel komme, desto klarer wird meine Sicht auf das, was sich vor mir abspielt. Ich sehe das Blau unseres Wagens, das ich immer geliebt habe.

Meine Lunge brennt, genau wie mein Herz, das nur noch unregelmäßig in meiner Brust schlägt, als ich endlich keuchend die Kreuzung erreiche.

Rauch steigt unaufhörlich in die Luft, und Schnee fällt vom Himmel. Ich erkenne unseren blauen Wagen kaum wieder, sehe zerbeultes Blech, Reifenspuren und überall Blut. Vor dem Wagen falle ich auf die Knie. Ich bin stumm. Bin taub.

Ich krieche über den Asphalt, und als ich seine Hand in meine nehme, bricht alles über mir zusammen. Die Szenerie vergräbt mich unter Schutt und Asche. Schutt, Asche und rotem Schnee.

Meine Hände streichen über Thomas' Gesicht. Seine Augen sind halb geschlossen, seine Lippen ebenso. Wie kommt er hierher? Er ist doch gerade in unseren Wagen gestiegen! Mein Blick wandert zur kaputten Windschutzscheibe, und das Bild wird immer klarer.

»Mach die Augen auf«, flüstere ich und höre, wie meine Stimme bricht. Meine Finger fahren durch sein schneebedecktes Haar, hinab zu seinen blassen Wangen. Überall dieses Blut. Wo kommt es nur her? Ich sehe eine Wunde an seiner Stirn, aber sie blutet nicht stark. Blicke an ihm hinab und entdecke eine Metallstrebe, die seitlich in seinem Bauch steckt.

Ich weine und schreie und sterbe innerlich. Mit jeder Sekunde, in der ich mir wünsche, dass Thomas endlich die Augen aufmacht. Aber sie bleiben geschlossen. Egal, wie laut ich schreie.

Ich bin nicht in der Lage, einen Krankenwagen zu rufen, geschweige denn jemanden um Hilfe zu bitten. Schaulustige sammeln sich um uns herum, ich höre es an den Schritten und den Stimmen, die sich uns nähern. Unseren Kokon, den ich innerhalb weniger Sekunden um uns erbaut habe und in dem ich die Liebe meines Lebens in den Armen halte und sachte hin und her wiege.

»Mach die Augen auf«, wiederhole ich meine Bitte. Thomas hat mir noch nie einen Wunsch abgeschlagen. Bis auf diesen einen. Denn seine Lider bleiben geschlossen.

»Er ist bestimmt tot«, höre ich jemanden sagen, doch ich drehe mich nicht um. Wer sagt nur so dummes Zeug? Thomas kann nicht tot sein. Er darf es nicht. Er war doch eben noch bei mir! Hat mir einen Kuss auf die Stirn gegeben, mir gesagt, dass er mich liebt, während ich nur Augen für sein Geschenk hatte. Ich lasse alles raus, schreie mir den Schmerz aus der Seele, fahre mit der Hand hektisch über Thomas' Körper. Bis ich kalte Pfoten auf meinem Arm spüre.

Ghost ist mir gefolgt und springt mich an, damit ich ihm meine Aufmerksamkeit schenke. Er winselt und jault, aber ich kann nur Thomas ansehen.

Dann stupst Ghost auch Thomas' Hand mit seiner Nase an, doch Thomas rührt sich nicht. Ich schließe die Augen und wünsche mich in eine andere Welt, weil ich Angst davor habe, dass meine Ängste wahr werden könnten. Was, wenn er es nicht schafft? Weinend breche ich über Thomas zusammen, spüre sein Blut an meiner Haut und Schneeflocken, die mich unter sich begraben. Ich lege meinen Kopf auf seine leblose Brust, während Ghost sich neben uns in den Schnee setzt und über meine Hand leckt.

»Es bricht mir das Herz«, höre ich eine Frau sagen, dann folgen die Sirenen. Sie zeigen mir, dass ich nicht träume. Ich bin wach, ich lebe, aber eigentlich will ich sterben. Wieso zur Hölle atme ich noch? Wieso kann ich nicht einfach neben ihm einschlafen?

Die Sirenen werden lauter, der Wind beißender und die Schneeflocken immer größer. In diesem Moment beginne ich, den Schnee zu hassen. Er hat mir das Kostbarste entrissen.

Ich weine haltlos an seiner Schulter, mein Gesicht in seine Jacke gepresst. Wieder und wieder sehe ich Thomas vor mir. Höre den Aufprall. Durchlebe den Tag. Ich habe jegliches Zeitgefühl verloren und keine Ahnung, wie lange er mich schon durch die Kälte trägt. Wie lange wir schon unterwegs sind, wann ich mich endlich in mein Bett verkriechen und meinen Schatten hingeben kann.

»Wir haben es gleich geschafft.« Als könnte er Gedanken lesen. Als wüsste er genau, was in meinem Kopf vorgeht.

Weitere Ewigkeiten vergehen, bis Chase schließlich mit mir auf dem Arm eine Tür öffnet. Am Duft des Zitronenreinigers, mit dem immer die Treppen geputzt werden, erkenne ich unseren Hausflur. Jede Stufe bringt mich meinem Bett näher. Meinem Rückzugsort.

Als wir unsere Etage erreichen und Chase mit mir meine Wohnung ansteuert, wird mir schmerzlich bewusst, was dort auf mich wartet: Schuldgefühle. Angst. Scham. Plötzlich fürchte ich mich davor, mich dem allein zu stellen. Ohne Chase.

»Würdest du ...« Ich stocke. Chase trägt mich noch immer, auch wenn ihm mittlerweile deutlich anzusehen ist, welche Last er in seinen Armen hält.

»Würde ich was, Brooklyn? Sprich mit mir.« Er klingt viel zu hoffnungsvoll.

»Könnte ich heute Nacht bei dir schlafen?«

Meine Frage lässt ihn kurz den Atem anhalten. Statt etwas zu antworten, geht Chase stumm zu seinem Apartment und schließt es auf. Er trägt mich in das Zimmer, das ich bis jetzt noch nie gesehen habe: sein Schlafzimmer.

Er schaltet ein Nachtlicht an, das den Raum schummrig beleuchtet. Neben dem Bett, das meinem gegenüber steht, sehe ich ein Klavier. Es ist schwarz und einfach gewaltig. Es nimmt so viel Platz ein, dass man kaum gehen kann.

Chase legt mich auf seinem Bett ab, und ich kuschle mich rasch in sein Kissen. Es riecht nach ihm. Als würde er neben mir liegen, obwohl er gerade die Tür zum Flur ansteuert. Doch bevor er verschwindet, dreht er sich noch einmal zu mir um.

»Was ist passiert, Brooklyn?« Er kommt wieder auf mich zu, als könnte er sich nicht entscheiden, was er tun soll.

»Ich würde es dir so gern erklären, aber ich kann nicht.« Mehr als ein schwaches Flüstern kriege ich nicht über die Lippen. Mit Molly über Thomas zu reden fiel mir so leicht. Aber bei Chase ist eine Blockade in mir, die ich nicht ablegen kann. Vielleicht will ich einfach nicht, dass er sieht, wie viel Ballast ich bei mir trage.

»Du hast mir eine Scheißangst eingejagt, weißt du das?« Er will mich zu nichts drängen, das sehe ich ihm an. Genauso sehe ich aber auch, dass er es nicht schafft. Dass er Antworten braucht.

»Es tut mir leid.« Was soll ich auch sonst sagen?

»Es muss dir nicht leidtun«, erwidert er kopfschüttelnd. Dabei weiß ich, dass er lügt. Ich habe ihn gebeten, mich zu küssen, und ihn dann von mir gestoßen. Habe ihn angeschrien, dass er die Finger von mir lassen solle, obwohl ich Sekunden zuvor noch seine Zärtlichkeiten herbeigesehnt hatte. Natürlich muss es mir leidtun. In dieser Nacht habe ich nicht nur einen Mann enttäuscht, sondern gleich zwei.

Für eine Weile sagt keiner von uns etwas. Chase hat sich mittlerweile auf die Bettkante gesetzt und sein Gesicht in den Händen vergraben.

»Hattest du je ein so verrücktes erstes Date?« Ich will die Stimmung auflockern, aber es gelingt mir nicht.

Chase bleibt stumm. Er starrt nur die gegenüberliegende Wand an. Mein Blick folgt seinem, und ich entdecke meine Bücher in seinem Regal. Noch ein Beweis dafür, dass Chase etwas Besseres als das hier verdient hat. Etwas Besseres als mich und meine Ausreden. Er überwindet sich und liest mir aus meinen Romanen vor, nur um mich glücklich zu machen. Ich bin es ihm schuldig, endlich die Wahrheit zu sagen.

»Er ... er war meine große Liebe«, fange ich an und spüre, wie sich jedes Wort in mein Herz bohrt.

Chase atmet schwer und wartet, bis ich fortfahre.

»Wir haben uns kennengelernt, als ich siebzehn war. Er war schon dreiundzwanzig«, spreche ich weiter. Wieder stehen Tränen in meinen Augen, die ich nicht vor ihm verstecke. Wozu auch? Nach meinem Zusammenbruch kann ihn sicher nichts mehr schocken.

»Und dann?«, fragt er vorsichtig. Seine Stimme, die sonst so warm und glücklich klingt, ist viel zu traurig. *Ich* habe ihn traurig gemacht.

»Es war perfekt. Wir hatten unsere gesamte Zukunft vor Augen. Kinder, Heirat – wir haben uns sogar ein Haus gekauft, das wir uns eigentlich nicht leisten konnten.« Die Last der Erinnerungen schnürt mir die Kehle zu. »Dann hatte er einen Unfall. Es war der erste Schnee des Jahres. Und ich habe den Schnee so geliebt. Oh Gott, Chase, wie ich den Schnee früher geliebt habe«, sage ich und schluchze laut auf.

Sekunden später ist Chase bei mir, und ich liege in seinen Armen. Ich bette meinen Kopf auf seinen Schoß, während er sich gegen die Wand lehnt, die uns verbunden hat. Sachte streicht er mir das Haar aus dem Gesicht.

»Es war mein Geburtstag, und er hat mir Ghost geschenkt. Ich war die glücklichste Frau der Welt.« Ich klammere mich an Chase' Arm, um nicht wieder zusammenzubrechen. »Und dann ist er in unseren Wagen gestiegen und zu dieser Kreuzung gefahren. Ich hab den Aufprall durch die Fenster gehört und war sofort an der Unfallstelle. Es war wie in einem schlechten Film. Man glaubt immer, dass so etwas nur in Hollywoodfilmen passiert. Aber ich hab es erlebt. Ich hab gesehen, wie die Schneeflocken von Blut durchtränkt wurden.« Ich zittere am ganzen Körper. Chase nimmt eine Decke und legt sie über mich, sagt aber nichts. Ich spüre, dass Chase auch zittert.

»Der rote Schnee«, murmelt Chase, weil er wohl langsam zu begreifen beginnt, was meine Reaktion vorhin zu bedeuten hatte. Er scheint in Gedanken versunken, und ich würde ihn gern zurück ins Hier und Jetzt holen, weil mich das schlechte Gewissen plagt. Ich habe unser erstes Date mächtig gegen die Wand gefahren, obwohl er sich so viele Gedanken gemacht hat.

»Ich bin nach Bedford gezogen, weil ich Abstand brauchte. Ich musste einfach weg von all den Erinnerungen, die jeden Tag in unserem Haus auf mich gelauert haben wie Dämonen. Und hier, hier warst du.« Ich ringe mir ein Lächeln ab, als ich mich zu ihm umdrehe. Er sieht mich an und wischt mir mit dem Daumen die Tränen weg. Und doch kommen sofort neue Tränen nach und nehmen den Platz der alten ein. Chase sieht mitgenommen und kreidebleich aus.

»Und hier war ich«, wiederholt er meine Worte abwesend. Er greift nach meiner Hand, und ich erwidere den Druck, weil ich so das Gefühl habe, Halt zu finden.

»Es fällt mir schwer, unter Menschen zu gehen. Und das mit dir, Chase ... ich habe immer, wenn ich deine Stimme höre oder dich ansehe, das Gefühl, ihn zu betrügen.« Endlich spreche ich das aus, was mich seit Wochen nachts wachhält. Ich schütte ihm mein Herz aus, auch wenn ich ihm damit die Macht gebe, es weiter zu zerstören. Oder es zu heilen.

»Er hat dich geliebt, oder?« Seine Stimme ist wieder so weich. Wieder so zuversichtlich. Als hätte er die schlechten Gedanken einfach mit einem Schalter ausgeschaltet. Ich wünschte, bei mir wäre es auch so leicht.

»Wie ein Irrer«, antworte ich leise. Und lasse weiteren Erinnerungen und Tränen freien Lauf.

»Dann würde er nicht wollen, dass du dein Leben lang unglücklich bist.«

Er hat recht. Thomas würde nicht wollen, dass ich mich wie eine Einsiedlerin vom Rest der Welt zurückziehe. Er würde nicht wollen, dass ich mich Nacht für Nacht in den Schlaf weine. Aber er ist nicht mehr hier, um mir zu sagen, was er sich von meinem Leben ohne ihn gewünscht hätte.

»Es war schön, dich zu küssen«, platzt es plötzlich aus mir heraus. »Es war das schönste Gefühl des letzten Jahres. Und doch hab ich mich in dem Moment, in dem ich dich geküsst und gleichzeitig die Schnee-flocken gesehen habe, wie eine Verräterin gefühlt.«

Chase streicht mit dem Daumen über meine feuchte Wange, und als wären sie nie da gewesen, versiegen langsam auch meine Tränen. Als hätten seine Finger eine heilende Wirkung, der ich mich nicht entziehen kann.

»Du bist keine Verräterin, wenn du *fühlst*, Brooklyn. Soll ich dir sagen, was du in dem Moment warst?«

Ich nicke.

»Du warst ein Mensch.«

Diese simple Aussage stellt meine gesamte Welt auf den Kopf. Weil ich mich in der letzten Zeit wie ein Geist gefühlt habe. Chase zeigt mir, dass mein Verhalten nur menschlich ist. »Danke«, wispere ich.

»Ich hab dir zu danken.« Sein Daumen verweilt auf meiner Unter-lippe. »Denn du hattest recht: Ich hatte noch nie ein so verrücktes erstes Date.«

»Ich auch nicht.« Ich hatte schöne Dates mit Thomas. Lustige. Ro-mantische. Aber nie hatte ich etwas so Verrücktes wie an diesem Abend mit Chase. »Kann ich heute Nacht bei dir bleiben?« Ich sollte ihn nicht fragen, aber dann erinnere ich mich an seine Worte. Ich bin ein Mensch.

Und Menschen brauchen Nähe. Wärme. Und in dieser Sekunde will ich nichts lieber als seine Nähe. Alles ist besser, als an der eigenen Kälte zu erfrieren.

»Natürlich«, versichert er mir.

»Du bist viel zu gut für diese Welt. Wo ist der Haken?«, frage ich ihn leise. Seine Mundwinkel zucken, und das Grübchen raubt mir wieder den Atem, aber die Traurigkeit kehrt in seine goldbraunen Augen zurück.

»Es gibt keinen Haken.« Wieso klingt er nicht überzeugt? Wie soll ich ihm glauben, wenn er es selbst nicht tut?

»Würdest du mir etwas vorspielen?« Ich zeige auf das Klavier neben uns, und ohne zu zögern, bettet er meinen Kopf auf das Kissen und geht zum Klavier hinüber. In diesem Licht sieht er wahrhaftig aus wie ein Engel. *Mein Engel.*

Chase spielt die ersten Töne. Sein Haar noch vom Wind draußen zerzaust, seine Schultern angespannt. Und als er wieder meinen Lieblingssong spielt, weine ich das erste Mal seit einer Ewigkeit nicht aus Trauer, sondern vor Glück.

Ich kuschle mich in die warme, nach ihm duftende Decke, sehe ihm zu und genieße seine Nähe. Genieße seine Art, mit mir über die Musik zu kommunizieren. Er schließt die Augen und driftet in eine andere Welt ab.

Das Knarzen der Tür lässt mich zusammenzucken, und Sekunden später springt Chase' Kater auf das Bett und beschnuppert mich vorsichtig.

»Hey, Garfield«, begrüße ich ihn lächelnd. Gemeinsam liegen wir auf dem Bett und lauschen der Musik seines Herrchens.

Als das Stück zu Ende ist, bleibt Chase am Klavier sitzen und spielt das nächste. Und so geht es weiter, Stunde um Stunde. Er spielt, und ich wiege mich wie in Trance zu seiner Musik. Hin und wieder sieht er mich mit einem intensiven Blick an, und ich verliere mich jedes Mal in seinen Augen.

Verliebe mich.

Ich verliebe mich in die Art, wie er die Musik sprechen lässt. Verliebe mich in die ganz besondere Note, die er in das Stück bringt. Verliebe mich in die Adern an seinen Unterarmen, die im Licht deutlich hervortreten. Verliebe mich in sein wirres Haar und die markanten Gesichtszüge. Verliebe mich in seinen Bartschatten. Und als Chase sich schließlich neben mich und Garfield legt, verliebe ich mich in seine Nähe. Verliebe mich in die Art, wie er mich hält. In seine Sicherheit. In seinen Atem auf meiner Haut. Und in die Gänsehaut, die seinetwegen entsteht.

Ja, ich verliebe mich in das Gefühl, wieder fühlen zu können. In den Gedanken, eines Tages wieder lieben zu können.

So liegen wir in seinem Bett und driften aneinandergeschmiegt in den Schlaf.

»Gute Nacht, Chase«, murmle ich.

»Gute Nacht, Eselchen.«

16

Chase

»Und? Was läuft jetzt zwischen dir und Eselchen?« Troy wirft mir einen vieldeutigen Blick zu.

»Du bekommst mein Handy nie wieder in die Finger. Darauf kannst du Gift nehmen«, zische ich ihn an.

Wir sitzen gemeinsam in der Werkstatt – er, um mich zu nerven, ich, um zu arbeiten. Der nächste Wagen kommt in einer Stunde, bis dahin muss ich mit dem alten Ford auf der Bühne fertig sein, wenn ich keinen Anschiss vom Boss kriegen will.

»Ich akzeptiere vieles, Chase. Alter, ich bin der Inbegriff von Toleranz jeglicher Vorlieben.« Troy zündet sich, wie jedes Mal, eine Kippe an und ascht auf den Betonboden. Solange mein Boss nicht in der Werkstatt ist, lasse ich ihn – ich habe den Kampf aufgegeben. »Aber Tiernamen? Wie nennt sie dich im Bett? Löwe? Tiger? Elefant? Ganz sicher Elefant. Oh, Chase, schieb mir deinen Rüssel zwischen die Beine.« Er öffnet den Mund und stöhnt wie eine Frau. Ich werfe ihm wieder einen finsteren Blick zu, den er mit einem breiten Grinsen kommentiert.

»Wir sind nur Freunde«, knurre ich ihn an. Auch wenn es meiner Meinung nach nicht viel mit Freundschaft zu tun hat, sich seit zwei Wochen jede Nacht ein Bett zu teilen. Seit ihrem Zusammenbruch am Abend des Konzerts verbringt Brooklyn die meiste Zeit bei mir. Sie spricht nicht viel über Thomas und das, was passiert ist, aber hin und wieder gibt sie mir kleine Einblicke. Einblicke, die mir zeigen, wie kaputt sie innerlich ist.

Und fuck, ich wünschte, ich könnte sie reparieren. Aber Menschen sind keine Autos, Herzen keine Lichtmaschinen. Ich weiß nicht, wie ich ihr helfen soll, wenn sie mich nicht an sich heranlässt. Außerdem weiß ich, dass es alles nur schlimmer machen würde, wenn sie die Wahrheit kennt. Wenn ich meine Geheimnisse mit ihr teile, so wie sie ihre mit mir. Sie würde es nicht verstehen.

»Nur Freunde?« Troy reißt die Augen auf und deutet mit der Zigarette auf mich. »Du servierst Carmen also ab für eine Frau, die dich nicht ranlässt? Ich meine, hey, gesegnet seist du, weil du sie endlich in den Wind geschossen hast. Aber deine Eier werden dich spätestens in einem Monat dafür hassen, wenn sie blau und grün anlaufen.«

»Du gehst mir auf den Sack, Troy. Und du solltest dringend eine Frau kennenlernen, die dir mal den Kopf wäscht.« Ich versuche, mich auf den Unterboden des Fords zu konzentrieren, aber alles, woran ich denken kann, ist Brooklyn.

Nacht für Nacht schläft sie in meinen Armen ein und wacht pünktlich um drei Uhr morgens schweißgebadet auf.

Jede. Verdammte. Nacht.

Sie ruft seinen Namen, schluchzt, zittert. Und sie beruhigt sich erst, wenn die Sonne wieder aufgeht.

»Ja, weil du echt leiden musst, wenn du nicht zum Schuss kommst. Kein Wunder, Kumpel. Ich leide mit dir.«

»Darauf antworte ich nicht.« Auf keinen Fall will ich mich auf dieses Niveau hinablassen, egal wie sehr ich den Kerl mag.

Troy schnalzt mit der Zunge. »Klar, du weißt ja auch, dass ich die Wahrheit sage. Du magst die Kleine doch. Oder hab ich da was falsch verstanden?«

»Ich mag sie. Und?«

»Und? Ich hab sie ja noch nicht gesehen, aber wenn man Carmen glauben kann, ist sie verdammt hübsch.«

Carmen spricht über sie? Gott, ich will gar nicht wissen, was sie sonst noch über Brooklyn gesagt hat. Normalerweise lässt sie kein gutes Haar an anderen Frauen.

»Sie könnte auch wie ein Affe aussehen, es wäre mir egal.« Wie oft muss ich das eigentlich noch sagen, verdammt? Troy schüttelt bedauernd den Kopf. »Schon wieder diese Tiervergleiche. Wie nennt sich der Fetisch noch gleich?« Er kratzt sich am Kopf und drückt die Kippe mit dem Schuh aus. »Keine Ahnung. Und jetzt lass mich mit dieser Fetischkacke in Ruhe. Ich muss arbeiten.«

»Du musst vor allem eins: mal wieder Sex haben‹, sagt Troy lachend, kommt auf mich zu und klopft mir freundschaftlich auf die Schulter.

Gerade, als ich ihm sagen will, dass er die Klappe halten soll, werden wir von dem Geräusch sich nähernder High Heels unterbrochen.

»Oh Mist, Carmen Electra hat ihren ›Versautes-Gerede-Radar‹ an.« Troys Worte lassen mich die Zähne zusammenbeißen. Er boxt mir gegen den Oberarm. »Viel Glück, Alter. Kannst du wohl gebrauchen.« Und schon verschwindet er durchs Büro, während ihre Absätze sich mir nähern und der Duft ihres Parfüms die Werkstatt erfüllt. Gott, können die mich nicht einfach alle mal in Ruhe arbeiten lassen?

»Hey«, sagt Carmen weich.

»Hey«, antworte ich, erschöpft von den letzten Wochen, und trete vom Wagen weg. Ich lasse mein Werkzeug auf dem Tisch liegen und drehe mich zu ihr um. Sie zu sehen weckt wieder Schuldgefühle in mir. Ich erinnere mich gern an ihr altes Ich, mit dem ich über alles reden konnte. Sie hat mich verstanden, hat mich nie verurteilt. Manchmal frage ich mich, ob die Beziehung sie so verändert hat oder ob sie mir von Anfang an nur etwas vorgespielt hat.

»Ich hatte noch Sachen von dir, die ich dir bringen wollte.« Sie deutet mit der Nasenspitze auf den Karton in ihren Händen, den sie unbeholfen gegen ihre Brust presst.

»Stell ihn da ab.«

Carmen folgt meinen Anweisungen und platziert meine Sachen neben den Reifenstapeln. Danach bleibt sie verloren in der Werkstatt stehen und sieht sich um.

»Gibt es sonst noch was?«, frage ich sie und versuche, dabei nicht zu fies zu klingen. Im Prinzip hat sie mir nie etwas getan. Na ja, außer mich mit ihrer Eifersucht zu erdrücken, mir Kuchen ins Gesicht zu schleudern und Brooke zu beleidigen.

Sie sieht anders aus als sonst, weniger aufgesetzt. Echter. Sie zeigt auch weniger Haut als sonst und hat weniger Schminke im Gesicht.

»Ich ... ich muss oft an dich denken«, gesteht sie, und die Tränen in ihren Augen beweisen mir, dass sie noch nicht über die Trennung hinweg ist.

Soll ich ehrlich sein und ihr sagen, dass ich selten an sie denke? Meine Gedanken und Gefühle sind alle bei einer anderen Frau. Bei smaragdgrünen Augen und blonden Haaren.

»Ich weiß nicht, was du von mir hören willst, Carmen.«

»Weiß ich ehrlich gesagt auch nicht.« Sie deutet auf den Wagen auf der Hebebühne. »Halte ich dich von der Arbeit ab?«

Ich habe sie selten – eigentlich noch nie – so eingeschüchtert erlebt. Normalerweise hat sie immer die Nase gerümpft, wenn sie mich auf der Arbeit besucht hat. Sie konnte nie verstehen, wieso ich mir freiwillig die Hände schmutzig mache. Selbst nachdem ich ihr alles erzählt hatte, hat sie nie verstanden, wieso ich so viel Zeit in der Werkstatt verbringe.

»Schon in Ordnung«, murmle ich.

»Wie geht es dir?« Ihre Frage lässt mich die Stirn runzeln. In unserer gesamten Beziehung hat sie nicht ein einziges Mal gefragt, wie zum Teufel es mir geht. Immer stand sie im Mittelpunkt von allem. Carmen hier, Carmen da. Chase sollte ihr Spiel einfach nur mitspielen.

»Gut«, lüge ich. Denn eigentlich geht es mir nicht gut. Ich verknalle mich geradewegs in eine Frau, die mich nie an sich heranlassen wird. In die einzige Frau, in die ich mich nie hätte verlieben dürfen. Wir küssen uns. Wir berühren uns. Aber innerhalb von Sekunden schafft sie es wieder, eine Mauer um sich zu bauen, die mich ausschließt. Das ist allerdings eine Tatsache, die ich Carmen ganz bestimmt nicht unter die Nase reiben werde.

»Das freut mich, mir auch«, lügt sie. Man sieht ihr an, dass sie alles andere als glücklich ist. Und ich habe ein schlechtes Gewissen, weil ich schuld daran bin.

»Gut.« Was soll ich sonst sagen?

Sie blinzelt die Tränen weg, kommt dann auf mich zu und gibt mir einen flüchtigen Kuss auf die Wange, bevor sie das Weite sucht.

Ich bleibe völlig überrumpelt unter der Hebebühne stehen und schaue zu, wie sie in ihren Wagen steigt und davonfährt.

• • •

Am späten Nachmittag öffne ich mit dem Karton von Carmen unter dem Arm die Haustür und gehe die Treppen hinauf. Auf unserer Etage angekommen, halte ich inne.

Brooklyn sitzt auf der Fußmatte vor meiner Tür und liest ein Buch.

»Was tust du da?«, frage ich sie lachend. Dabei würde ich ihr gern etwas ganz anderes sagen. Dass sie wunderschön ist. In ihren zu weiten Klamotten und mit dem wirren kurzen Haar.

Sie hebt eine Hand in die Höhe. »Warte kurz, ich muss den Satz zu Ende lesen!« Sie lässt mich noch einen Moment wie einen Vollidioten auf der letzten Stufe stehen, bevor sie das Buch zuschlägt, sich hochkämpft und mich ansieht.

Jedes Mal, wenn du mich ansiehst, verliebe ich mich ein Stück mehr in dich, Brooklyn Parker.

»Was ist das denn?« Sie kommt auf mich zu und späht in den Karton. Wortlos schließe ich meine Wohnungstür auf und gehe hinein. Brooklyn folgt mir, als wäre es das Normalste auf der Welt. Als hätte sie vergessen, wie unsere Freundschaft angefangen hat. Das hier ist alles andere als normal. Auch nach zwei Wochen nicht. Immerhin hat sie sich eine gefühlte Ewigkeit vor mir in ihrer Wohnung versteckt.

»Carmen war in der Werkstatt«, erkläre ich ihr, während ich den

Karton auf dem Couchtisch abstelle und nacheinander meine Sachen heraushole. DVDs, zwei Shirts, Kopfhörer ...

»Carmen war bei dir?« Es hört sich tatsächlich an, als wäre sie eifersüchtig. *Ja, Brooklyn! Zeig mir, dass du etwas fühlst! Bitte, zeig mir, dass es etwas mit dir macht. Nur irgendetwas.* Sie stellt sich neben mich, nimmt mir das Shirt aus der Hand und riecht daran. *Als wäre es das Normalste auf der Welt.*

»Ja. Sie wollte mir nur meine Sachen zurückgeben.« Ich schiele zu ihr hinüber und könnte schwören, dass sie erleichtert ausatmet. Wieso sagt sie mir nicht einfach, was sie fühlt? Seit ihrem Zusammenbruch habe ich das Gefühl, immer nur an der Oberfläche zu kratzen, ohne dahinterzukommen, was sich darunter befindet. Gott, wie gern würde ich wissen, wie es in ihr aussieht ...

»Das ist nett von ihr.« Sie legt das T-Shirt aus der Hand und nimmt eine DVD an sich, um sich die Beschreibung durchzulesen. Danach zupft sie an ihrem Shirt herum.

»Du bist nervös«, stelle ich mit hochgezogenen Brauen fest.

»Bin ich?«

»Bist du.« Gott, wieso verhält sie sich so seltsam?

»Vielleicht bin ich das«, sagt sie mehr zu sich selbst als zu mir.

»Ganz sicher bist du das«, korrigiere ich sie. Ich liebe es, zu sehen, wie ich sie aus dem Konzept bringe.

»Na gut, du hast recht. Ich hab nicht ohne Grund vor deiner Tür gesessen«, murmelt sie.

Ich lehne mich gegen meine Schrankwand und sehe sie abwartend an. »Wieso hast du nicht die Tür im Schlafzimmer benutzt?« Seit dieser einen Nacht haben wir sie nicht mehr geöffnet, aber seit ich sie aufgebrochen habe, lässt sie sich auch nicht mehr zuschließen.

»Ich fand den Gedanken seltsam, einfach in deiner Wohnung zu sitzen, wenn du heimkommst.«

»Aber vor meiner Wohnung zu sitzen, wenn ich heimkomme, ist besser?«, frage ich neckend, weil ich will, dass sie sich endlich entspannt.

Aber sie wirkt immer noch nervös.

»Nun rück schon mit der Sprache raus!«, sage ich lachend.

»Also: Meine Mutter hat angerufen. Ihr wurde gestern die Stelle gekündigt. Und es geht ihr wirklich scheiße.«

»Fuck«, antworte ich, weil ich nicht weiß, was ich sonst sagen soll.

»Und ich muss jetzt für sie da sein.«

Ich nicke. Sie nickt.

»Aber ich kann mir das Ticket für die Bahn nicht leisten«, lässt sie die Bombe endlich platzen. Ehrlich, deshalb macht sie einen Aufriss?

»Gott, Chase, ich hasse es, dich um Geld zu bitten, aber ich hab nur dich und Molly. Und Molly ist ja irgendwie meine Chefin, das wäre seltsam, oder?« Sie redet sich in Rage, also gehe ich auf sie zu, nehme ihr Gesicht in meine Hände und sehe ihr tief in die Augen.

»Atmen, Brooklyn«, weise ich sie an.

Und sie atmet.

»Wenn du willst, kann ich dich zu deiner Mom fahren«, biete ich ihr an, auch wenn sich beim Gedanken an Manchester alles in mir verkrampft.

Sie reißt die Augen auf und öffnet den Mund, sagt aber nichts.

»Ich meine nur ... ich hab am Wochenende frei.«

»Du musst das nicht tun.«

»Ich weiß«, sage ich.

Sie nickt.

»Aber ich will es.«

»Danke«, haucht sie leise. Und ehe ich mich darauf einstellen kann, hat Brooklyn ihre Lippen auf meine gelegt.

Ich ziehe sie an mich, halte sie, küsse sie. Wie so oft in den letzten zwei Wochen. Und es fällt mir schwer, sie nicht einfach in mein Schlafzimmer zu tragen und meinem Körper das Sprechen zu überlassen. Ihr zu zeigen, dass sie mit ihrer Traurigkeit wunderschön ist.

»Du kommst mit nach Manchester«, flüstert sie mitten in unserem Kuss. Ich ziehe sie noch enger an mich, halte sie fester, küsse sie wilder. Ihr Seufzen klingt wunderschön. Meine Hände legen sich an ihre Taille, und sie presst sich zaghaft an mich. Als würde sie immer noch zögern.

Meine Zunge dringt sanft in ihren Mund ein, und mit der linken Hand wandere ich hoch zu ihrem Nacken. Sie scheint jede meiner Berührungen zu genießen, und langsam entspannt sich ihre Körperhaltung voll und ganz. Nur schwer schaffe ich es, mich von ihren weichen Lippen zu lösen.

»Ich komme mit.« Auch wenn es mir schwerfallen wird. Es ist schließlich für sie. Ich muss ihr beweisen, dass ich einer von den Guten bin, auch wenn ich selbst nicht mehr daran glaube.

17

Brooklyn

»Meine Mutter wird Augen machen, wenn sie dich sieht.« Wir verstauen unsere Klamotten in Chase' BMW und steigen ein. Draußen ist es immer noch eisig kalt, aber seit jenem Abend hat es nicht mehr geschneit. »Und wie. Sie hat mich quasi schon als Schwiegersohn akzeptiert.« Er lächelt. Dieses wunderschöne Lächeln mit dem er mich jedes Mal aus dem Konzept bringt. Chase startet den Wagen, parkt aus und steuert schließlich die M6 an. Währenddessen werfe ich einen Blick auf mein Handy und muss mir auf die Lippe beißen, um nicht lauthals zu lachen.

Viel Spaß in Manchester, Brooklyn. Grüß deine Mom von mir.
Ach, und fast hätte ich es vergessen: Denk an deinen Uterus!
Molly

»Was ist so witzig?«, will Chase wissen.

Ich verstaue das Handy schnell in meiner Tasche. Auf keinen Fall werde ich ihm von Mollys Aufforderung erzählen, mit ihm zu schlafen.

»Nichts«, wimmle ich ihn ab und grinse.

»Ganz schön verlogen«, sagt er kopfschüttelnd.

»Viel zu neugierig«, kontere ich.

»Irgendwann werde ich herausfinden, was du mir verschweigst.«
Das klingt wie eine Feststellung.

Chase dreht das Radio lauter, sodass uns Chester See in seinem Lied
You're beautiful erklärt, wie schön wir sind. Und ich muss mir wieder auf
die Lippen beißen, nicht mein Herz sprechen zu lassen. Ihm zu sagen,
wie schön er ist. Als würde er von Tag zu Tag schöner werden. Mit jedem Lied, das er mir vorspielt, und jedem Buch, das er mir vorliest. Ich
kuschle mich in den Sitz, decke mich mit meiner Jacke zu und spüre die
Müdigkeit der letzten schlaflosen Nacht in meinen Knochen.

»Chase?«

»Brooklyn?«

»Danke.«

»Wofür?«

»Für alles.«

Eine Weile lang sagt er nichts, und als ich kurz davorstehe, einzuschlafen, legt sich seine Stimme schützend um mich.

»Schlaf schön, Brooke. Du bist das schönste Geheimnis aller Zeiten.«

. . .

»Dein Lieblingseis?« Wir sind seit zwei Stunden unterwegs und haben
nach meinem Nickerchen angefangen, uns mit Fragen zu löchern.

»Lass mich überlegen.« Er sieht konzentriert auf die Straße, während ich nur verständnislos den Kopf schüttle.

»Wie kann man da überlegen müssen?«

»Ich mag viele Sorten«, erklärt er schulterzuckend.

»Ja, aber es muss doch eine geben, die du mehr magst!«

»Okay. Schoko.«

»Schoko?« Ich rümpfe die Nase.

»Was hast du gegen Schoko?«, will er wissen. »Niemand kann etwas
gegen Schokoladeneis haben.«

»Ich hab nichts gegen Schoko. Aber Schoko ist so … so langweilig.«

Er sieht mich aus dem Augenwinkel heraus an und schmunzelt. Gott, dieses Grübchen! Kann er nicht woanders hingucken? »Was ist dein Lieblingseis?«, will er im Gegenzug wissen. »Giotto-Eis mit Browniestreuseln«, antworte ich wie aus der Pistole geschossen. Allein beim Gedanken an diese Geschmacksexplosion läuft mir das Wasser im Mund zusammen, und ich seufze leise auf, weil ich mit Manchester auch meine liebste Eisdiele hinter mir gelassen habe. Vielleicht sollte ich Chase dorthin mitnehmen und ihm zeigen, was gutes Eis ist.

»Das Eis muss verdammt gut sein, wenn du so stöhnst.« Er zwinkert.

»Es ist verdammt gut. Du hattest anscheinend noch nie einen Icegasmus«, stelle ich gespielt schockiert fest. Jeder Mensch sollte einmal im Leben einen erlebt haben!

»Einen was?« Er lacht so schön. So warm.

»Einen Icegasmus, Chase. Eine Kombination aus Eis und Orgasmus.« Mir schießt die Hitze in die Wangen, weil mir sein Blick durch Mark und Bein geht. Er sieht mich hungrig an. Und ich reagiere seit Tagen viel zu heftig darauf. Als würde sich die Luft zwischen uns von Nacht zu Nacht stärker aufheizen, um sich eines Tages mit einem großen Knall zu entladen. Ich darf nicht, aber ich will. Ich will ihn von Tag zu Tag mehr. Von Nacht zu Nacht dringender.

»Ich habe lieber klassische Orgasmen«, antwortet er so trocken, dass ich mich fast an meiner Spucke verschlucke. »Was? Ist dir das Thema unangenehm?«, witzelt er. Er will mich aus der Reserve locken, aber da hat er sich getäuscht.

»Du kannst stundenlang über Orgasmen reden, ich bin immun gegen diesen Schweinkram«, lüge ich leichtfertig. Ich spüre seinen Blick auf mir ruhen, und mit jeder verstreichenden Sekunde kribbelt es stärker in meinem Unterleib. Sofort muss ich an Mollys Aufforderung denken.

»Lüge!«

»Wahrheit!«, halte ich dagegen.

»Wo hast du so gut lügen gelernt?«, fragt Chase neugierig. Das Radio haben wir mittlerweile ausgestellt, damit wir uns besser unterhalten können. Ansonsten sind nur der schnarchende Ghost auf der Rückbank und der schnurrende Motor zu hören.

»Ich lüge nicht!« Auf keinen Fall kann ich jetzt meine Festung verlassen und ihm zeigen, dass mich seine sexuellen Andeutungen ganz und gar nicht kaltlassen. Er gewinnt ohnehin viel zu oft gegen mich! »Lass uns weitermachen. Dein liebster Disneyfilm?«, lenke ich vom Thema ab.

Chase runzelt die Stirn. »Ist das dein Ernst? Disney? Wer sagt dir, dass ich Disney gucke?«

»Jeder liebt Disney. Das kannst du nicht leugnen.«

»Ich stehe mehr auf Thriller.«

Typisch Mann ... »Okay, welcher ist dein liebster?« Ich lehne mich gegen die Fensterscheibe und ziehe mein Bein auf den Sitz herauf, um mich besser zu Chase drehen zu können.

»Shining.«

Ich habe den Film einmal gesehen und mir fast in die Hosen gemacht. Da bleibe ich doch lieber bei Disney und lasse mir von Olaf das Herz erwärmen und es von Elsa wieder einfrieren.

»Mensch, du bist echt mutig«, sage ich beeindruckt. Er fährt langsamer, und als seine Hand wie automatisch nach meinem Oberschenkel greift und darauf verweilt, halte ich die Luft an.

»Ich kann auch für dich mutig sein, Brooklyn.« Haben wir bis eben noch herumgealbert, wirkt er jetzt todernst. Und seine Worte sorgen dafür, dass meine Knie weich werden.

»Was ist deine Lieblingsserie?«, frage ich ihn, um wieder etwas mehr Lockerheit reinzubringen. Weil sich mein ganzer Körper auf seine Hand an meinem Oberschenkel fokussiert, kann ich kaum klar denken.

»Breaking Bad«, antwortet er gelassen. Und sieht mir dabei einen Moment in die Augen. »Deine kenne ich ja schon fast in- und auswendig.« In den letzten zwei Wochen habe ich ihn fast jeden Abend mit Folgen von Game of Thrones genervt.

Wir bombardieren uns noch weiter mit zahlreichen Fragen aller Kategorien, und nachdem ich weiß, dass sein Bruder Cade heißt, er schon einen Kater namens James hatte und Fledermäuse abgefahren findet, erreichen wir Manchester.

Wir fahren direkt zu meiner Mom nach Hause. Hier bin ich aufgewachsen. Hier habe ich so viel erlebt. So viel Gutes, so v_el Schlechtes. Chase parkt in der breiten Einfahrt, und bevor er aussteigt, beugt er sich kurz über mich. Sein Atem streichelt meine Haut. Gänsehaut. Erhöhter Puls. Donnernde Herzschläge. Chase ...

»Ich bin mir sicher, dass du der beste Orgasmus meines Lebens wärst, Brooke.«

Ich halte den Atem an, versuche zu verdrängen, dass ich ihn am liebsten gleich hier küssen und ihm seine Kleidung vom Körper reißen würde.

»Besser als ein Icegasmus?«, frage ich ihn mit bebender Stimme. Sein Mund ist meinem Ohr immer noch so nahe, dass es mich beinahe um den Verstand bringt.

»Besser als jeder Icegasmus auf der Welt«, haucht er. Und dann lässt er von mir ab und öffnet die Wagentür.

• • •

Es ist seltsam, wieder hier zu sein. Ich war nur wenige Wochen weg, und doch fühlt sich alles so fremd an. Die Tapete mit dem mir vertrauten Blumenmuster. Die alten Holzdielen im Flur. Der Geruch des Waschmittels meiner Mom und der Mandelduft des Spülmittels, mit dem sie sofort jede benutzte Tasse spült.

»Wie konnte das passieren?« Ich stehe an der Balkontür und sehe nach draußen in den Regen. Alles besser als Schnee ... Meine Mutter sitzt hinter mir auf der Couch, Chase auf dem Sessel neben ihr. Vorhin sind meiner Mom beinahe die Augen aus dem Kopf gefallen, als ich so unangekündigt vor ihrer Tür stand. Mit ihm.

»Du weißt doch noch, das Wochenende, an dem ich dich besucht habe?«

Natürlich erinnere ich mich daran. Immerhin hat sie ihm an dem Wochenende meine Nummer gegeben, ohne mich zu fragen.

»Ich hab dir gesagt, dass ich frei habe, aber eigentlich ...«

»Nein!« Empört drehe ich mich um. »Sag nicht, dass du meinetwegen nicht zur Arbeit gegangen bist!« Wie konnte sie nur so dumm sein? Meine Mutter war schon immer viel zu emotional. Sie hat immer mit dem Herzen und nicht mit dem Kopf gedacht.

»Du klangst so traurig am Telefon, Schatz. Ich musste dich einfach sehen und wissen, dass du das packst«, sagt sie leise. Sie wirft einen Seitenblick auf Chase und scheint abzuwägen, wie offen sie vor ihm sprechen kann.

»Ich kam schon klar, Mom. Aber du hast deinen Job aufs Spiel gesetzt. Für mich!« Ich zittere am ganzen Körper, weil ich mich so mies fühle. Sie hat *meinetwegen* den Job verloren, und wenn sie aus dem Haus ausziehen muss, weil sie die Raten nicht zahlen kann, dann bin ich schuld daran!

»Das wird schon wieder, Schatz. Der Job hat mir ohnehin nicht gefallen. Ich hab schon was Neues in Aussicht. Du ... ich meinte ihr ... ihr hättet nicht herkommen müssen«, sagt sie matt. Tränen stehen in ihren Augen.

»Ich bin gern hier, Mom.« Lüge! Alles hier erdrückt mich. Alles erinnert mich an die Dunkelheit, vor der ich erst vor vier Wochen geflohen bin. Jetzt hat sie mich wieder im Griff, und ich habe Angst, die gemeinsame Zeit mit Chase in den Sand zu setzen.

Ich sehe ihn in dem Sessel sitzen, in dem Thomas immer saß. Mein Herz zieht sich krampfhaft zusammen, und ich versuche, mich selbst zu ermahnen. Es ist unfair von mir, in ihm Thomas zu sehen. Chase kann nichts dafür.

»Würdet ihr mir einen Gefallen tun?« Meine Mom sieht erst Chase und dann mich warm an. »Es soll heute Nacht noch ein Unwetter geben. Ich würde mich besser fühlen, wenn ihr heute noch hierbleibt. Nur für eine Nacht.«

Chase und ich sehen uns an, und wieder spüre ich, wie sich die Luft weiter zwischen uns auflädt.

»Wenn es Ihnen keine Umstände macht«, antwortet Chase. »Dann gern.«

»Um Gottes willen, nein! Ich freue mich, euch bei mir zu haben. Brooklyn, Schatz? Würdest du mir schnell in der Küche helfen, das Essen vorzubereiten?«

Ich weiß, was jetzt folgt. Trotzdem nicke ich und folge meiner Mutter in die Küche. Ihre Augen strahlen wie die eines Kindes an Weihnachten. Dabei lasse ich Chase ungern allein im Wohnzimmer bei den ganzen Bildern von Thomas und mir sitzen.

»Chase also«, murmelt sie und legt den Kopf schief.

»Wir sind nur Freunde, Mom. Freunde.« Ich nehme ihr direkt den Wind aus den Segeln, und die Enttäuschung steht ihr deutlich ins Gesicht geschrieben. In mir keimt so etwas wie Wut auf. Wie kann sie wollen, dass ich Thomas ersetze? Hat sie ihren Schwiegersohn so rasch vergessen?

»Er ist reizend.«

»Ist er«, stimme ich ihr kurz angebunden zu.

»Es freut mich, dass ihr *Freunde* seid.« Ich ignoriere, wie sie *Freunde* betont. Nur Freunde, Brooklyn. Nur Freunde ...

Ich wechsle rasch das Thema. »Lass uns was zu essen machen.«

Ich gehe zum Kühlschrank, um nachzusehen, was wir zaubern könnten. Meine Mutter beginnt, Töpfe und Pfannen aus den Schränken zu fischen.

»Ach, und Mom?«

»Ja?«

Ich vermeide es, sie anzusehen. »Trotzdem danke, dass du so schlecht einparken kannst.«

18

Brooklyn

»Deine Mom ist wundervoll.« Es ist bereits spät am Abend, als Chase und ich hoch in mein altes Kinderzimmer gehen. Hier drin hat sich erstaunlich wenig verändert. Die Wände sind noch immer strahlend gelb, weil ich als Kind immer die Sonne in meinem Zimmer aufgehen sehen wollte. Hier in England hat man so oft Regen und Wolken, dem Grau wollte ich einfach mit etwas Farbe entgegenwirken.

Die Vorhänge sind noch immer braun und der Teppich blau. Selbst meine Kuscheltiere stehen noch auf dem Schrank auf der linken Seite. Ich gehe zu ihnen und streiche über Fleckis Orcabauch.

»Ja, das ist sie.« Chase hat recht. Meine Mutter ist eine erstaunlich starke Frau. Sie hat Dads Tod überlebt, obwohl er ihr Ein und Alles war. Wie oft habe ich mir schon insgeheim gewünscht, sie könnte mir etwas von ihrer Stärke abgeben. Letztlich haben wir beide ja Ähnliches erlebt – den Verlust der großen Liebe. Auch wenn Mom sehr viel länger mit Dad zusammengelebt hat als ich mit Thomas und sie verheiratet waren. War es dadurch schwerer?

»Wie geht es dir?«, reißt Chase mich aus meinen Gedanken. Seine Stimme klingt warm, als würde sie mich umarmen. Bei ihm fühle ich mich geborgen. Sicher. Was wäre, wenn ich dieses Gefühl endlich zuließe? Und auch alle anderen? Ja, mein Körper verzehrt sich nach ihm, und mein Herz hat sich schon in ihn verliebt, als ich noch nicht einmal wusste, wie er aussieht.

Doch nichts davon zeige ich ihm. Stattdessen bringe ich knapp hervor: »Ich überlebe.« Meine Standardantwort, die Chase bisher immer akzeptiert hat.

Doch diesmal hakt er nach. »Erzähl mir, was in dir vorgeht, Brooklyn. Schließ mich nicht immer aus.«

»Ich sagte doch: Ich überlebe«, hauche ich als Antwort und fahre mit den Fingerspitzen über die plüschigen Ohren von Mr Teddy. Wie gern wäre ich wieder Kind. Und alles wäre ungeschehen, doch die Zeit lässt sich nicht zurückdrehen.

»Ich würde dir gern helfen, das ›über‹ in ›überleben‹ zu streichen«, höre ich ihn sagen und muss unwillkürlich lächeln.

Nur Chase Graham ist in der Lage, mich selbst in meinen dunkelsten Momenten aufzuheitern. Ich drehe mich zu ihm um, sehe ihn an. Er steht an die Wand gelehnt vor mir. Seine Hände in den Hosentaschen vergraben, sein Blick starr auf mich gerichtet.

»Ich würde dich gern das ›über‹ in ›überleben‹ streichen lassen.«

»Aber?« Er stößt sich von der Wand ab und kommt auf mich zu, während ich am Boden festwachse und dennoch versuche, einen klaren Kopf zu bewahren. Wieso kann ich in seiner Nähe nicht klar denken? Wieso kann ich nicht mit ihm reden, ohne ihn gedanklich anzuflehen, mich endlich zu küssen? Jetzt. Hier!

»Aber ich weiß nicht, ob das geht. Verstehst du, was ich sagen will? Ich bin hier, und du bist hier. Aber die ganze Zeit denke ich daran, dass ich früher mit ihm hier war. Dass er hier sein und mit mir in diesem Zimmer stehen sollte. Ich sehe die gelben Wände, die mich früher immer glücklich gemacht haben, aber jetzt zerspringt alles in mir. Ich würde dich so gern das ›über‹ in ›überleben‹ streichen lassen«, schluchze ich.

Chase ist so schnell bei mir und zieht mich an sich, dass sich alles um mich herum zu drehen beginnt.

»Ich sehe meine Mom mit dir in einem Zimmer und vergleiche ihren Blick mit dem, den sie immer hatte, wenn sie Thomas ansah. Aber, was am schlimmsten ist: Ich will wissen, wieso ich die Finger nicht von dir lassen kann. Wieso du mir den Verstand raubst. Herrgott!«

»Hey, Brooklyn. Atmen.« Seine Hände liegen auf meinen Schultern, und ich nicke schwach.

»Ich atme. Aber immer, wenn ich atme, tut es weh«, flüstere ich. Er streicht mir die Tränen aus dem Gesicht. Wieso tut er das? Ich stoße ihn immer wieder von mir weg, aber er denkt nicht daran, zu gehen. Andere Männer hätten bei der ersten Baustelle in meinem Leben schon das Weite gesucht, anstatt mit mir gemeinsam an ihnen zu arbeiten.

»Ich bin nicht Thomas.« Seine Stimme klingt rau. Ich weiß, er will mir nicht zeigen, wie sehr ich ihn gerade gekränkt habe, aber seine Augen verraten ihn: Ich kränke ihn jedes Mal, wenn ich ihn ansehe und mit Thomas vergleiche.

»Das weiß ich«, wispere ich. »Ich weiß es. Ich weiß, dass du nicht Thomas, sondern Chase Graham bist. Dass dein Lieblingseis Schokolade und nicht Vanille ist. Dass deine Lieblingsfarbe Grün und nicht Rot ist. Ich weiß, dass du besser Klavier spielen kannst als er und der bessere Zeichner bist. Ich weiß, dass du eine Schwäche für durchgeknallte Frauen, Liebesromane, Wände und ominöse Türen hast. Ich weiß, dass du nicht er bist, Chase.« Meine Worte überschlagen sich, und etwas blitzt in seinen goldenen Augen auf.

»Und du weißt, dass du die Finger nicht von mir lassen kannst.« Ein Schmunzeln huscht über sein Gesicht.

»Ehrlich, Chase? Ich schütte dir mein Herz aus und alles, woran du denken kannst, ist das?« Ich will wütend klingen, scheitere aber gnadenlos, weil meine Stimme bricht.

»Weißt du, woran ich denke? Jeden Tag? Ich denke jeden beschissenen Tag, an dem es regnet, wieso die Sonne nicht für dich scheint. Gott, die Sonne müsste jeden Tag und jede Nacht für dich scheinen, Brooklyn. Ich denke jeden Tag daran, wie ich dir deine Dämonen nehmen und dich heilen kann. Ich will dich beschützen, wenn du nachts um drei Uhr schreiend und schweißgebadet aufwachst, ich will dich halten und dir sagen, dass es wieder gut wird. Dass es nicht immer so wehtun wird.

Ich will dir alles nehmen, jeden Schmerz, jede Narbe, jeden Schrei. Aber das kann ich nicht, wenn du mich nicht lässt. Ich kann dir nicht helfen, wenn du in meinen Augen ständig seine suchst und seine Lippen spüren willst, wenn du mich küsst.«

Seine Augen funkeln wütend. Endlich sagt er, was er denkt. Lässt mich erahnen, wie verletzt und verzweifelt er ist, weil ich ihn unfair behandle. Chase ist kein Mann, der nur an zweiter Stelle stehen sollte, bei niemandem. Und obwohl ich es weiß, fällt es mir so schwer, über meinen Schatten zu springen.

Wir berühren uns nicht. Ich stehe mit dem Rücken an die Kommode gelehnt da und er direkt vor mir. Seine Hände sind zu Fäusten geballt, meine in den Stoff meines Pullis gekrallt.

»Wenn ich in deine Augen sehe, sehe ich nicht seine«, verteidige ich mich flüsternd. »Wenn ich dich küsse, küsse ich nicht ihn. Und da liegt das Problem.« Ich breche ab, überwältigt von dem Gefühlschaos in mir.

»Ich werde nicht schlau aus dir«, sagt er matt.

Ich beuge mich ein Stück vor, lehne meine Stirn an sein Kinn und atme tief durch. »Ich werde auch nicht aus mir schlau. Ich weiß nur eins ...«

»Und was weißt du?« Seine Stimme vibriert, und als seine Hände auf meiner Taille liegen, will ich alles für einen Abend vergessen. Will eine Nacht die Frau sein, die sich in ihn verlieben darf. Bedingungslos.

»Ich will, dass du mich küsst. Dass du jede meiner Narben siehst. Ich will, dass du mich berührst. Überall. Dass du meinen Namen flüsterst, während du mich hältst, und ich deinen, während du in mir bist. Ich träume von dir. Ich träume von uns. Jede Nacht. Und jede Nacht wache ich schweißgebadet auf, weil ich dabei das Gefühl habe, ihn zu betrügen. Aber hier und jetzt ... will ich das alles für einen Moment vergessen. Ach verflucht, Chase, ich –«

Und bevor ich weiter auf ihn einreden kann, unterbricht Chase mich mit einem Kuss. Er legt seine Hände unter meinen Po und hebt mich hoch.

Meine Beine schlingen sich um seine Hüften, und als er mich in mein altes Bett trägt, dreht sich alles um mich herum. Oben wird zu unten und unten zu oben. Thomas zu Chase und Chase zu Thomas. Alles vermischt sich. Verzweiflung und Liebe. Sehnsucht und Einsamkeit.

»Du machst mich verrückt«, murmelt er, als er mich auf dem Bett ablegt und sich über mich beugt. Er schwebt über mir, sieht mich an, und ich schließe die Augen.

»Ich mache dich verrückt«, spreche ich ihm nach, weil ich wieder verlernt habe, eigene Sätze und Worte zu formulieren. Alles, was ich will, ist, ihn zu spüren.

»Und ich kann die Finger nicht von dir lassen«, raunt er in mein Ohr und bringt damit alles in mir zum Schmelzen. Ich lege den Kopf in den Nacken, öffne die Augen und genieße es, von ihm angesehen zu werden. Von ihm berührt und geküsst zu werden. Jeder Kuss schickt Stromschläge durch meinen Körper und sorgt für eine Gänsehaut auf meiner Haut. Seine Lippen wandern über mein Schlüsselbein, und ich seufze.

»Ich werde dich jetzt ausziehen.« Seine Finger gleiten zum Bund meines Shirts, das Sekunden später auf dem Boden landet. Seine Hände wandern zum Knopf meiner Jeans, die er mir langsam abstreift. Sein Atem nebelt mich ein, gemeinsam mit seinem leicht herben Duft, der mich aus der Bahn wirft. Jedes Mal, wenn wir uns nah sind. Wir verbinden unsere Sehnsüchte miteinander, so wie die Tür unsere Leben verbunden hat.

»Gott, du bist so wunderschön, Brooklyn Parker.« Seine Worte. Mein Herz. Sein Kompliment, meine Schmetterlinge. Ich zerre ihm das Shirt vom Leib und werfe es hinter mich.

»Du bist so wunderschön, Chase Graham«, antworte ich schluckend. Wir liegen halb nackt in meinem Bett. Seine Muskeln zucken jedes Mal, wenn ich ihn berühre, und meine Haut verbrennt, wenn er mich berührt. Seine Hände erkunden meinen Körper, und immer, wenn er über die empfindlichen Stellen an meinem Becken und meinem Hals streicht, entflieht mir ein leises Stöhnen.

Ich schließe wieder die Augen, und selbst als ich das Aufreißen eines Kondompäckchens höre, wage ich es nicht, sie zu öffnen. Ich will einfach mit geschlossenen Augen hier liegen und genießen, dass ich mich einmal nicht schuldig fühle, weil ich Bedürfnisse habe. Weil ich in diesem Mann meinen sicheren Hafen sehe. Weil er mein Anker ist.

»Wenn ich aufhören soll«, er schluckt schwer, »sag es mir. Sag mir, wenn ich aufhören soll, und ich höre auf.«

»Sollst du nicht. Ich sage dir, du sollst nicht aufhören«, beschwöre ich ihn.

»Soll ich nicht?«

Wieder schüttle ich den Kopf. »Sollst du nicht.«

Und dann legt Chase seine Hände an meine Knie und schiebt sie sachte auseinander. Er zieht den Slip hinunter. Berührt mich. Heilt mich. Ich weiß, dass er mich ansieht. Und es gefällt mir, welche Wirkung sein Blick auf mich hat.

Als Chase in mich eindringt, fühle ich mich das erste Mal seit Monaten wieder wie eine Frau, die es wert ist, begehrt zu werden. Ich spüre ihn in mir und genieße die Verbundenheit, die ich mir heimlich immer wieder gewünscht habe, als wir noch durch die Wand getrennt waren. Meine Muskeln zucken, Schweiß entsteht in einer dünnen Schicht auf meiner Haut.

Wenn ich dachte, dass es mich zerstören würde, mich wieder auf jemanden einzulassen, dann habe ich falschgelegen. Nicht mit ihm.

Chase berührt mich, als wäre ich aus Glas, als würde er mich zerbrechen, wenn er zu grob ist. Und in dieser Nacht, hier mit ihm, brauche ich es sanft. Ich darf nicht weiter zerbrechen. Tränen brennen in meinen Augen, je näher ich dem Höhepunkt komme. Ich kann ihn spüren, weiß, dass er mir den Boden unter den Füßen entreißen wird.

»Ich höre nicht auf«, murmelt Chase.

»Bitte hör nicht auf«, antworte ich keuchend und kralle mich in seine Haut, bohre meine Nägel in sein Fleisch. Meine Lust hat mich völlig im Griff, ich weiß nicht mehr, wann ich mich das letzte Mal so gut gefühlt habe. Seine Berührungen sind perfekt abgestimmt. Nicht zu weich und nicht zu stark. Chase schafft das, was ich unbedingt verhindern wollte. Er nimmt Raum in meinem Leben ein, den ich sonst nur einem Mann gewährt habe.

»Ich verliebe mich gerade in dich, Brooklyn Parker«, keucht er dicht an meinem Ohr, während er sich tiefer in mich schiebt. Er füllt mich körperlich und emotional aus. Und als mich der Höhepunkt wie eine Lawine mit sich reißt, erzittere ich am ganzen Körper. Chase folgt mir Sekunden später. Seine Stirn an meinem Hals vergraben, seine Hände in meinem Haar, sein Körper auf meinem. Immer noch in mir.

»Ich verliebe mich gerade in dich, Chase Graham«, stelle ich flüsternd fest. Er antwortet nicht, weil es nichts zu sagen gibt.

»Du bist der beste Orgasmus meines Lebens, Brooke.«

Ich halte den Atem an, spüre mein Herz um Welten schneller schlagen. Chase sieht mich mit diesem verräterischen Grübchen auf der Wange an. Dieses wunderschöne Grübchen. Diese wunderschönen Lippen. Dieser wunderschöne Mann. *Der dabei ist, sich in mich zu verlieben.*

»Das hier war besser als jeder Icegasmus meines Lebens«, sage ich leise, und als er aus tiefstem Herzen lacht, kann ich ebenfalls nicht mehr an mich halten.

»Besser als Giotto-Eis mit Browniestreuseln?«, fragt er mich ungläubig.

»Um Welten besser als Giotto-Eis mit Browniestreuseln.« Ich beiße mir auf die Unterlippe und genieße es, dass er nicht einmal daran denkt, sich von mir zu lösen. Wir bleiben verschmolzen, er bleibt meine Wärme.

»Ich glaube, ich bin schon wie verrückt in dich verliebt.« Seine Worte reißen meine Welt aus den Angeln, alles dreht sich schneller und schneller, und ich kann nicht stoppen, um auszusteigen. Aber das will ich auch nicht. Dafür genieße ich das, was wir teilen, viel zu sehr.

»Ich glaube, *du* kannst das ›über‹ in ›überleben‹ streichen.« Wenn nicht er, wer dann? Wer, wenn nicht Chase Graham? Er küsst mich auf den Mund. So innig, so liebevoll, so sehnsüchtig, dass mir eines klar wird: Ich lebe. Ohne »über«. Ohne Wenn und Aber. Ich lebe wieder. Danke, Chase Graham.

...

»Oh Gott, du hattest Sex! Hast du das gehört, Bryan?«

»Bryan? Wer ist Bryan?«

»Scheißegal, wer Bryan ist, Süße. Du hattest Sex!« Ein Rascheln folgt.

»Hey, ich bin scheißegal?« Eine Männerstimme.

»Sorry, Hase. Das war nicht so gemeint«, entschuldigt sich Molly.

»Mach mir doch einen Kaffee, okay?« Gott, wo ist Molly?

»Molly, wer ist Bryan? Und seit wann benutzt du Kosenamen wie Hase?« Ich kann hartnäckig sein, auch wenn ich flüstern muss, weil ich Chase nicht wecken will. Das erste Mal seit zwei Wochen hatte ich keinen Albtraum. Sondern einfach nur einen Traum. Einen Traum ohne Tiefen, ohne Schmerzen. Ohne Schatten, nur mit Licht.

»Mein Ex«, murmelt sie. »Aber jetzt lenk nicht ab!«

»Dein Ex? Der Ex?« Gott, Molly! Mein Blick wandert zu dem schlafenden Chase, der friedlich neben mir liegt.

»Scheiß auf meinen Ex, Brooklyn Parker! Du hattest tatsächlich Sex mit deinem Nachbarn.« Das Poltern am anderen Ende der Leitung lässt mich schmunzeln. Molly nimmt wirklich kein Blatt vor den Mund, auch nicht, wenn sie wortwörtlich auf ihren Ex scheißt.

»Es ist halt einfach so passiert«, sage ich leise, aber glücklich. Als ich letzte Nacht einschlief, hatte ich panische Angst vorm Aufwachen. Jetzt weiß ich, dass es okay ist. Dass es okay ist, wieder zu leben, statt nur zu überleben. Mein Gewissen quält mich, aber zur selben Zeit weiß ich, dass es irgendwann sowieso passiert wäre. Dass ich nicht ewig in meiner eigenen kleinen Blase hätte bleiben können.

»So was passiert doch nicht einfach so! So was passiert, wenn man besoffen ist. Oder wenn man ... verliebt ist.«

Ich verdrehe die Augen. Diese Frau macht mich wahnsinnig! Und doch vermisse ich sie schon nach einem Tag.

»Also, warst du betrunken?«

»Nein.«

»Oh mein Gott! Das bedeutet also Erklärung Nummer zwei!« Sie kreischt in den Hörer, und ich drehe mich von Chase weg, damit er dadurch nicht wach wird. Auf keinen Fall will ich, dass er hört, was Molly mir zu sagen hat. »Du bist verliebt«, setzt sie hinterher. Mein Herz schreit Ja, als ich einen Blick zu Chase werfe.

»Ich lebe wieder, Molly.« Ich bin so lebendig, wie es mir möglich ist. So glücklich, wie ich es mir erlaube, und so intensiv, wie mein Herz es zulässt.

Ohne ihn.

»Du lebst. Aber mit seiner Nudel in dir.«

Ich muss mir auf die Zunge beißen, um nicht laut zu lachen. Sofort will ich schreien, weil meine Zunge schmerzt.

»Molly, lass das!« Chase dreht sich in meine Richtung und zieht mich im Schlaf an sich. »Hör zu, ich muss Schluss machen«, flüstere ich.

»Okay, du Luder!« Ich will gerade auflegen, als sie noch etwas hinterhersetzt. »Ach, und Brooklyn?«

»Ja?«

»Ich freue mich so für dich, Brooke. Meine abendlichen Gebete wurden endlich vom Sexgott erhört. Amen.«

· · ·

Nach dem Telefonat schleiche ich mich aus dem Bett, ziehe mir Chase' Shirt über und gehe aus dem Zimmer. Chase lasse ich schlafend zurück, weil ich es einfach nicht übers Herz bringe, ihn zu wecken. Meine Knie sind immer noch butterweich, als ich die Treppe nach unten steige und den Duft von frischen Pancakes inhaliere. Wie konnte ich meine Mom nur freiwillig zurücklassen?

»Dein Frühstück hab ich vermisst«, sage ich glücklich in den Flur. Ghost kommt schwanzwedelnd aus dem Wohnzimmer gestürmt und springt an mir hoch. Dann höre ich meine Mutter rufen.

»Brooklyn, Schatz. Komm doch her.« Sie sitzt im Wohnzimmer, und als ich es betrete, erstarre ich im Türrahmen. »Wir haben spontanen Besuch bekommen.« Ich sehe meiner Mom an, dass sie genauso überrumpelt ist wie ich. Im Sessel neben ihr sitzt Susann. »Oh, Kind.« Susann stemmt sich hoch und kommt auf mich zu, um mich fest in ihre Arme zu nehmen. Sie riecht immer noch wie damals. Und immer noch versetzt es mir einen tiefen Stich, sie zu sehen. Weil ihre Augen genau wie seine aussehen. Wenn ich in ihre Augen blicke, sehe ich seine.

»Susann«, murmle ich an ihrer Schulter und drücke sie fest an mich. Ich habe Thomas' Mutter immer geliebt. Sie hat mich sofort als Teil der Familie angesehen, auch wenn ich quasi noch ein Kind war und kaum einer glaubte, dass das mit uns für immer hält.

»Du siehst gut aus.« Sie schürzt die Lippen, und ich würde ihr das Kompliment gern zurückgeben, aber ich kann es nicht. Denn sie sieht alles andere als gut aus. Unter ihren Augen liegen tiefe Schatten, ihre früher so wilden Locken hat sie streng zu einem Zopf gebunden.

»Danke«, flüstere ich und werfe meiner Mutter einen panischen Blick zu. Wenn Susann sieht, dass ich mit einem Mann hier bin, wird sie denken, ich hätte ihren Sohn bereits vergessen. Ihren einzigen Sohn. Der jetzt nicht mehr da ist.

»Ist das von ihm?« Sie zupft an dem Shirt, das ich trage, und weil ich sie nicht enttäuschen will, nicke ich. Es bricht mir das Herz. »Ich dachte, ich schaue mal, wie es euch geht. Und dann hat deine Mom erzählt, dass du weggezogen bist. Nach Bedford, Kind?«

Wieder nicke ich.

»Es ist Schicksal, dass du jetzt hier bist. Ich wollte heute noch zum Friedhof gehen und ihm neue Blumen bringen.« Man sieht ihr an, wie verwirrt sie ist, wie sehr sie sein Tod noch immer im Griff hat. Sie spricht von ihm, als wäre er noch hier. Allein der Gedanke daran, wieder vor seinem Grab zu stehen, bringt mich um.

»Ich werde mitkommen«, verspreche ich ihr und zwinge mich zu lächeln.

Ihre Augen füllen sich mit Tränen. Susann Morgan war immer eine so lebensfrohe Frau und konnte jeden mit ihrer guten Laune anstecken. Doch jetzt ist davon nicht mehr viel übrig.

Ich will sie gerade vertrösten und ihr sagen, dass ich duschen muss, als die Treppe hinter mir knarzt. Nein, Chase! Bitte, geh zurück! Ich presse die Augen zusammen, und als er zu uns ins Wohnzimmer kommt, würde ich am liebsten das Weite suchen. Oder mich in Luft auflösen.

»Guten Morgen.« Er klingt so glücklich.

Susanns Blick wird hektisch, als sie zwischen Chase, mir und Mom hin und her sieht. »Was hat das zu bedeuten?« Sie schüttelt den Kopf und taumelt einige Schritte zurück.

»Susann, das ist Chase, Chase, das ist Susann. Er ist nur ein Freund, der mich hergefahren hat«, versuche ich, die Situation zu entschärfen. Doch die Tränen stehen bereits in ihren Augen.

»Nur ein *Freund*?« Sie lacht so verbittert auf, dass mir ein Schauder über den Rücken jagt.

Chase will auf sie zugehen, aber sie hebt abwehrend die Hand. Sein Gesicht ist kreidebleich. Wieso ist er so blass? Was ist in den letzten Minuten, passiert?

»Komm mir nicht zu nahe, du Monster!«, schreit sie, und ich verstehe gar nichts mehr.

»Susann. Er ist nur ein Freund.« Jetzt bin ich es, die auf sie zugeht, aber sie stößt mich mit Wucht von sich. Ich taumle gegen die Kommode hinter mir und spüre einen stechenden Schmerz in der Wirbelsäule.

»Nur ein Freund? Was hast du dir dabei nur gedacht, Brooklyn?« Sie schluchzt und weint aus tiefster Seele, während ich wie gelähmt bin, weil ich nicht weiß, was ich tun soll.

»Wovon sprichst du, Susann?«, frage ich sie zitternd.

Sie deutet mit bebenden Schultern auf Chase, der völlig überrumpelt neben mir steht und die Augen zu Schlitzen verengt hat. »Erkennst du ihn nicht?« Wenn Blicke töten könnten, würde Chase jetzt umfallen, da bin ich mir sicher.

Ich sehe verzweifelt zu Mom hinüber, während Ghost aufgeregt auf und ab rennt und zu bellen beginnt. Er hasst Konflikte genauso sehr wie ich. Jedes Mal, wenn jemand in seiner Nähe schreit, bellt er sich die Seele aus dem Leib. Als würde er ihm befehlen, aufzuhören.

»Erkennst du nicht den Mörder deiner großen Liebe?« Mit einem kehligen Schrei stürzt sie sich auf Chase und trommelt mit den Fäusten gegen seinen Brustkorb. Regungslos stehe ich daneben. Dann sehe ich seinen starren Gesichtsausdruck. Seinen betretenen Blick, die zusammengepressten Lippen. Er wehrt sich nicht gegen die Schläge, steht nur stocksteif da. Chase, was hat das zu bedeuten?

»Wie meinst du das? W-was meinst du damit?« Jetzt bin ich es, die laut wird. Ich packe Susann an den Schultern, versuche, sie wegzureißen, aber sie denkt nicht daran, sich von Chase zu lösen.

»Er hat ihn umgebracht, er ist der Mörder«, wiederholt sie. Susann sinkt vor uns auf die Knie und fasst sich an die Brust, als hätte man ihr ein Messer in die Lungen gerammt. »Wie kannst du ihn denn nicht erkennen, Brooklyn? Wie kannst du ... wie kannst du?« Sie rollt sich auf dem Boden wie eine Schnecke zusammen. Meine Mom kniet sich zu ihr und zieht sie auf ihren Schoß.

Meine Brust krampft sich zusammen, weil mir ihre Worte nicht aus dem Sinn gehen. Wieder sehe ich zu Chase hinüber, der mich so reuevoll ansieht, dass alles in mir stirbt.

»Was hat das zu bedeuten?«, frage ich ihn wispernd. Er greift nach meiner Hand, aber ich schlage seine weg, weil mich in dieser Sekunde alles überfordert. Selbst das Atmen fällt mir schwer. Wieso sieht er so voller Reue aus? Und plötzlich erinnere ich mich. An die vielen Momente, in denen ich dieses Gefühl in seinen Augen gesehen habe. Die vielen Male, bei denen er für einen Moment ganz still wurde. Das war, als ich ihm von Thomas und dem Unfall erzählt habe.

»Hör zu, Brooklyn, ich kann dir alles erklären. Lass es mich erklären.« Tränen steigen in seinen Augen auf.

Und mit einem Mal ist es, als würde der Sauerstof in meinen Lungen Feuer fangen und sich langsam durch meinen Körper schlängeln.

»Was erklären?«, schreie ich ihn an. »Was willst du mir erklären?«
Das Schluchzen und leise Murmeln von Susann wird mir zu viel, also
stürme ich zur Terrassentür, reiße sie auf und flüchte nach draußen.
Dass ich kaum etwas anhabe und es verdammt kalt ist, ist mir egal.

»Warte, Brooklyn! Lass mich mit dir reden!« Chase folgt mir, und ich
will in diesem Moment nur eins: wissen, was das zu bedeuten hat.

»Was hat sie gemeint? Was zur Hölle hat sie gemeint?« Ich starre ihn
wütend an. Bohre meinen Blick in seine Seele, und als ich mir vorstelle,
dass Susann recht hat, breche ich innerlich zusammen. »Was hat sie gemeint, Chase?«, frage ich schwach.

»Eselchen. Komm, lass es mich wenigstens erklären.«

»Nenn mich nicht so!«, zische ich ihn an und gehe ein paar Schritte
rückwärts, um den Abstand zwischen uns zu vergrößern. »Nenn mich
nie wieder so! Nicht, bis du mir erklärt hast, was das alles zu bedeuten
hat!«

»Ich war mir nicht sicher, ob dein Thomas ... *der* Thomas ist, Brooklyn. Dafür hast du zu wenig über ihn geredet.« Seine Augen schreien um
Verzeihung, die Reue ist nicht zu übersehen.

»Du kanntest ihn?« Meine Stimme bricht endgültig, und die ersten
Tränen rinnen mir übers Gesicht. Chase will wieder nach meiner Hand
greifen, aber ich gehe noch weiter zurück, bis ich mit den nackten Füßen von der Holzveranda auf die Pflastersteine trete.

»Ich kenne ihn nicht. Kannte ihn nicht. Und du glaubst nicht, wie
leid es mir tut, was an jenem Tag passiert ist.«

»Du warst da? An dem Tag?« Langsam, aber sicher verfestigt sich ein
Bild vor meinem inneren Auge.

Ich erinnere mich an jenen Tag zurück, der mein Leben zerstört hat.
An die Kälte auf meiner Haut, das Aufeinanderprallen von Blech, den
Geruch von Benzin. An unseren alten Ford mit dem satten Blau. Und
dann erinnere ich mich zum ersten Mal an eine andere Farbe. An das
tiefe Schwarz eines BMWs. Des Wagens, der seitlich in unseren Ford gerast ist, während Thomas drinnen saß und nicht angeschnallt war.

Ich renne zur Einfahrt, und als ich genau dieses Auto dort stehen sehe, sacke ich zu Boden. Ich erinnere mich wieder an alles. An das, was ich seit jenem Tag verdrängt habe, weil ich nur Augen für Thomas hatte. Weil ich die schmerzhaften Details vergessen habe. »Du warst es«, murmle ich. »Du warst es.« Mit jeder Sekunde, die verstreicht, stirbt ein kleiner Teil von mir. »Es war ein Unfall.« Er kniet sich vor mich und will mich in die Arme nehmen, aber jetzt bin ich es, die die Fäuste gegen seine Brust donnert. Ich schlage und schreie auf ihn ein, will alles, nur nicht seine Nähe spüren. »DU HAST IHN UMGEBRACHT!« Wieder ein Faustschlag. Wieder treten Tränen in seine Augen. Seit ich ihn kenne, habe ich ihn noch nie so traurig erlebt. Und in diesem Moment will ich nur eines: dass er nur ansatzweise das fühlt, was ich ein Jahr lang jeden Tag fühlen musste, weil er an diesem Tag in unser Auto gerast ist.

»Es war ein Unfall, Brooklyn«, wiederholt er flehend.

»DU HAST IHN UMGEBRACHT!« Ein Faustschlag.

»DU HAST IHN UMGEBRACHT!« Ein Faustschlag.

»DU. HAST. IHN. UMGEBRACHT!«

Ein heftiges Schluchzen überkommt mich. Ich habe ihm alles anvertraut, und er hat mir alles entrissen.

»Wie lange weißt du es schon?«, frage ich ihn und kann hinter dem Tränenschleier nur erahnen, dass er noch vor mir kniet. Alles, woran ich mich in den letzten Wochen festgeklammert habe, bricht in sich zusammen und lässt ein Chaos zurück.

»Gewusst hab ich es nie. Aber als du mir das erste Mal von ihm erzählt hast ...«

»Vor zwei Wochen, Chase! Das war vor gottverdammten zwei Wochen!« Wieder dröhnt mein Schädel, wieder wird mir schwindelig, und ich sehe nur noch verschwommen. »Verschwinde!« Ich stehe auf und ignoriere Ghost, der verwirrt auf mich zustürmt »Ich habe dich in mein Leben gelassen. Ich habe dich mit hierhergenommen, Chase! Und du?« Mein Schreien tut mir im Hals weh.

»Brooklyn, stoß mich jetzt nicht weg, ohne die ganze Wahrheit zu hören.« Er klingt wütend. Wieso um Himmels willen klingt er wütend? Er ist doch derjenige, der mir das Herz ein zweites Mal aus der Brust gerissen hat.

»Verschwinde, Chase! Verpiss dich einfach!« Ich stolpere zurück auf die Terrasse und sinke dort zu Boden. Rolle mich auf dem Holz zusammen und versuche, mich gegen den Rest der Welt abzuschotten. Als ich schließlich höre, dass Chase in seinen Wagen steigt und den Motor startet, zerspringt mein Herz endgültig in tausend Teile. Sekunden später nimmt mich jemand in die Arme.

»Oh Gott, Liebling.«

»Mom«, schluchze ich.

»Ich wusste es nicht, Schatz. Das musst du mir glauben. Hätte ich es gewusst, ich hätte ihm nie deine Nummer gegeben.«

»Mom«, schluchze ich wieder.

Ghost legt sich dicht neben mich, wie jedes Mal, wenn mich meine Gefühle übermannen. Ich drücke mein Gesicht in sein weiches Fell und versuche zu vergessen, was letzte Nacht passiert ist. Aber es gelingt mir nicht.

Chase hat mit mir geschlafen. Ich habe ihn an mich herangelassen, obwohl seine Nähe von Beginn an Gift für mich war. Ich habe Gefühle für den Mörder meiner großen Liebe entwickelt. Wie konnte das passieren? Wie kann es sein, dass ich mich nicht an ihn erinnert habe? Wie nur?

»Es tut mir so leid, Schatz. So unfassbar leid«, sagt meine Mom leise und streichelt mir über den Rücken, während ich wieder in die Dunkelheit abdrifte, die mich so lange im Griff hatte. Ich hätte wissen müssen, dass ich nicht ewig vor ihr fliehen kann. Sie legt ihre Krallen um mich und reißt mich an sich.

19

Brooklyn

Ich zupfe nervös an meiner Jacke. Ein Blick in den Rückspiegel zeigt mir, was die letzten Stunden mit mir angestellt haben. Meine Augen sind rot unterlaufen, und mein ganzes Gesicht wirkt aufgedunsen und verquollen.

»Ich lasse dich einen Moment allein, okay?« Mom tätschelt meine Hand, bevor sie aussteigt und sich die Beine vertritt, um mir Raum für mich zu geben.

Der Wagen steht vor *unserem* Haus. Vor der gelben Fassade und den braunen Fensterläden. Die Blumenkästen, in denen früher in allen Farben das Leben blühte, sind jetzt leer. Vor der Hecke, die schon viel zu lang nicht mehr geschnitten wurde, und dem Zaun, den Thomas kurz vor seinem Tod noch gestrichen hat. Ein bitterer Schmerz breitet sich in meiner Lunge aus, als ich die Luft einatme, die wir früher immer zusammen einatmeten. Ich erinnere mich an meine Glücksgefühle, als uns die Bank den Kredit zugesichert hatte. An den ersten Abend in unseren eigenen vier Wänden. An den ersten Sex in unserem Schlafzimmer. Erinnere mich an alles.

Ein Blick auf das mittlerweile halb morsche Dach, um das wir uns kümmern wollten, wenn es Frühjahr wird, vertieft den Schmerz.

Einatmen. Ausatmen.

Meine Augen brennen von all den Tränen, die ich geweint habe. Ich schließe die Augen und will mich in eine Welt beamen, in der Thomas noch bei mir ist. Dabei formen sich in meinem Kopf Bilder, die ich nicht zulassen sollte.

Die Erschöpfung des Morgens liegt mir so schwer in den Knochen, dass ich einfach einschlafe, als hätte ich seit Wochen keinen Schlaf bekommen.

»Die Fassade könnte einen neuen Anstrich gebrauchen.« Thomas. Seine warme, weiche Stimme. Ich halte die Augen geschlossen, weil ich weiß, dass er nicht hier ist und neben mir sitzt und das Gespräch sich nur in meinem Kopf abspielt. Aber manchmal ... manchmal muss man träumen dürfen.

»Ich hab selten eine so traurige gelbe Fassade gesehen«, stimme ich ihm zu. Etwas berührt meine Hand, und als ich die Augen öffne, sehe ich direkt in seine. Seine strahlenden Augen, das strahlende Lächeln, Thomas. Er hält meine Hand, und das erste Mal seit einem Jahr verspüre ich wieder so etwas wie Hoffnung in mir.

»Meinst du, das Haus wird je wieder verkauft?«, will er wissen und sieht zu unserem einstigen Lebenstraum hinüber. Der Wirbel in seinen dichten Haaren erweckt den Wunsch in mir, durch sie zu fahren, um sie zu ordnen. Ich will ihn ordnen. Und mein Leben gleich mit.

»Ich hoffe es.« Tue ich das wirklich? Will ich, dass eine andere Familie in unserem Traumhaus wohnt? Glücklich dort ist, wo wir längst zerbrochen sind?

»Das Einzige, was noch trauriger als die Fassade ist, bist du.« Seine Worte treffen mich mitten ins Herz, während ich tiefer mit meinen Fingernägeln in die Hand bohre. Wieso muss er selbst in meinem Traum so schonungslos ehrlich sein?

»Du fehlst mir, Liebling«, schluchze ich, und ehe ich verstehe, was hier in meinem Kopf vor sich geht, hat er mich in seine Arme gezogen. Selten hatte ich einen so realen Traum von ihm ... Es ist, als könnte ich sein Parfüm riechen. Seinen Atem spüren. Seine Hände in meinen.

»Du fehlst mir auch, Brooke.« Brooke. Der schönste Kosename auf der Welt, weil er ihn mir gab. »Aber du musst mir eins versprechen.« Er tätschelt meinen Kopf und presst mich so eng an sich, dass mir die Luft wegbleibt.

»Alles«, flüstere ich, auch wenn ich es Sekunden später schon wieder zurücknehmen will. Ich kann ihm vieles versprechen, aber nicht alles.

»Mach weiter.«

Ich schüttle den Kopf. »Aber wie? Wie soll ich bloß weitermachen?«, frage ich ihn ratlos. Ich bin so unfassbar ahnungslos und hilflos, weil ich ihm den Wunsch gern erfüllen würde, aber nicht kann.

»Denk nicht daran, was passiert wäre, wenn du dich an diesem Tag anders entschieden hättest, Brooklyn. Denk nicht, dass du es hättest verhindern können. Denk an das, was vor dir liegt.« Er schiebt mich an den Schultern von sich, damit ich ihn ansehe.

»Was liegt denn vor mir? Ich sehe nur Trümmer«, antworte ich verzweifelt.

Thomas hebt fragend die Brauen, als wüsste er ganz genau, dass ich lüge. Dass sich in den letzten Wochen ein Lichtfunken in meiner Dunkelheit ausgebreitet hat wie ein Feuerwerkskörper am Himmel.

»Ich habe dich betrogen. Ich habe dich mit deinem Mörder betrogen, und ich werde mir das nie verzeihen können.« Wieder ein Schluchzen. Wieder hält er meine Hand fest in seiner.

»Du hast mich nicht betrogen, Brooke. Du hast dich neu verliebt. Das ist okay.« Ich will ihm widersprechen, aber er legt seinen Finger auf meine Lippen. »Lass mich ausreden. Du hast dich neu verliebt. Und wenn ich dir etwas sagen könnte, dann wäre es genau das: Verlieb dich, Brooklyn Parker. Liebe. Lebe. Lache. Vergiss nie dein wunderschönes Lachen, mit dem du einen ganzen Raum erhellen kannst. Ich habe dein Lachen so sehr an dir geliebt. Und ich bin mir sicher, dass ich nicht der Einzige bin, der dieses Lachen liebt. Also ... lass es zu. Wenn es dich erwischt, versteck dich nicht. Wenn es dich hat, halte es fest. Wenn du jemanden hast, der dich liebt, liebe ihn so zurück, wie du mich geliebt hast. Denn nur so kannst du weitermachen.«

Heiße Tränen rinnen über mein Gesicht. Ich will nicht wahrhaben, dass er recht hat. Dass einfach weiterzuleben der einzige Weg sein soll ... Ich schmiege mich an seine Brust, klammere mich an seinem Shirt fest und erinnere mich an die vielen Male, die wir uns geliebt haben. Die wir uns gestritten und zusammen gelacht haben. An jeden Konflikt, jede Lösung, jede Umarmung und jedes Wegstoßen.

»Dein Lachen habe ich am meisten an dir geliebt«, murmle ich gegen seine Brust. Ich weiß, dass er nicht wirklich hier bei mir ist und dass er weg sein wird, wenn ich wach werde. Aber in diesem Moment ist mir das egal.

»Und, Brooke?«

Ich nicke, löse mich aber nicht von ihm.

»Du weißt, dass er nicht schuld an dem Unfall ist.« Seine Worte schnüren mir die Kehle zu, weil plötzlich wieder Chase' Bild vor meinen Augen aufblitzt. Goldbraune Augen, das Grübchen auf seiner Wange.

»Er hat mich angelogen«, murmle ich, von seinem Verrat übermannt.

Thomas streicht durch mein Haar, bettet mich in seine Arme und gibt mir das Gefühl, eine Zukunft zu haben. »Manchmal muss man lügen, wenn die Wahrheit zu dunkel ist.«

»Ich liebe dich, Thomas.«

»Ich liebe dich, Brooke.«

Bevor ich weiter in meiner Illusion ertrinken kann, wird die Fahrertür des Wagens aufgerissen, ich schrecke panisch hoch, und meine Mom setzt sich neben mich. Sie sieht meine Tränen, wischt sie mir aus dem Gesicht und lächelt mich warm an.

»Was hältst du von einem Mutter-Tochter-Abend mit einer leckeren Bolognese?«

Ich nicke schwach, während neue Tränen auf ihre Hand tropfen. »Das klingt perfekt.«

Man sieht ihr an, dass sie noch etwas sagen will. Dass sie auch der Meinung ist, dass Chase unschuldig ist. Aber ich ignoriere ihre Blicke. Ich will nicht an ihn denken.

20

Chase

Zehn Tage können so unfassbar lang sein. Jeden Tag stehe ich vor meiner Tür und warte mit einem Strauß Rosen darauf, dass Brooklyn heimkommt. Und jeden Tag lege ich sie schließlich vor ihrer Tür ab, weil sie nicht auftaucht.

Heute ist Tag elf. Vor ihrer Tür hat sich schon ein Haufen verwelkter Rosen aufgetürmt, und noch immer scheint sie nicht nach Hause kommen zu wollen. Es war nicht leicht, die Reinigungskraft davon zu überzeugen, dass sie die Blumen an ihrem Platz lässt, bis Brooklyn zurück ist. Auch wenn ich weiß, dass das, was ich getan habe, selbst Tonnen von Rosen nicht wiedergutmachen könnten. Ich habe sie nicht nur angelogen, ich habe an jenem Tag ihrer großen Liebe das Leben genommen. Wieso darf ich noch hier sein?

»Ist sie immer noch nicht da?«, fragt Troy am anderen Ende der Leitung, während ich noch einen Moment im Hausflur warte, um auf Nummer sicher zu gehen. Vielleicht kommt sie heute. Ich meine, sie hat doch einen Job hier? Oder hat sie gekündigt? Panik keimt in mir auf, dass sie vielleicht nie mehr wiederkommen könnte.

»Nein.« Ich knirsche mit den Zähnen, weil mir der Anblick ihrer verschlossenen Tür verdeutlicht, wie beschissen ich es gegen die Wand gefahren habe. Weil ich nicht den Mumm hatte, ihr die Wahrheit zu sagen, als ich es hätte tun können. Weil ich Angst davor hatte, sie zu verschrecken. Alle haben mir nach dem Unfall gesagt, dass es nicht meine

Schuld war. Dass er mir die Vorfahrt genommen hat und nicht angeschnallt war. Aber wieso fühlt es sich dann immer noch so an, als hätte
ich sein Leben auf dem Gewissen?

»Vergiss die Kleine, Alter. Du hörst dich an wie ein Junkie, der sich
den goldenen Schuss setzen will. Das macht mir Angst.«

Ich kann nur bitter lachen. Troy weiß von dem Unfall, aber nicht,
dass es ihr Thomas war.

»Wie geht es Nicci?«, lenke ich vom Thema ab und drehe den Strauß
Rosen in meiner freien Hand hin und her. Bitte rede über alles, nur
nicht mehr über sie ...

»Gut«, sagt er etwas zu schnell.

»Okay, wie lange ist das mit euch schon vorbei?«, will ich wissen.
Man hört es ihm an, wenn eine seiner Beziehungen wieder in die Brüche
gegangen ist.

»Seit du nach Manchester abgehauen bist«, murmelt er.

»Und wieso?«

»Sie hat einen anderen.«

»Oh, Fuck, Alter, das tut mir leid.« Ich mochte Nicci.

»Schon gut. Es hat eh nicht gepasst.« Er meint es nicht so, das weiß
ich, aber er muss sich Luft verschaffen, und das kann ich besser verstehen, als er ahnt. Wie gern würde ich mir Luft machen. Sie verurteilt
mich, ohne mit mir zu sprechen. Sie reagiert nicht auf meine Nachrich-
ten und drückt meine Anrufe weg. Sie hat mich einfach aus ihrem Leben
gestrichen, als wäre ich nichts weiter als eine kleine Episode gewesen.
Aber das Schlimmste ist, dass sie jedes Recht dazu hat. Meine Schuldgefühle wechseln sich mit der Wut über ihr Verschwinden ab und ver-
wirren mich komplett.

»Und was willst du jetzt tun? Wegen Brooklyn, meine ich?«

Mein Blick haftet an den roten Rosen in meiner Hand und den verwelkten auf ihrer Fußmatte.

»Ich hab echt keine Ahnung, Mann.«

»Hat sie keine Freundin, die du ausquetschen kannst?«

Er hat recht! Manchmal könnte ich meinen Kumpel knutschen! Ich gehe zu ihrer Tür hinüber, lege den elften Strauß Rosen auf den Haufen und renne die Treppe hinunter.

»Ich melde mich später bei dir!«

...

»Hey«, murmelt Molly hinter dem Tresen im *Coffee with Art*. Ich sehe sie verzweifelt an und bin mir sicher, dass sie bereits weiß, wieso ich hier bin. »Hey. Können wir kurz?« Ich deute auf das leere Café, und nach kurzem Zögern legt sie ihre Schürze ab und folgt mir zu dem Tisch direkt am Fenster. Draußen schneit es mittlerweile seit Tagen, und die festgetretene Schneeschicht auf den Bürgersteigen wird immer dicker. Die Wärme hier im Café ist eine willkommene Abwechslung zu der Kälte draußen.

»Bevor du anfängst: Ich werde keine Partei ergreifen. Weder für dich noch für sie«, platzt es aus Molly heraus. Sie verengt die Augen zu Schlitzen und atmet tief durch. »Sie ist echt im Arsch, Chase. Wir beide kennen uns ja eigentlich nicht, aber ich sag's dir trotzdem: Ich weiß, dass sie dich mag.«

»Wieso redet sie dann nicht mit mir? Ich dachte, wir wären weiter in unserer Beziehung. Ich muss ihr alles erklären, aber wie, wenn sie mich nicht anhört?«

»Es geht hier nicht um irgendeine Kleinigkeit, Chase. Es geht hier ... Gott, es geht hier um einen Toten.« Dass sie nervös ist, passt nicht zu ihrer selbstsicheren Art.

»Es war ein Unfall.« Wie kann sie glauben, dass es anders war? Wie kann sie mir vorwerfen, ihn umgebracht zu haben? Sollte sie mich nicht besser kennen?

»Das musst du nicht mir sagen. Sondern ihr.«

»Würde ich ja, wenn sie es nur zulassen würde«, sage ich geknickt.

Das alles ist so surreal, dass ich mir immer noch jeden Morgen wünsche, einfach aus diesem Mist aufzuwachen. Dass ich an diesem Tag vor einem Jahr nicht in Manchester gewesen wäre, um meine Mutter im Krankenhaus zu besuchen, nur um am selben Tag mit gebrochenen Rippen selbst darin zu landen.

»Wo ist sie?« Meine Frage erübrigt sich, weil ich weiß, dass sie noch in Manchester ist, aber ich muss es aus Mollys Mund hören. »Ich meine, arbeitet sie noch für dich? Oder ... bleibt sie da?« Seit sie mich weggeschickt hat, frage ich mich täglich, wie es weitergeht. Ob sie nach Bedford zurückkehrt oder für immer von hier verschwunden ist, weil sie meine Nähe nicht länger ertragen kann.

»Keine Ahnung. Sie hat sich für zwei Wochen Urlaub genommen, um bei ihrer Mom zu bleiben. Chase, ich weiß auch nicht viel mehr als du. Aber soll ich dir sagen, was ich denke?« Sie sieht mich so ernst an, dass ich Angst habe vor dem, was sie mir sagen will. »Was erwartest du von ihr, Chase? Du warst nicht ehrlich zu ihr. Du hättest die Karten von Anfang an offen auf den Tisch legen müssen, dann hätte sie es vielleicht verstanden. Jetzt musst du ihr den Raum geben, den sie braucht.«

»Das weiß ich. Aber ich habe solche Angst«, gestehe ich ihr. Ich frage mich jeden Tag, wenn ich einen neuen Strauß für sie kaufe, was passiert wäre, wenn ich bei ihr geblieben wäre. Ob sie dann schon hier wäre und die Rosen in einer Vase in ihrer Wohnung stehen würden, anstatt vor ihrer Tür zu verrotten? Aber ich weiß, dass es nicht so wäre.

»Ich kann dir nicht sagen, dass deine Angst unbegründet ist. Keine Ahnung, wie viel Zeit sie braucht und ob sie darüber hinwegkommen kann. Aber ich wünsche es mir für euch, weil ich weiß, dass du sie zum ersten Mal seit Langem wieder etwas hast fühlen lassen.«

Sie senkt den Blick, während ich meine Optionen durchgehe. Viel bleibt mir nicht übrig ... Ich könnte zurück nach Manchester fahren, um zu sehen, ob sie schon bereit ist, aber ich habe keinen Urlaub, und auf keinen Fall kann ich meinen Job aufs Spiel setzen. Im Prinzip ist er das Letzte, was ich noch habe. Seit dem Unfall ist er das Wichtigste in meinem Leben gewesen, bis Brooke nebenan eingezogen ist.

»Ich danke dir, Molly«, sage ich schließlich seufzend.

Sie greift nach meiner Hand und drückt sie. Danach klopft sie sich auf die Oberschenkel und steht auf.»Ich muss dann mal weitermachen. Wir sehen uns, Chase.« Und während sie an die Arbeit geht, sitze ich weiter am Tisch und starre nach draußen in den Schnee. Und es formen sich Bilder vor meinem geistigen Auge, die ich am liebsten nie gesehen hätte ...

Ich erinnere mich jeden Tag an den Unfall. Jede Nacht. Und jedes Mal, wenn ich die Augen schließe, weiß ich, dass die Augen des Mannes sich an diesem Tag für immer geschlossen haben. Während ich das Glück hatte, weiterzuleben. Das Leben war nie fair. Es hat mir meine Mutter viel zu früh genommen. Es hat dafür gesorgt, dass sich mein Vater nach ihrem Tod von allem abgewandt hat. Aber an diesem Tag, an diesem Tag hat sich das Leben von seiner hässlichsten Seite gezeigt.

• • •

Als ich am Nachmittag zurück nach Hause komme und unsere Etage erreiche, schnürt es mir die Kehle zusammen. Die Rosen liegen nicht mehr vor ihrer Tür.

Ich schließe meine Wohnung auf, stürme ins Schlafzimmer und setze mich auf mein Bett. Mit dem Rücken lehne ich mich an die Wand, und meine Hand wandert langsam zur Tür, gegen die ich schließlich klopfe. Aber es bleibt still.

Entweder sie ist nicht da oder sie ignoriert mich. Aufgrund der fehlenden Rosen vor ihrer Tür tendiere ich zu Version Nummer zwei, denn sie scheint zu Hause zu sein, mir aber nicht öffnen zu wollen. Ob sie mich hören kann? Ob sie mir zuhören würde? Oder hatte die Reinigungskraft einfach nur die Nase voll von meinem Dreck, und Brooklyn ist gar nicht da?

»Brooklyn?« Keine Antwort. Und doch brennen mir noch so viele Worte auf der Zunge, die ich ihr sagen muss.»Brooklyn, ich weiß zwar nicht, ob du da bist, aber wenn ja, musst du mir zuhören.« Ich presse meinen Rücken fester gegen die Wand und versuche, stark zu bleiben. Wenn nicht für mich, dann wenigstens für sie.

»Es tut mir leid. Alles. Ich hätte dir von Anfang an die Wahrheit sagen sollen. Ich hatte eine Scheißangst davor.« Als ich Ghost bellen höre, schöpfe ich Hoffnung. Vielleicht sitzt sie ja doch auf der anderen Seite der Tür.

»Wenn ich die Zeit zurückdrehen könnte, würde ich es tun. Wenn ich es irgendwie beeinflussen könnte, dann würde ich mein Leben opfern, damit er hier sein kann. Aber ich kann es nicht. Und das frisst mich immer noch auf ...« Meine Brust schmerzt. Wieder bellt Ghost ... und wieder wünschte ich, sie würde mir an seiner Stelle antworten.

»Leben und überleben, weißt du noch?« Dass ich kurz davorstehe zu heulen, ist mir egal. Als ich Sekunden später ein Schluchzen von ihrer Seite der Wand höre, weiß ich, dass sie da ist. Und es nicht für nötig hält, etwas dazu zu sagen. Eine Weile lang herrscht Stille, und als es schließlich an der Haustür klingelt, stürme ich hin und reiße sie auf.

Mein Herz hat sich bereits auf Brooke eingestellt. Umso enttäuschter bin ich, als meine Vermieterin mit einem Klemmbrett und einem Kugelschreiber vor mir steht.

»Mr Graham, schön, Sie zu sehen.« Ich mag die alte Frau wirklich, aber in diesem Moment wünschte ich mir, sie würde einfach wieder gehen oder dafür sorgen, dass Brooke an ihrer Stelle erscheint.

»Was gibt's?«, frage ich sie verbissen.

Sie hält das Klemmbrett in die Höhe und drückt es dann gegen meine Brust. »Es geht um die Tür in Ihrem Schlafzimmer. Miss Parker ist bereit, die Kosten für das Zumauern zu übernehmen, dafür müssen Sie nur kurz und schmerzlos hier unterschreiben.« Sie deutet mit dem Kugelschreiber auf das entsprechende Feld. Schmerzlos? Ist das ihr Ernst?

Ein Kloß entsteht in meinem Hals, den ich nicht herunterschlucken kann, weil er zu groß ist. Weil er mir die Luft abschnürt. Sie will was?

»Mr Graham? Unterzeichnen Sie bitte?« Meine Vermieterin lächelt mich freundlich an, während ich mit dem Gedanken spiele, einfach in Brooklyns Schlafzimmer zu stürmen und sie zu küssen, um sie umzustimmen. Um ihr zu zeigen, dass sie mich zu früh aus ihrem Leben ausschließt. Aber ich weiß, dass sie nicht mit mir reden wird, sonst würde sie diese beschissene Tür nicht zumauern lassen! »Mr Graham? Stimmt etwas nicht?«

Wütend greife ich nach dem Kugelschreiber und unterzeichne das Blatt Papier, ohne es durchzulesen.

Ohne ein weiteres Wort lasse ich die Tür ins Schloss fallen – soll die Vermieterin doch denken, was sie will. Weil ich weiß, dass mich ihre Stille umbringen würde, wenn ich jetzt ins Schlafzimmer gehe, steuere ich das Wohnzimmer an und schmeiße mich auf die Couch. Sekunden später springt Garfield von seinem Kratzbaum herunter und kuschelt sich auf meinen Schoß.

»Sie fehlt mir, Kumpel.« Eine Hand in seinem kuscheligen Fell vergraben, sitze ich in der Stille und hänge meinen Gedanken nach.

Am liebsten würde ich alles rückgängig machen – doch ich weiß, dass ich das nicht kann.

Ich schließe die Augen und versuche, meinen tosenden Gedanken für einen Moment zu entkommen. Es dauert nicht lange, bis ich einschlafe. Und von grünen Augen und Giotto-Eis mit Browniestreuseln träume ...

• • •

Vier Tage nachdem ich das Dokument unterzeichnet habe, begannen die Handwerker, den Durchbruch zuzumauern. An dem Morgen, als sie angefangen haben, blieb ich extra lange im Flur, nachdem ich meine Post aus dem Briefkasten geholt hatte. In der Hoffnung, auf Brooklyn zu treffen und sie davon abzuhalten. Aber Brooklyn war nirgends zu sehen.

Und obwohl sie mir klar und deutlich gezeigt hat, dass sie nichts mehr mit mir zu tun haben will, lege ich ihr immer noch Blumen vor die Tür. Mittlerweile sind es jeden Tag andere. Mal Akazienblüten, mal Margeriten, mal Lilien. Inzwischen sind es wieder klassische Rosen.

Jetzt, einen Tag später, bin ich draußen, um den Kopf frei zu bekommen. Und wo könnte das besser klappen als beim Joggen? Einatmen, ausatmen, einatmen. Laufen. Ein Schritt nach dem anderen. Ich will wieder klar denken können, und das kann ich nicht, wenn ich in meiner Wohnung bin.

Mittlerweile hat der Winter die Stadt gänzlich im Griff. Der Winterdienst kommt kaum hinterher, den Schnee von den Straßen zu schieben. Hin und wieder rutsche ich mit den Turnschuhen auf dem glatten Gehweg aus, und als ich plötzlich Schritte hinter mir höre, fliege ich fast auf den Hintern.

»Carmen?«, rufe ich verwundert, als ich mich zu den Schritten umdrehe.

»Hey, Chase.« Sie lächelt mich an, während ich nach einem Weg suche, zu flüchten, ohne sie dabei zu verletzen. Das habe ich schon genug getan.

»Was tust du hier?«, frage ich sie atemlos.

»Joggen. Und du?« Sie grinst, als wäre nichts zwischen uns vorgefallen. Das ist seltsam! Seit sie in der Werkstatt war, habe ich weder etwas von ihr gehört noch gesehen.

»Joggen«, antworte ich und ziehe einen Mundwinkel nach oben.

»Weißt du noch? Früher sind wir immer zusammen laufen gewesen«, schwelgt sie in Erinnerungen.

Abrupt drehe ich mich um und renne stattdessen in die andere Richtung.

»Hey, Chase. Jetzt warte doch mal!«

Ich ringe mit mir, entscheide mich am Ende aber dafür, anzuhalten, bis sie aufgeholt hat. Carmen stützt die Hände auf die Knie und atmet tief durch. Früher ... ich erinnere mich daran, wie sie mich in meiner dunkelsten Zeit kennengelernt hat. Sie war es, der ich neben Troy als Erstes von dem Tag des Unfalls erzählt habe. Und sie war es auch, die mir vermitteln wollte, dass es nicht meine Schuld war.

»Was genau willst du, Carmen?«

Sie zupft nervös an ihrem Sportoberteil unter der offenen Jacke. »Troy schickt mich.«

Wie bitte?

»Troy? Na sicher«, spotte ich.

»Frag ihn, wenn du willst. Er macht sich Sorgen um dich. Er hat mir erzählt, wer deine neue Freundin ist. Und verdammt, Chase, es tut mir wirklich leid, wie sie es erfahren musste.« Sie sieht so ehrlich aus wie lange nicht mehr. »Ich mache mir auch Sorgen, Chase. Damals warst du am Abgrund, weil du dachtest, dass du ihn auf dem Gewissen hast. Aber wir alle wissen, dass solche Dinge tagtäglich passieren. Du warst doch bloß ein junger Mann, der seine kranke Mutter besuchen wollte. Du wolltest niemandem wehtun.«

Als ich ihren Gesichtsausdruck sehe, flackern wieder diese Bilder in mir auf. Die Ärzte hatten mich am Morgen angerufen. Sie sagten, dass sich der Zustand meiner Mutter verschlechtert habe und ich vorbeikommen solle. Noch jetzt spüre ich, wie das Blut in meinen Adern gefror, als dieser blaue Wagen auf meine Spur fuhr. Ich konnte nicht mehr bremsen, dafür kam er zu überraschend.

»Es geht mir gut.« Seit wann fällt es mir so verdammt leicht zu lügen?

Carmen legt mir ihre Hand auf die Schulter und schüttelt den Kopf. »Geht es nicht. Hör auf, dir was vorzumachen. Und ja ich weiß, dass das mit uns vorbei ist. Ich weiß, dass du mich nicht liebst und vermutlich nie geliebt hast. Dass du mit mir zusammen warst, weil ich einfach zu einer schweren Zeit in dein Leben getreten bin. Aber das ist okay.«

Langsam entspanne ich mich und bin fast schon dankbar für ihre Worte. »Ich verstehe nur nicht, was du mir eigentlich sagen willst.« Geduld war noch nie meine Stärke.

»Ich will dir nur sagen, dass du einer von den Guten bist. Und das wird deine Freundin auch sehen, wenn sie dich wirklich gernhat.« Niemals hätte ich erwartet, dass Carmen mir und Brooklyn ihren Segen gibt. Vielleicht war ich wirklich nicht fair zu ihr.

»Danke.«

Carmen gibt mir einen Kuss auf die Wange. »Gern. Ich werde dann mal weitermachen.« Sie lächelt mich an und verschwindet mit schnellen Schritten in die Richtung, aus der sie gekommen ist.

Während ich den Blumenladen meines Vertrauens ansteuere. So leicht gebe ich nicht auf, du sture Brooklyn Parker. Heute ist der perfekte Tag für ein Vergissmeinnicht.

21

Brooklyn

Es klingelt. Wer klingelt an einem Sonntagmorgen um acht Uhr an meiner Tür? Ich drehe mich auf die Seite und versuche, es zu ignorieren, aber dieser Jemand lässt einfach nicht locker. Und als würde das penetrante Klingeln nicht reichen, hämmert es auch noch so heftig gegen meine Tür, dass Ghost bellend aufspringt und meine Prokrastination sinnlos ist.

»Gott, hör auf!« Ich weiß nicht, wer vor meiner Tür steht, aber da die Anzahl meiner Bezugspersonen in Bedford in Sekundenschnelle halbiert wurde, kann es nur Molly sein. Falls meine Mom nicht auf die Idee gekommen ist, ihren neuen Job schon nach drei Tagen wieder aufs Spiel zu setzen, um bei mir nach dem Rechten zu sehen.

»Aufmachen, ich habe einen Durchsuchungsbefehl, Miss Parker! Wenn Sie sich weigern, muss ich die Tür eintreten.« Sie verstellt ihre Stimme, aber ich erkenne sie trotzdem sofort. Seufzend öffne ich Molly die Tür, und mein erster Blick fällt auf den gigantischen Blumenstrauß in ihrer Hand.

»Hab ich was verpasst?« Ich reibe meine müden Augen, um klarer zu sehen, während Molly sich energisch an mir vorbeidrängt.

»Happy Birthday, Brooklyn«, trällert sie und nimmt mich fest in die Arme.

Oh nein! Heute ist der 15. November. Umgehend will ich mich wieder in meinem Bett verkriechen und einfach weiterschlafen, bis dieser schreckliche Tag vorbei ist. Normalerweise sollte man sich über seinen Geburtstag freuen. Aber normalerweise ist dein Geburtstag auch nicht der Todestag deiner großen Liebe.

»Mir ist wirklich nicht nach Feiern zumute, Molly.« Kann sie nicht einfach wieder gehen und mich meinem Elend überlassen?

Sie rümpft die Nase und zupft an meinem fettigen Haar. »Wie lange warst du schon nicht mehr duschen? Seit Freitag? Hör zu, ich habe dir am Wochenende freigegeben, aber nicht, damit du hier vergammelst«, sagt sie angewidert.

»Nicht?«

»Oh Gott, damit muss Schluss sein, Süße! Komm, hast du eine Vase für die Blumen?«

Ich schüttle den Kopf. »Du hättest mir wirklich keine Blumen mitbringen müssen.«

»Die sind doch nicht von mir, Süße. Die lagen vor deiner Tür.«

Ich schaue mir den Strauß genauer an. Rosen, Lilien, Veilchen ... eine wahre Farbexplosion. Meine Hände streichen über die weichen Blüten, und als ich einen Zettel entdecke, falte ich ihn auseinander.

Ich weiß, dass du nicht mit mir reden willst. Und deshalb werden das die letzten Blumen sein, versprochen.
Happy Birthday, Brooklyn Parker.

Ich ignoriere, dass sich mein Herz schmerzhaft zusammenzieht, weil ich mir wünschte, er würde lügen. Auch wenn ich es ihm nie gezeigt habe, waren seine Blumen irgendwie ein Trost für mich. Immer, wenn ich sie auf meinem Tisch habe stehen sehen, war es, als gäbe es da noch jemanden, der an mich denkt.

In diesem Augenblick marschiert Molly ins Wohnzimmer und schreit laut auf. »Verdammt, willst du heimlich einen Blumenladen aufmachen? Ohne mir Bescheid zu geben?« Sie sieht sich perplex im Raum um, in dem überall Blumensträuße liegen oder stehen. Einige sind noch frisch, andere längst verwelkt. Etwas in mir hat es nicht übers Herz gebracht, sie wegzuschmeißen, auch wenn sie bald gammeln werden.

»Quatsch, red keinen Unsinn«, murmle ich und lege den neuen Strauß neben einen aus verwelkten Veilchen. Jeden Abend lagen neue vor meiner Tür. Jeden Morgen. Und jetzt hört er damit auf?

»Moment mal.« Molly zählt eins und eins zusammen. »Sind die ALLE von ihm?« Ihre Stimme schrillt in die Höhe, und als ich nicke, sieht sie mich mitleidig an.

Ich brauche kein Mitleid, verdammt! Wenn sie mir wirklich helfen will, soll sie mir neue Vasen besorgen! Mein Vorrat war schon nach zwei Sträußen aufgebraucht.

»Er gibt sich wirklich Mühe.«

Ja, das tut er. Und doch ändert das nichts daran, dass ich jedes Mal an Thomas denken muss, wenn ich Chase' Stimme in seiner Wohnung höre. Wenn er versucht, mit mir zu reden, und ich ihm einfach nur zuhöre. Weil seine Stimme immer noch diese tröstende Wirkung auf mich hat.

»Das ist der Letzte, den ich bekomme.« Auf keinen Fall will ich enttäuscht klingen, aber Molly versteht sofort, wie es in mir aussieht.

»Woher willst du das wissen?« Sie tätschelt meinen Arm.

»Es steht da«, antworte ich schulterzuckend.

Sie geht zu dem Strauß hinüber und liest seine Nachricht. Und zu meinem Glück verkneift sie es sich, irgendetwas dazu zu sagen, was ich ohnehin nicht hören will.

»Soll ich dich aufmuntern?« Ihre Augen blitzen unter der Brille belustigt auf. Will ich mich wirklich von einer Frau, die einen so irren Blick draufhat, aufmuntern lassen?

»Und wie?« Ich schmeiße mich auf die Couch und zucke unter Schmerzen zusammen, weil sich die Dornen des Rosenstraußes vom vergangenen Montag in meinen Hintern bohren. Schnell schiebe ich den Strauß beiseite, während Molly mir eine Tüte gibt und freudig in die Hände klatscht. »Okay, Molly, das ist echt lieb, aber ich will wirklich keine Geschenke.« Das größte Geschenk wäre, wenn ich mich in mein Bett verkriechen könnte.

»Oh doch, das willst du. Vertrau mir.«

Weil mich letztendlich doch die Neugier packt, greife ich hinein. Als ich etwas Gummiartiges fühle, zucke ich zusammen. Was ist das? Ich ziehe den Gegenstand heraus und lasse ihn sofort wieder in die Tüte fallen.

»Echt jetzt, Molly? Ein Dildo?« Ich verziehe angewidert das Gesicht.

Sie entreißt mir die Tüte, holt den Gummipenis heraus und hält ihn demonstrativ in die Höhe. »Nicht irgendein Dildo, Liebes. Das hier, halt dich fest, ist ein Vibrator in Form von Longclaw«, flüstert sie süffisant. Dabei wackelt sie mit dem Penis vor meinem Gesicht herum und zieht die Augenbrauen in die Höhe.

»Wie bitte?« Ich entreiße ihr den Vibrator und kann kaum glauben, was ich sehe! Er hat tatsächlich die Form von Jon Snows Schwert. Wer zur Hölle denkt sich denn bitte so was aus? Wie krank!

»Du stehst doch auf den Schneekönig in dieser seltsamen Inzest-Serie. Und das Beste hast du noch gar nicht entdeckt! Mach ihn an!«

»Ich werde ihn *nicht* anmachen!«

»Und wie du ihn anmachen wirst. Und damit es dann keine bösen Überraschungen gibt, solltest du ihn jetzt unbedingt einschalten!«

Ich gebe mich geschlagen und schalte den Gummipenis ein. Als die Augen des Wolfsgriffs rot aufleuchten und eine dunkle Stimme »You know nothing, Jon Snow« flüstert, lasse ich ihn erschrocken fallen.

»Tadadadaaa – das ist ein Longclaw-Vibrator. Dank mir später!« Molly packt mich bei der Hand und reißt mich vom Sofa hoch. »Wir gehen jetzt frühstücken!«

»Ich kann doch so nicht frühstücken gehen!«, protestiere ich, aber Molly winkt ab. »Und was ist mit Ghost? Der muss schließlich noch raus?«

»Den nehmen wir mit. Ich kenne eine sehr tierfreundliche, traumhafte Bäckerei zwei Straßen weiter. Nun komm schon. Wenn wir ihnen verklickern, dass du so müffelst, weil du von einem Iltis abstammst, werden sie dich bestimmt reinlassen. Wie gesagt, sie sind sehr tier-freundlich.«

»Ach, Molly, ich will wirklich nicht!«

Doch schon reißt sie die Tür auf. Und ehe ich mich verstecken kann, passiert das, wovor ich mich tagelang gehütet habe: Ich sehe ihm in die Augen.

Chase steht mit einer Einkaufstüte im Arm im Flur und erstarrt, als er mich erblickt. Für einen Moment stehen wir einander stumm gegen-über, dann kommt ein Freund von ihm die Treppe hoch und holt uns aus unserer Trance. Als Chase die angespannte Stimmung bemerkt, stellt er die zweite Tüte am Boden ab und wirft Molly einen vielsagenden Blick zu.

»Ich lass euch mal kurz allein. Wir warten unten auf dich.« Molly schnappt sich Ghost, begrüßt Chase flüchtig und verschwindet hinter Chase' Freund nach draußen. Während ich wie versteinert im Türrah-men verharre, und er dort steht, wo er mich das erste Mal küssen wollte.

In den letzten Tagen habe ich es geschafft, ihm aus dem Weg zu ge-hen, und ihn jetzt zu sehen, schmerzt stärker, als ich es mir in der gan-zen Zeit vorgestellt habe. Wie sehr ich es vermisst habe, in seinen Augen zu ertrinken ...

»Hey«, sagt er leise.

»Hey«, antworte ich schluckend. Ich weiß, dass ich ihm gar nicht die Gelegenheit geben sollte, mit mir zu reden. Durch die Wand war ich ge-schützt, hier bin ich ihm ausgeliefert. Und es fühlt sich an, als wären wir wieder ganz am Anfang angelangt.

Chase öffnet seine Tür und holt einen Umzugskarton heraus, bei dessen Anblick mir sofort das Blut in den Adern gefriert.

»Ziehst du aus?«, frage ich wispernd und versuche, ihm nicht zu zeigen, wie traurig mich die Vorstellung macht. Natürlich – ich habe die Handwerker bestellt, ohne ihn darüber in Kenntnis zu setzen. Aber muss er deshalb wirklich ausziehen?

Er schüttelt den Kopf, und ich atme etwas zu erleichtert aus. Chase deutet auf den Inhalt des Kartons, den er in den Händen hält. »Da sind deine Bücher drin. Ich wollte sie dir vor die Tür legen.«

»Behalt die Bücher.« Was soll ich damit? Jeden Tag daran erinnert werden, dass ich in einem Jahr zwei Männer verloren habe? Nein, danke.

Wieder nickt er sachte, und es schnürt mir die Kehle zu.

»Okay«, flüstert er.

»Okay«, flüstere ich.

Einen Moment lang stehen wir noch regungslos voreinander. Keiner von uns weiß so richtig, was er sagen oder tun soll. Schließlich ist Chase derjenige, der den ersten Schritt macht und sich von mir abwendet. Doch bevor er aus meinem Sichtfeld in seine Wohnung verschwunden ist, dreht er sich noch ein letztes Mal zu mir um.

»Happy Birthday, Brooklyn.«

22

Brooklyn

Einige Wochen später

Manchmal, Thomas, vermisse ich dich so sehr, dass ich glaube, keine Luft mehr zu bekommen. Manchmal glaube ich, in der Trauer zu ertrinken, und bilde mir ein, so bei dir sein zu können. Dich fühlen zu können. Sehen zu können. In deinen Armen zu liegen.

Doch dann gibt es auch andere Tage. Tage, an denen ich wieder Hoffnung habe. Tage, an denen die Dunkelheit nicht ganz so dunkel, der Schmerz nicht ganz so schmerzvoll ist. Die Trauer wird immer da sein, aber ich habe gelernt, auf das Licht zu warten.

Heute, Thomas, heute ist ein guter Tag. Ich wünschte, ich könnte ihn mit dir verbringen.

»Was machst du da? Die Gäste warten!« Molly entreißt mir meinen Block für die Bestellungen, und als sie die ersten Worte liest, runzelt sie die Stirn. Ich nehme ihr den Block wieder weg, reiße den obersten Zettel ab und stopfe ihn in meine Jeans. Wieso ich ihm schreibe, weiß ich selbst nicht. Vielleicht fühlt es sich dadurch so an, als wäre er noch hier. Ich träume immer seltener von ihm, also habe ich angefangen, ihm Briefe zu schreiben, um ihm weiter nah zu sein.

»Bin schon auf dem Weg«, murmle ich und mache mich auf zu Tisch Nummer sieben, der von einem älteren Ehepaar besetzt ist. Beide starren nach draußen in den sonnigen Februartag. Der Winter ist noch nicht vorbei, aber an manchen Tagen klettern die Temperaturen wieder über zehn Grad. »Willkommen im *Coffee with Art*, was kann ich Ihnen bringen?«

Die beiden schauen aufmerksam in meine Richtung, und als ich die braunen Augen des Mannes wiedererkenne, halte ich den Atem an. »Harry?« Das ist er tatsächlich! Dieselbe Hornbrille, dieselben Fältchen, dasselbe süffisante Grinsen. Lediglich die Haare sind noch lichter geworden. Dort, wo damals noch viele Fussel waren, sind jetzt nur noch ein paar einzelne Haare, die er von links nach rechts gekämmt hat, wie ein typischer Opi eben.

»Brooklyn, Kind! Schau mal, Eveline, das ist das junge Mädchen, das ich letztes Jahr aus Manchester mitgebracht habe.« Er tätschelt die faltige Hand seiner Frau, die mich strahlend ansieht.

»Und so ein hübsches Mädchen!« Ihre Stimme erinnert mich an die meiner verstorbenen Grandma. Sie war immer so rau und doch so warm, dass man perfekt zu ihren Geschichten einschlafen konnte.

»Und wie gefällt es dir in Bedford, Kind?«, fragt mich Harry.

Ich presse den Block für die Bestellungen fester gegen meine Brust und atme tief durch. Er sieht mich so erwartungsvoll an, dass ich ihn auf keinen Fall enttäuschen will. »Ganz wunderbar, ich liebe die Stadt. Und mein Hund auch.« Das stimmt sogar. Ghost liebt Bedford, er liebt unsere Spazierrouten und den heftigen Wind, der die Blätter durch die Luft wirbelt, denen er dann nachjagen kann. Doch auch wenn ich dieses Städtchen mittlerweile als mein Zuhause ansehe, fühle ich mich oft einsam. Was daran liegen könnte, dass ich seit dem Cut mit Chase nicht mehr viel unternommen habe, um neue Kontakte zu knüpfen. Mir hat Molly gereicht. Ihm hingegen bin ich nur wenige Male im Hausflur über den Weg gelaufen, aber meistens habe ich meine alte Routine durchgezogen: aus dem Haus gehen, wenn er schon in der Werkstatt ist, und heimflitzen, bevor er Feierabend hat.

»Ach, Kind, ich wusste direkt, dass du in diese Stadt passt«, bestärkt er mich und tätschelt großväterlich meinen Arm.

»Was hältst du davon, wenn du uns mal besuchen kommst, Brooklyn? Harry hat so von dir geschwärmt, und wir würden uns sehr freuen. Deinen Hund kannst du natürlich auch gern mitbringen, ich will ihn kennenlernen!« Eveline grinst mich so lieb an, dass ich automatisch nicke.

»Und meine Frau macht den besten Zupfkuchen der Welt, das schwöre ich dir! Du wirst nie wieder gehen wollen.«

»Gern«, antworte ich.

»Wir freuen uns darauf.« Die beiden werfen sich verliebte Blicke zu, die mich träumen lassen. Von Harry weiß ich, dass er seine Frau mit siebzehn kennengelernt hat. Und noch immer gehen sie so liebevoll miteinander um, dass ich kurz wieder romantische Gedanken an die Liebe verschwende. Aber nur für einen Moment.

»Bring uns doch bitte etwas von dem köstlichen Käsekuchen, Kind«, setzt Harry hinterher.

Ich notiere mir noch die Getränke der beiden und mache mich auf den Weg zum Tresen. Als ich den Käsekuchen auf die Teller schiebe, muss ich bei der Erinnerung daran, wie er in Chase' Gesicht klebt, grinsen ...

• • •

Als ich am Abend nach Hause komme, muss ich immer noch lächeln. Keine Ahnung, was die Unterhaltung mit Harry und seiner Frau in mir bewirkt hat, aber ich fühle das erste Mal seit langer Zeit kein Stechen in meiner Brust, weil mich die Erinnerungen an Chase erschlagen. Als könnte ich nach monatelanger Krankheit endlich wieder frei atmen, obwohl wir nicht mehr miteinander reden. Durch meinen Masterplan, ihm aus dem Weg zu gehen, ist es, als wäre er vor Monaten ausgezogen.

Summend gehe ich in meine Etage, und gerade als ich meinen Schlüssel am Bund suche, erstarre ich auf dem Treppenabsatz.

»Was zur Hölle?« Ich stürme zu meiner Wohnung, deren Tür sperrangelweit offen steht. »Ghost?« Panisch stürze ich hinein und suche nach meinem Hund, doch es fehlt jede Spur. »Ghost?«, wiederhole ich so laut, dass man es sicher im ganzen Haus hören kann. Wie eine Furie renne ich durch meine Wohnung, und sofort schießen Tränen in meine Augen, die das Lächeln, das Harry gesät hat, verdrängen. Zitternd krame ich mein Handy aus der Tasche und wähle Mollys Nummer.

»Na, ist dir schon wieder langweilig? Hör zu, ich weiß, dass du es liebst, mit mir zu arbeiten, aber –«

»Ghost ist weg«, platze ich dazwischen und spüre, dass meine Knie gleich unter der Last nachgeben. Sofort habe ich Mollys volle Aufmerksamkeit.

»Wie ... er ist weg? Wie meinst du das, Brooke?«

Wieder und wieder sehe ich mich in der Wohnung um, komme aber immer zum selben Ergebnis: Ghost ist verschwunden.

»Die Tür stand offen, als ich heimkam. Er ist weg, Molly«, schluchze ich.

»Wie ist die Tür aufgegangen?«

»Ich weiß es nicht, ich war nicht hier! Aber ... normalerweise schließe ich von außen ab, wenn ich gehe. Vielleicht hab ich es heut vergessen, weil ich zu spät dran war!« Oh Gott, wenn ihm meinetwegen etwas zustößt! *Ghost ... wo bist du?* Du darfst mich nicht auch noch verlassen!

»Du meinst, er hat die Tür allein geöffnet?«

Ich nicke weinend, obwohl sie mich nicht sehen kann. Meine Schultern beben, und ich kriege kaum noch ein Wort heraus. »Ich habe ihm schon nach zwei Monaten beigebracht, wie man das macht.« Und in diesem Augenblick könnte ich mir dafür eine Kugel verpassen.

»Hör zu – du suchst die Straße ab und befragst die Leute. Ich komme sofort zu dir, okay?«

Wieder nicke ich, und wieder kann sie mich nicht sehen.

»Hey, Brooke.« Ihre warme Stimme schenkt mir Hoffnung, obwohl alles in mir stirbt. »Wir finden ihn, hörst du?«

Wir finden ihn. Wir müssen ihn finden. Denn was ist, wenn nicht?

· · ·

»Was haben Sie an ›Finden Sie meinen Hund‹ nicht verstanden, hm?«
Ich wippe nervös mit dem Bein auf und ab und schiebe dem Officer
mein Handy mit einem Foto von Ghost hinüber. Er wirft einen kurzen
Blick darauf, widmet sich dann aber wieder seinem Kaffee, als würde er
sich keinen Deut für mein Anliegen interessieren. Ob sein Kaffee heiß
ist? Ob er ihn verbrennen würde, wenn ich ihn ihm ins Gesicht schütte?
»Und was bitte haben Sie an ›Dafür sind wir hier nicht zuständig‹
nicht verstanden, Ma'am?« Er sieht mich zornig an, und als Molly etwas
sagen will, schüttle ich den Kopf. Das hier muss ich klären, sonst explodiere ich noch.

»›Ma'am‹? Sehe ich in Ihren Augen etwa aus wie eine verfluchte
Ma'am?« Molly hält den Atem an, während ich zischend die Luft ein-
atme. *Du musst einen kühlen Kopf bewahren, Brooklyn! Du brauchst ihn, um
Ghost zu finden!*

»In meinen Augen sehen Sie wie eine Frau aus, die gerade das Wort
›verflucht‹ in Gegenwart eines Polizeibeamten in den Mund genommen
hat. Hören Sie, Miss ...« Er wirft einen Blick auf meinen Personalaus-
weis. »... Parker. Ich kann verstehen, dass Sie aufgewühlt sind, aber
wir sind die falsche Anlaufstelle dafür. Haben Sie schon Plakate ausge-
hängt?« Plötzlich sieht seine Miene weich aus und sein Blick mitfüh-
lend. Molly greift unterstützend nach meiner Hand, doch das Zittern
meiner Arme nimmt nicht ab.

»Ich bin sofort hergekommen, weil ich dachte, dass unser aller
Freund und Helfer mir helfen kann. Aber da hab ich mich anscheinend
getäuscht.« Mit diesen Worten stopfe ich meinen Ausweis zurück in
mein Portemonnaie und stapfe aus dem Revier. Und auch wenn ich
nicht weiß, wo ich anfangen soll, weiß ich, dass es eine lange Nacht
werden wird.

• • •

»Eines muss ich festhalten: Mir gefällt die knallharte Brooklyn Parker.
Du solltest sie öfter rauslassen.«

»Was meinst du?« Es ist sicher schon zehn Uhr abends, als wir uns mit einem Stapel Plakate bewaffnet in die Nachbarschaft stürzen. »Na ja, du hast dem süßen Arsch von Cop ganz schön die Meinung gegeigt. Das war stark.« Ich kann über ihre Worte nur lachen. Der Kerl hätte viel mehr als das verdient! »Süßer Cop? Was ist mit Bryan?«, erinnere ich sie an ihren Ex-Ex, auf den sie sich tatsächlich wieder eingelassen hat. Hauptsache, ich muss nicht ständig daran denken, dass Ghost seit wer weiß wie vielen Stunden allein unterwegs ist. Und dass ich nicht weiß, wie es ihm geht.

»Ach, das war ein einmaliger Ausrutscher. Der ist Schnee von gestern.«

»Ein einmaliger Ausrutscher, der sich wiederholt? Für mich klingt das eher nach einer Beziehung.« Gemeinsam steuern wir den ersten Baum in der Straße an. Wir haben fünfhundert Blätter ausgedruckt, und ich kann nur hoffen, dass irgendjemand, der Ghost gesehen hat, auch diese Zettel sieht.

»Hey, das war keine Beziehung. In einer Beziehung kuschelt man. Wir hatten nur dreckigen Sex, mehr nicht.«

Ich nehme ein Blatt von ihrem Stapel und klebe es mit einem Stück Klebeband am ersten Baum an. Gemeinsam gehen wir zum nächsten, und als ich ihr ein Blatt abnehmen will, zieht sie den Stapel weg.

»Meinst du echt, wir müssen an jedem Baum eins rankleben? Ich denke, jeder zweite reicht, Brooklyn.« Sie sieht mich mit geschürzten Lippen an, während ich hastig den Kopf schüttle.

»Nein.« Am liebsten würde ich jede Hauswand mit Ghosts Bild versehen. »Stell dir vor, hier kommt einer vorbei, der Musik hört. Er starrt auf den Boden und achtet nicht auf seine Umgebung. Und dann stell dir vor, ihm wird plötzlich schlecht: Er muss sich übergeben und sucht Halt an einem Baum. Was, wenn er dabei genau den Baum erwischt, an dem kein Plakat hängt? Dann sieht er das Foto von Ghost nicht und kann mich nicht anrufen, falls er ihn gesehen hat!«

Ich rede mich in Rage und versuche, nicht laut in Tränen auszubrechen, weil ich weiß, wie unwahrscheinlich meine Theorie ist.

»Okay, wir nehmen jeden Baum.« Molly reicht mir stumm ein Plakat. Dann gehen wir zum nächsten und wiederholen die Prozedur schweigend, bis die Blätter mitten in der Nacht alle sind und ich mit gebrochenem Herzen zurück in meine Wohnung gehe.

23

Chase

»Der Film war wirklich toll.« Miranda hakt sich kichernd unter meinem Ellbogen ein. Das hier ist unser drittes Date, und auch wenn wir uns noch nicht geküsst haben, denke ich, dass es spätestens heute passieren wird.

»Toll? Was ist toll an einem Film für Weicheier?« Troy ist auch mit von der Partie.

»Ich fand ihn gut«, sage ich schulterzuckend und bekomme ein warmes Lächeln von Miranda.

»Was unternehmen wir denn heute noch?«, fragt sie mich flüsternd, damit Troy uns nicht hört. Umsonst. Ich setze gerade zu einer Antwort an, als mein bester Kumpel dazwischengrätscht.

»Ich dachte, wir könnten noch in eine Bar gehen und ein Bierchen zischen.«

Mirandas Mundwinkel sacken nach unten. Aber ich will Troy nicht so vor den Kopf stoßen, nachdem er in den letzten Wochen dafür gesorgt hat, dass ich mich nicht völlig einigele. Er war es auch, der mir Miranda vorgestellt hat. Und es hat lange gedauert, bis ich mich zu einem Treffen habe überreden lassen.

»Klingt super«, antworte ich und drücke Mirandas Hand etwas fester.

»Sag mal, Chase, ist das nicht ... gehört der nicht deiner Nachbarin?« Troy bleibt vor einem Baum stehen und betrachtet das Plakat, das dort klebt. »Ja, hundertpro! Der ist von deiner Freundin«, rutscht es ihm heraus.

Mir stockt der Atem, weil ich ganz genau weiß, auf wen er hinauswill. Und noch jetzt, Monate später, klopft mein Herz, wenn ich an sie denke.

»Brooklyn?« Seit einem Vierteljahr habe ich ihren Namen nur noch stumm ausgesprochen. Jeden Abend vor dem Einschlafen, jede Nacht in meinen Träumen. Ihn jetzt über die Lippen zu bringen, ist echt mörderisch. Mir dazu noch ihr Gesicht vorzustellen, macht es nicht unbedingt besser. Immer, wenn wir uns im Flur begegnet sind, hat sie ein Hallo gemurmelt, den Blick gesenkt und ist geflohen. Irgendwann habe ich aufgegeben.

»Ja, genau, Brooklyn heißt die Kleine. Komm her.« Er winkt mich zu sich heran, also lasse ich von Miranda ab und gehe zum Baum hinüber. Troy deutet auf das Plakat.

»Das ist Ghost«, stelle ich schockiert fest und reiße das Plakat vom Baum. Rasch überfliege ich den Text, doch alles, was ich wirklich wahrnehme, ist das Wort »verschwunden«. Und darunter ihre Telefonnummer, mit dem Hinweis auf einen Finderlohn von zweihundert Pfund.

»Gott, ist der niedlich.« Miranda nimmt mir das Plakat aus der Hand und streift mit dem Daumen über Ghosts Bild. »Moment mal! Ich glaube, den hab ich heute gesehen«, murmelt sie.

Ich nehme ihr das Plakat wieder ab und deute auf das Foto. »Bist du dir ganz sicher?« Allein bei dem Gedanken daran, wie schlecht es Brooklyn ohne ihn gehen muss, schnürt es mir die Kehle zusammen.

»Ganz sicher. So viele streunende Hunde rennen hier nicht rum.« Miranda nickt entschlossen, und ich weiß, dass der Abend ganz anders enden wird, als ich es geplant hatte. Nie hätte ich damit gerechnet, dass Brooklyn ihn bestimmen würde ... Jetzt, da ich zum ersten Mal wieder versuche, mich auf jemand Neues einzulassen.

»Wo war das, Miranda?«

Troy zündet sich eine Zigarette an und stellt sich neben uns. »Was hast du vor, Alter?«

»Ich muss ihn finden«, dränge ich.

Miranda nickt und schließt die Augen, wohl um sich besser daran zu erinnern, wo sie ihn gesehen hat. Dann packt sie mich an der Hand und zerrt mich in die Richtung, aus der wir gekommen sind. Troy folgt uns, ohne zu zögern.

»Ich zeig dir, wo ich ihn gesehen hab.«

Ich finde ihn, Brooklyn. Das verspreche ich dir.

24

Brooklyn

Mein Herz krampft sich zusammen, als ich mich in mein Bett lege, Ghosts Decke vom Boden fische und sie mir gegen die Brust presse.

»Wie konntest du das nur tun, Räuber? Wie?«, schluchze ich und fühle mich innerlich taub. Normalerweise ist das einer der Momente, in denen er auf mein Bett springen und mich trösten würde. Aber die Seite neben mir bleibt leer, und meine Tränen rinnen weiterhin über mein Gesicht und durchnässen seine Decke.

Wenn Thomas sehen könnte, dass sein letztes Geschenk an mich verschwunden ist, würde es ihm das Herz brechen, da bin ich mir sicher. Ich wiege mich leicht vor und zurück, während meine Finger zur Wand gleiten. Leise klopfe ich dreimal dagegen, erhalte aber keine Antwort, weil er es ohnehin nicht hören kann. Mein Blick schweift zu der Stelle, an der die Tür war, doch jetzt ist dort nur Beton.

Wimmernd wiege ich mich in den Schlaf.

...

Vom energischen Klingeln an meiner Tür schrecke ich auf. Ich sehe mich um – es ist schon hell, aber kein Ghost liegt neben mir, um mich wachzustupsen. Nur seine Decke.

»Komme ja schon«, rufe ich verschlafen und schlurfe mit der Decke in der Hand in den Flur. Seufzend öffne ich die Tür. »Hör zu, Molly. Ich weiß –«

Doch bevor ich weiterreden kann, stürzt sich ein Schneeball direkt in meine Arme und leckt mir übers Gesicht.

»Ghost?« Ungläubig starre ich meinen Hund an, der zwar schmuddelig grau, aber dennoch unverkennbar Ghost ist. Tränen laufen mir über die Wangen, und als Ghost sie wegschlabbert, setzt sich mein gebrochenes Herz wieder zusammen. »Wo warst du bloß, du Räuber?« Wieder überkommt mich ein Schluchzen, das ich nicht unterdrücken kann.

Ghost springt von meinem Arm und wackelt entschuldigend mit dem Schwanz.

Endlich sehe ich auf. »Wie hast du das geschafft?« Doch statt in Mollys Gesicht sehe ich in goldbraune Augen. »Chase?« Meine Stimme zittert. Er steht wirklich vor mir. Oder? Ich reibe mir den Schlaf aus den Augen – vielleicht träume ich ja noch –, doch als das Grübchen auf seiner Wange entsteht, weiß ich, dass kein Traum so schön sein kann. »Wie?« Das ist alles, was ich herausbringe.

Chase vergräbt die Hände in den Jeanstaschen und deutet auf das Fellknäuel vor meinen Füßen. »Er wurde von einer Freundin gesehen, und dann sind wir an den Plakaten vorbeigekommen. Der Kleine wurde auf dem alten Fabrikgelände in der Sechzigsten eingesperrt. Die Mitarbeiter müssen ihn nicht gesehen und die Tore abgeschlossen haben.« Allein die Tatsache, dass Ghost die ganze Nacht über auf sich allein gestellt war, schnürt mir die Kehle zu.

Für einen Moment frage ich mich, wie ich mich jetzt verhalten soll. Ihm förmlich danken? Auf einen Kaffee einladen? Doch dann werfe ich mich einfach in seine Arme. Und als er seine Hände auf meinen Rücken legt, fühlt sich das so vertraut an. Und wunderschön. Nach Monaten der Funkstille bin ich einfach nur froh, dass er mir Ghost zurückgebracht hat. Und seine Nähe fühlt sich so gut an.

»Ich danke dir so sehr, Chase. Ich ... ich ...«

»Sch, du musst dich nicht bedanken. Ich hab es gern getan.« Wieso nur ist seine Stimme immer noch so weich? Und wieso bringt sie mich immer noch so aus dem Konzept?

Ich weine an seiner Brust, während er mich hält, wie er mich damals Nacht für Nacht hielt. Bis ... ja, bis ich erfahren habe, was er getan hat. Wie er mich verraten hat. »Ich ... es tut mir leid.« Ich wische mir die Tränen aus dem Gesicht und löse mich von ihm, weil mir seine Nähe den letzten klaren Gedanken raubt.

Wie kann ein Mann nur so schön sein? Chase trägt das Haar kürzer als damals, dafür ist sein Bart dichter geworden. Seine Lippen sehen immer noch viel zu weich aus. Seine Augen hingegen sind immer noch dieselben. Und die Schatten unter seinen Augen waren nie dunkler.

Ghost schleckt meine Hand ab, während ich versuche, nicht meinen Gefühlen nachzugeben, die nur eines wollen: ihn spüren. Auf wackligen Beinen gehe ich in den Flur, nehme mein Portemonnaie und ziehe zweihundert Pfund hervor, die ich ihm zitternd hinhalte. »Dafür, dass du ihn gefunden hast.«

Chase beachtet die Scheine nicht. Stattdessen sieht er nur mich an. Viel zu intensiv. Viel zu schön. Aus diesen verdammt goldbraunen Augen ...

»Ich will dein Geld nicht.«

»Du musst es nehmen, ich hab es versprochen«, setze ich hinterher und halte ihm das Geld noch dichter hin, aber er greift nur nach meiner Hand und drückt sie herunter. Plötzlich ist er mir viel zu nah ... Und ich will nie wieder etwas anderes als seine Nähe spüren.

»Ich. Will. Dein. Geld. Nicht. Brooklyn. Parker.« Er spricht so abgehackt, dass mir die Spucke wegbleibt und meine Knie, wie damals schon, weich werden.

»Ich hab dich vermisst.« Dieses Geständnis platzt aus mir heraus, und ich halte mir die Hand vor den Mund. »Das wollte ich nicht sagen ... Ich wollte dich fragen, ob ich sonst irgendwas für dich tun kann.« Geht es noch peinlicher, Brooklyn? Chase' Mundwinkel zucken, und wieder

205

bringt mich das Grübchen um den Verstand. Wieso nur? Wieso musst du so schön sein, Chase Graham?

»Eine Dusche wäre nicht schlecht.«

»Eine *was*?« Ist das sein Ernst? Chase deutet auf seine Klamotten, und ich erkenne jetzt erst, dass er genauso dreckig ist wie Ghost, der sich mittlerweile ins Innere der Wohnung verzogen hat, vermutlich um Schlaf nachzuholen.

»Mein Duschkopf ist gestern abgebrochen, und ich fühle mich echt dreckig«, erklärt Chase und lässt mich dabei keine Sekunde aus den Augen.

Und obwohl ich es nicht tun sollte, nicke ich schließlich, trete zur Seite und lasse ihn in meine Wohnung. Dabei hatte ich mir damals geschworen, ihn nie wieder in mein Leben zu lassen ...

»Danke, Brooklyn«, flüstert er mir im Vorbeigehen zu.

Bevor er im Bad verschwindet, bringe ich ihm aus dem Schlafzimmer ein frisches Handtuch. Als ich es ihm gebe, berühren sich unsere Finger flüchtig, und diese Berührung sorgt für das Einsetzen von Stromschlägen auf meiner Haut. An manchen Dingen ändert sich nichts ...

»Ach, und, Brooklyn?« Wieder dieser intensive Blick. Wieder werden meine Knie weich. »Ich hab dich auch vermisst.«

Und dann verschwindet er im Bad, während ich mich auf die Couch fallen lasse, die Beine an den Bauch ziehe und warte, bis mir das Rauschen des Wassers signalisiert, dass er unter der Dusche steht.

25

Chase

Das Wasser wäscht den ganzen Dreck von meinem Körper, der sich bei der Rettungsaktion von Ghost auf mir gesammelt hat. Ihn zu finden war leicht, aber auf das Gelände zu kommen war schon schwieriger. Ohne Troys und Mirandas Hilfe hätte ich es nicht geschafft, über diesen Zaun zu klettern.

Eine Weile genieße ich noch die Wärme des Wassers, bevor ich aus der Dusche steige, mich abtrockne und mir Boxershorts und Jeans überziehe. Das Shirt hingegen ist so dreckig und verschwitzt, dass ich es unter keinen Umständen noch einmal anziehen kann.

Also verlasse ich mit nacktem Oberkörper das Bad, und als ich Brooklyn auf der Couch sitzen und sich auf die Unterlippe beißen sehe, muss ich mir ein Lächeln verkneifen. Sie zu berühren hat etwas in mir bewegt, das ich drei Monate lang vor mir selbst verschlossen hatte. Und fuck, sie sollte nicht so schön sein. Ihr Blick gleitet sehnsüchtig über meinen Oberkörper. Ich könnte schwören, dass sie den Atem anhält.

»Hättest du noch ein Shirt für mich … von …?« Ich weiß, wie unpassend es ist, sie darum zu bitten, aber ich muss die Gelegenheit nutzen, so lange wie möglich in ihrer Nähe zu sein.

Es vergeht eine gefühlte Ewigkeit, bis sie etwas sagt.

»Natürlich.« Sie stützt sich vom Sofa ab und geht an mir vorbei ins Schlafzimmer.

Ihre Hände zittern, als sie mir kurz darauf ein Shirt hinhält, das ich sofort als mein eigenes identifiziere. Sie hatte es nach unserer Nacht in Manchester an, und es ist ein schönes Gefühl, dass sie es noch besitzt.

Ihr Blick wandert über meinen Bauch, hoch zu meiner Brust, und als er an meiner Narbe hängen bleibt, schluckt sie schwer.

»Ist die vom Unfall?« Ich folge ihrem Blick. Genau in der Mitte meines Brustkorbes zieht sich eine fünf Zentimeter lange Narbe über meine Haut. Eine, die mich mein Leben lang daran erinnern wird ...

»An der Stelle hat sich ein Teil der Karosserie in meine Brust gebohrt«, antworte ich schluckend. Allein bei der Erinnerung an die Schmerzen und das Ohnmachtsgefühl spüre ich einen Druck auf meiner Brust. Ich denke zurück an den Tag, den ich gern aus meinem Lebenslauf verbannen würde.

Brooklyn tritt näher, legt ihre Finger auf die Narbe und fährt sie nach, von oben nach unten. Anschließend zieht sie ihre Hand weg, als hätte sie sich gerade an mir und meiner Haut verbrannt.

»Tut mir leid, das hätte ich nicht tun dürfen.« Beschämt senkt sie den Blick.

Ich will ihr sagen, dass es okay ist, aber wenn ich ehrlich bin, weiß ich nicht, ob es das wirklich ist. Es wäre untertrieben zu sagen, dass Brooklyn Parker mir das Herz aus der Brust gerissen hat.

»Du solltest jetzt besser gehen«, flüstert sie und wendet den Blick von mir ab.

Ich streife mir das Shirt über, halte noch einen Moment inne und gehe schließlich zur Tür. Nachdem ich meine Schuhe angezogen habe, verabschiede ich mich noch von Ghost, der schnarchend im Flur liegt und sich von den aufregenden letzten Stunden erholt. »Hau nie wieder ab, versprochen, Kumpel?« Dann öffne ich die Tür, um zu gehen. Doch in letzter Sekunde hält mich Brooklyn mit einer Frage auf, die längst überfällig ist.

»Wieso? Wieso warst du nicht ehrlich zu mir, Chase?«

Ich bleibe im Türrahmen stehen und drehe mich langsam zu ihr um. Brooklyn steht noch immer an der Stelle, an der ich sie zurückgelassen habe. Das Gesicht zum Boden gewandt.

»Wieso hast du mir nicht gesagt, was passiert ist? Vielleicht hätte ich es dann verstanden.« Ihre Schultern sacken nach unten, während ich die Tür von innen zudrücke und zu ihr zurückgehe.

»Ich komme jetzt auf dich zu«, sage ich – wie in jener Nacht. Der Nacht, in der wir uns das erste Mal gegenüberstanden. Vor ihr bleibe ich stehen. »Ich war mir nie sicher, Brooklyn. Ich wusste nie, ob dein Thomas … der Thomas ist. Wie viele Unfälle passieren täglich in Manchester? Ich war mir einfach nicht sicher. Ich war an dem Tag dort, um meine Mutter im Krankenhaus zu besuchen. Sein Wagen hat mir die Vorfahrt genommen, und ich konnte nichts tun. Aber … wenn ich ehrlich bin, habe ich einfach nur dafür gebetet, dass meine Befürchtung nicht wahr wird, dass er nicht dein Thomas war.« Und das ist die Wahrheit, auch wenn sie albern klingt.

»Aber du hättest mir erzählen müssen, dass du den Verdacht hast«, sagt sie traurig. Ihre Schultern sacken noch ein Stück nach unten, während ich meine Arme um sie lege.

»Ich berühre dich jetzt«, sage ich rau. Und auch wenn sie sich anfangs versteift, entspannt sie sich schnell in meiner Umarmung. Die Augen hält sie immer noch geschlossen, ihre Tränen tropfen auf meine Brust. »Du musst wissen, dass ich dich nie verletzen wollte, Eselchen.« Als sie den Spitznamen hört, schluchzt sie heftig auf, woraufhin ich sie noch dichter an meine Brust ziehe. »Ich wollte alles, aber niemals das.« Tränen brennen in meinen Augen, weil mir ihr Schluchzen den Boden unter den Füßen entreißt.

»Aber du hast mich verletzt, Chase! Du hast mich angelogen. Was dachtest du? Dass ich dir einfach verzeihen kann? Sogar deine Blumen waren eines Tages weg.« Sie klingt selbst verbittert wunderschön.

»Ich hab dir wochenlang Blumen vor die Tür gelegt. Wochenlang hab ich an der Wand auf dich gewartet, aber du bist nie gekommen. Wochenlang hab ich dich jeden Tag ein bisschen mehr verloren und damit auch einen Teil von mir. Ich musste irgendwann aufhören, ich war kein Mensch mehr.« Meine Erklärung lässt sie noch heftiger weinen, und ich denke nicht daran, sie loszulassen.

»Die letzten Wochen waren die Hölle für mich«, gesteht sie leise. Dann dreht sie den Kopf zur Seite.

»Sieh mich an, Brooklyn.« Aber sie schüttelt unter Tränen den Kopf. Ich lege meine Hand unter ihr Kinn, hebe ihren Kopf an und lehne meine Stirn gegen ihre. »Öffne sie.«

Und als hätte sich ein Schalter in ihr umgelegt, schlägt sie die Lider auf und sieht mich an.

»Ich habe in den letzten Wochen in allen Augen deine gesucht.« Sie öffnet den Mund, aber sagt nichts. Ich sehe, wie sie versucht, sich wieder zu fangen.

»Ich habe in jedem Gesicht deines gesucht.« Mein Blick wandert über ihre mittlerweile längeren Haare, die in leichten Wellen auf ihre Schultern fallen.

Noch jetzt erinnere ich mich an jeden Moment mit ihr. Jeden Kuss, jede Berührung. Jede Note, die ich ihr vorspielte, jedes Wort, das ich ihr vorlas. Jedes Lachen, das ich ihr schenkte, und jedes Mal, wenn ich sie mit den Klavierstücken zum Weinen brachte.

»Ich habe dich jede Nacht in meinen Träumen geliebt«, sage ich abgehackt, weil ich kurz davorstehe, die Kontrolle zu verlieren. Unsere Blicke verkeilen sich, und ich wische ihre Tränen weg. Sie erinnern mich zu schmerzlich daran, was ich verloren habe, weil ich nicht ehrlich war.

»Wenn du mich lassen würdest, würde ich alles wiedergutmachen, das verspreche ich dir.« *Gott, Brooklyn, ich würde alles tun, um dein Lächeln zu sehen. Verdammt noch mal alles.*

»Wenn ich dich lassen würde«, sagt sie mit geschürzten Lippen.

»Aber du wirst mich nicht lassen, hab ich recht?«, unterbreche ich sie.

Ihre Augen glitzern und ihre Unterlippe bebt, weil sie nach den richtigen Worten sucht. Die Angst, dass sie mich einfach wieder ausschließen könnte, wird übermächtig. Doch dann schließt sie die Augen, stellt sich auf die Zehenspitzen und küsst mich. Erleichtert greife ich in ihr Haar und intensiviere den Kuss. Genieße das Gefühl, endlich wieder ganz zu sein.

Einen Moment lang vergessen wir, was passiert ist und dass ich alles kaputtgemacht habe. Wir lassen unsere Körper sprechen. Unsere Lippen sind zaghaft, und doch sagt ein Kuss von ihr so viel aus. Sie löst sich von mir, zögert aber immer noch.

»Ich will dir verzeihen.« Sie schluckt. »Und das werde ich auch. Aber ich muss das Chaos in meinem Kopf ordnen.«

Verständnisvoll nicke ich und lege meine Hand an ihre glühende Wange. Es gibt noch Hoffnung, Graham. Jetzt liegt es an mir, sie zu ergreifen und nicht wieder alles gegen die Wand zu fahren.

26

Brooklyn

Einige Tage später ...

»Hat er sich eigentlich noch mal bei dir gemeldet?« Molly hat mich angerufen, um mir zu sagen, dass das Café heute geschlossen bleibt. Und jetzt quatschen wir schon seit zwei Stunden.

»Nein. Und ich weiß auch nicht, ob ich es so schnell will. Ich meine, es ist so viel passiert.« Es sind so viele Tränen geflossen.

»Aber er hat dir gefehlt«, stellt Molly fest.

»Natürlich.« Ghost legt den Kopf auf meinem Oberschenkel ab und lässt sich von mir streicheln. »Trotzdem brauche ich Zeit für mich, um zu entscheiden, wie es weitergehen soll. Ich ... es ist viel Zeit vergangen, Molly. Und das, was passiert ist, ist nun mal passiert.«

»Ja, Wochen, in denen du wie ein Zombie durch die Welt geirrt bist. Chase ist dir doch die ganze Zeit durch deine Gedanken gespukt, und jetzt ist er wieder in dein Leben gekracht. Für mich ist das Schicksal, Brooke.«

»Schicksal gibt es nicht.« Seit Thomas' Tod nicht mehr.

Molly seufzt, weil sie sich zum hundertsten Mal an mir die Zähne ausbeißt. »Du hast deinen Mann verloren. Ziehst in eine völlig fremde Stadt und verknallst dich in deinen Nachbarn, der zufälligerweise in den Unfall verwickelt gewesen ist. Sorry, Süße, aber das klingt für mich sehr wohl nach Schicksal.«

So betrachtet hat sie recht. Das ist völlig verrückt. Und zur selben

Zeit wehre ich mich mit Händen und Füßen dagegen, Chase als mein Schicksal zu bezeichnen.

...

Ghost und ich gehen später eine so ausgiebige Runde, dass es bereits dunkel wird, als wir nach Hause zurückkehren. Ich schalte das Licht im Hausflur an und halte nach Chase Ausschau.

»Meinst du, es geht Garfield gut?«, frage ich Ghost und muss lachen, als ich an den Tag denke, an dem er in Chase' Wohnung gerannt ist und diese Vase zerdeppert hat.

Als wir unsere Etage erreichen, stürmt Ghost zur Tür und stupst mit der Nase einen Umschlag an, der auf meiner Fußmatte liegt, gemeinsam mit einem Strauß Blumen. Stirnrunzelnd hebe ich beides auf, schließe die Wohnung auf, trete ein und stoße die Tür mit dem Fuß hinter mir zu.

Danach leine ich Ghost ab und lehne mich gegen die Wand im Flur, um den Brief aufzureißen. Die Blumen halte ich in der anderen Hand fest umklammert.

Brooklyn.

Anfangs war da nur deine Schrift. Deine viel zu traurige Schrift. Ich erinnere mich noch daran, wie ich mich gefühlt habe, als ich sie das erste Mal gesehen habe.

Und als ich dann deine Stimme hörte, war es um mich geschehen. Ich weiß nicht, ob es an der Art liegt, wie du die Worte betonst, aber aus deinem Mund klingt selbst etwas Banales wie »Gute Nacht« besonders.

Und ich hatte nie so schöne Nächte wie die, in denen du auf deiner Seite der Wand an mich gedacht hast, während ich das Gleiche auf meiner Seite tat.

Ganz zu schweigen von dem Moment, in dem ich dich das erste Mal gesehen habe. Willst du wissen, was mir als Erstes durch den Kopf ging?

Perfekt.

Du bist perfekt, Brooklyn Parker.

Perfekt kaputt.

Perfekt zersprungen.

Perfekt von innen und außen.

Und dann sind da deine Augen ... Ich habe dir gesagt, dass ich in den letzten Monaten in allen Augen deine suchte. Aber das ist nicht die ganze Wahrheit. Wenn ich ehrlich bin, habe ich deine Augen schon gesucht, bevor ich dich kannte.

Wenn ich könnte, würde ich die Zeit zurückdrehen. Vielleicht habe ich den Unfall nie erwähnt, weil es mich zu sehr an die Zeit danach erinnert hätte. Ich habe nicht nur mit meinen Schuldgefühlen kämpfen müssen, sondern auch einen wichtigen Teil meines Lebens in Manchester verloren. Ich habe dir nie viel von meiner Familie erzählt, weil es keine Familie mehr gibt, Brooklyn. Mein Vater hat sich von mir abgewandt, als meine Mutter gestorben ist. Aber einer Sache bin ich mir sicher: Du hättest meine Mutter geliebt und sie dich. Gott, ich wünschte, du hättest noch die Chance, sie kennenzulernen. Aber ich weiß, dass das Leben so nicht spielt. Vielleicht hätte ich eine andere Route nehmen sollen, nachdem mich der Arzt angerufen und ins Krankenhaus bestellt hat. Vielleicht wäre er dann noch am Leben. Ich weiß, dass ich dich dann nie kennengelernt hätte und dass ich keine Chance bei dir hätte, wenn es ihn noch gäbe, aber weißt du was? Das ist egal. Ich will, dass du glücklich bist. Wenn du es mit mir bist: perfekt. Wenn du es ohne mich bist: okay. Aber bitte sei verdammt noch mal glücklich. Erlaube es dir, anstatt dein Leben von Verboten bestimmen zu lassen.

Du darfst leben.

Du darfst lachen.

Und du darfst verdammt noch mal lieben.

Wen du willst. Wo du willst. Wie du willst.

Wenn ich es bin: perfekt. Wenn ich es nicht bin: okay.

Die Blumen sind Anemonen. Sie stehen für die Hoffnung. Und ich hoffe, seit ich dich das letzte Mal gesehen habe, dass ich mich eines Tages wieder so lebendig fühlen werde wie an diesem Morgen. Du hast gesagt, dass du mir vielleicht irgendwann verzeihen wirst, dass ich dich belogen habe.

Egal, wie unsere Geschichte ausgehen wird, ob Happy End oder nicht ... ich werde hier auf meiner Seite der Wand auf dich warten.

In Liebe,

dein Nachbar, Chase Graham

Mir gleitet das Papier aus den Händen, genau wie der Strauß Blumen, der auf den Boden fällt. Meine Gedanken überschlagen sich, und ich weiß nicht mehr, wo oben und unten ist. Das, was in meiner Brust schlägt, fühlt sich das erste Mal wieder lebendig an.

Hektisch renne ich ins Schlafzimmer, in das Ghost mir schwanzwedelnd folgt, als wüsste er, was hier auf mich wartet. An der Stelle, an der einst die Tür war, ist jetzt Beton. Ich knie mich aufs Bett, lege meine Hände an die Wand und drücke mein Ohr dagegen.

Es dauert nicht lange, bis ich aus der Wohnung nebenan eine mir nur allzu vertraute Melodie höre – *River Flows in You*. Mein Herz zieht sich zusammen und wieder auseinander. In den letzten Monaten hat Chase nie gespielt, und ich wusste immer, dass es an mir lag. Ich lehne mich gegen die Wand, lausche der Musik und spüre etwas in mir, das ich so lange nicht zulassen wollte: Glück.

Als das Stück schließlich zu Ende geht, balle ich meine Hand zur Faust und klopfe einmal schwungvoll gegen die Wand. Weil keine Antwort kommt, klopfe ich stärker gegen die Wand, immerhin ist der Beton deutlich widerspenstiger.

»Du spielst wieder«, sage ich so laut, dass er mich hören kann. Ghost setzt sich neben mich aufs Bett und bellt einmal kurz auf, als wüsste er, dass sein Retter auf der anderen Seite der Wand auf ihn wartet.

»Ich hätte nie damit aufhören dürfen.« Seine Antwort öffnet langsam den Knoten, der um mein Herz gebunden war.

»Nein, du hättest nie aufhören dürfen«, spreche ich ihm nach. Mein Herz donnert gegen den Stoff meines Shirts, und ich presse meine Stirn gegen die Wand. Und endlich weiß ich ganz genau, was zu tun ist.

27

Chase

Ich höre ein leises Klopfen, und als ich realisiere, dass es nicht von der Wand, sondern von der Wohnungstür kommt, stürme ich in den Flur.

Sobald ich die Tür geöffnet habe und ihre schwachen Umrisse in der Dunkelheit sehe, zieht sich mein Herz zusammen.

»Hey«, flüstere ich ihr entgegen. Sie zupft am Saum ihres Shirts, was mir zeigt, wie nervös sie ist. Und dass sie keine Ahnung hat, was sie hier will. Ich hingegen weiß genau, was ich will.

Mit einem Satz habe ich nach ihrer Hand gegriffen und sie an mich gezogen. Brooklyn schlingt ihre Arme um mich und presst ihre Stirn gegen meine Brust. Ob sie hört, wie verräterisch laut mein Herz schlägt?

»Hey«, antwortet sie schüchtern. Ehe ich mir überlegen kann, wie es weitergehen soll, hebt Brooklyn ihr Gesicht und legt ihre Lippen auf meine. So zaghaft, als wäre sie ein Schmetterling, der gleich wieder davonflattert.

Ich seufze an ihrem Mund, greife unter ihre Knie und hebe sie hoch. Trage sie in mein Schlafzimmer, in dem reinstes Chaos herrscht, weil ich in den letzten Monaten mehr auf der Arbeit gelebt habe als hier. Ein Licht in der Ecke erhellt den Raum, und als wir uns voneinander lösen, lacht Brooklyn laut auf.

»Es sieht aus, als hätte hier eine Bombe eingeschlagen!«

Und sie hat recht: Der Boden ist mit Klamotten übersät, sodass ich aufpassen muss, wohin ich trete. Lediglich das Klavier steht sauber an seinem Platz.

»Ich wollte dich gerade fragen, ob ich hierbleiben darf.«

»Aber?« Verdammt. Es darf kein Aber geben! Ich bin jedes Aber aus ihrem wunderschönen Mund leid.

»Aber du hast keinen Platz auf dem Bett«, erinnert sie mich daran, dass die komplette Matratze voll mit Kleidung und Büchern ist. »Was bist du naiv«, sage ich lachend und trage sie weiter durch den Raum. »Wir brauchen kein Bett.« Und mit diesen Worten setze ich sie auf meinem Klavier ab und sehe sie an. Diese perfekte Frau mit dem perfekt schüchternen Lächeln. Sie schließt die Augen, wartet ab, was ich als Nächstes tun werde. Also greife ich nach ihrem Shirt und streife es ihr ab. Sie erzittert am ganzen Körper, als ihre nackte Haut auf das Klavier trifft.

»Gott, ist das kalt!«

Ich beuge mich über sie, sodass ich ihren Oberkörper mit meinem bedecke, und vergrabe mein Gesicht in ihrem Haar.

»Gleich wird dir heiß, versprochen«, sage ich neckend.

Wieder bebt ihr Körper. Während meine Hände langsam ihren Rücken entlangfahren und ihren BH öffnen, legt sie den Kopf auf die Seite und beobachtet mich dabei, wie ich sie ausziehe. Kleidungsstück für Kleidungsstück. Ich streife ihr die Jeans von den Beinen und anschließend den Slip, bis sie nackt vor mir liegt.

»So würde ich dich gern malen«, raune ich und fahre in Gedanken ihre Kurven nach. Wie lange habe ich nicht mehr gezeichnet? Es ist, als hätte ich mit dem Unfall alle Leidenschaften verloren, und Brooklyn ist diejenige, die sie mir zurückbringt.

»Wieso tust du es nicht?«, fragt sie atemlos.

Weil ich keinen klaren Gedanken fassen kann, verdammt! »Weil ich lieber das hier mache.« Und mit diesen Worten beuge ich mich über sie, lege ihre Hände über ihrem Kopf auf dem Klavier ab und halte sie unter mir gefangen. Danach küsse ich jeden Zentimeter ihrer perfekten Haut. Ihre Lippen, ihre Wangen, ihren Hals, ihre Brüste, ihren Bauch. Als ich schließlich mit meiner Zunge über ihre Mitte fahre, spannt sie ihre Glieder ruckartig an.

»Oh, Chase«, keucht sie und biegt ihren Rücken durch, während ich mit der Zunge in sie eindringe. Erst langsam, dann schneller. Erst zaghaft, dann wilder. Und mit jeder Massage meiner Zunge treibe ich sie dem Höhepunkt näher. »Schlaf mit mir, Chase«, murmelt sie.

Ich löse mich von ihrem Zentrum, genieße, dass ich sie auf meiner Zunge schmecke, und öffne meine Jeans. Brooklyn setzt sich auf, nimmt meine Hände und legt sie auf ihre Taille. Danach greift sie nach meinem Shirt und streift es mir ab.

Einen Moment lang sieht sie meine Narbe an, dann beugt sie sich vor und küsst dieses grausame Andenken an den fünfzehnten November.

»Ist es seltsam, dass sie mich an Thomas erinnert?« Brooklyn sieht mich aus ihren grünen Augen an, nachdem sie sich von meiner Narbe gelöst hat, und wartet auf meine Antwort.

»Es ist seltsam«, sage ich und schlucke. »Aber es ist okay.« Und das ist es wirklich. Thomas wird immer ein Teil von ihr sein. Solange sie hier vor mir sitzt und mich sieht, habe ich alles, was ich brauche.

»Ich glaube, ich liebe dich, Chase.« Sie sagt es so erschüttert, dass es sie selbst aus der Bahn wirft. Als hätte sie es sich in dieser Sekunde selbst zum ersten Mal eingestanden.

»Ich glaube nicht nur, dass ich dich liebe, Brooklyn. Ich weiß es«, sage ich ehrlich. Als Antwort lehnt sie ihre Stirn gegen meine Brust und küsst ein weiteres Mal meine Narbe, direkt neben meinem Herzen, das auf doppelte Größe anschwillt.

Danach sagt keiner mehr etwas. Wir lassen unsere Körper sprechen. Brooklyn zieht mir die Jeans aus, und sobald ich mir ein Kondom übergestreift habe, drücke ich ihren Oberköper zurück auf das Klavier. Dieses Mal scheint ihr die Kälte egal zu sein, weil die Hitze, die zwischen uns herrscht, stärker ist.

Ich lege meine Hände auf ihre Knie, schiebe sie auseinander und dränge mich zwischen ihre Beine. Brooklyn sieht mich währenddessen stumm an, und als würde sie verstehen, dass ich sie um Erlaubnis frage, nickt sie.

Sekunden später dringe ich in sie ein.

Und verdammt. Ich spüre den Himmel. Spüre, wie es sich anfühlt, ganz zu sein. Spüre die Schneeflocken mitten im Frühling und die Sonne mitten im Herbst.

»Du glaubst nicht, wie schön du bist.« Ich schiebe mich tiefer in sie, und als ich mich über sie beuge, bohren sich ihre Finger in meinen Rücken, als würde sie Angst haben, dass ich sie sonst verlassen könnte.

»Ich verlasse dich nicht, Brooklyn. Die Geschichte wird sich nicht wiederholen, hörst du?« Ich sehe ihr tief in die Augen, während wir verschmelzen. Ich vergesse alles um mich herum, weil nur eins zählt: diese kaputte Frau unter mir, die es wert ist, geheilt zu werden.

28

Brooklyn

Unsere Körper sind perfekt füreinander. Als wäre er der Schlüssel zu meinem kaputten Schloss. Wir lieben uns die ganze Nacht lang. Auf dem Klavier. Auf dem Boden. Auf der Fensterbank. Wir lieben uns. Berühren uns und holen das nach, was wir in den letzten Monaten verpasst haben.

Und als wir schließlich gemeinsam kommen, hört mein Herz für kurze Zeit auf zu schlagen. Gerade als ich ihm sagen will, dass ich ihn liebe, beginnt Ghost in meiner Wohnung kraftvoll zu bellen. Chase vergräbt sein Gesicht an meinem Hals und lacht kehlig.

»Da war wohl jemand zu laut«, raunt er in meinem Nacken und sorgt für eine Gänsehaut an meinem ganzen Körper.

»Da war wohl jemand zu laut«, pflichte ich ihm lachend bei. Chase legt sich neben mich und zieht mich in seine Arme. Wir liegen auf einer Decke auf dem Boden und halten uns.

»Darum habe ich mir nie einen Hund geholt. Garfield würde nie auf die Idee kommen, bei einem lauten Orgasmus Terror zu machen«, stellt Chase schmunzelnd fest. Und auch ich kann seit einem halben Jahr das erste Mal ohne ein schlechtes Gewissen lachen.

»Aber du magst Ghost?«, frage ich ihn interessiert.

»Und wie«, antwortet er ehrlich.

»Gut. Denn mich bekommst du nur in Kombination mit ihm.«

Meine Worte lassen ihn aufhorchen, und Sekunden später haucht er mir einen Kuss auf den Scheitel.

»Du hast mir wirklich verziehen?«

Hat er das immer noch nicht verinnerlicht? Ich presse mich dichter gegen ihn, genieße seine nackte Haut an meiner. Mit den Fingerspitzen fahre ich über die Narbe auf seiner Brust und spüre, dass er dabei den Atem anhält.

»Du hast es mir zwar schon geschrieben, aber ich würde es gern aus deinem Mund hören: Was hast du an dem Tag in Manchester gesucht?« Ich will mit meiner Frage nicht die Stimmung ruinieren, aber ich muss es wissen. All das, was er mir bis jetzt verschwiegen hat. Chase war immer wie ein unbeschriebenes Blatt.

»Meine Mom ... wir hatten nie sonderlich viel Kontakt. Du musst wissen, dass sie nie eine gute Mutter war. Im Prinzip war ich schon mit fünfzehn auf mich allein gestellt, weil sie sich zu sehr mit ihrer Karriere befasst hat. Meinem Vater waren ohnehin nicht viele Dinge in seinem Leben wichtig. Mein Bruder und ich hatten immer das Gefühl, wir wären nur ein Klotz an ihren Beinen. Und als ich gerade anfing, mein eigenes Leben zu leben, wurde sie krank. Mit ihrer Krankheit hat sie sich um einhundertachtzig Grad gedreht«, verrät er mir leise.

Wie eine Gewitterwolke breitet sich seine Geschichte über uns aus, und ich bin mir sicher, dass sie sich noch heute Nacht entladen muss.

»Sie hat plötzlich angefangen, sich mit mir zu befassen. Hat sich für mein Leben interessiert, das sie sonst nur aus knappen Erzählungen kannte. Die Krankheit hat ihr gezeigt, dass ein Job nicht alles im Leben ist und dass es wichtigere Dinge gibt. Da sie meinen Bruder verloren hatte, als er entschied, nach Rom zu gehen, hat sie umso härter an unserer Beziehung gearbeitet. Sie hat die ersten Jahre noch hier im Krankenhaus verbracht, und ich war jeden Tag bei ihr. Aber dann wurde sie aufgrund des fehlenden Behandlungserfolges nach Manchester verlegt.«

»Was für einen Krebs hatte sie?« Ich fahre mit den Fingern über seine definierten Bauchmuskeln und versuche, für ihn stark zu sein.

Hier und jetzt geht es das erste Mal, seit wir uns kennen, nicht nur um mich und meinen Verlust. Das Leben dreht sich nicht nur um mich und meine Trauer, sondern um so viel mehr.

»Darmkrebs. Stadium drei. Durch gute Kontakte meines Vaters ist sie nach Manchester ins Krankenhaus zu einem Spezialisten gekommen, und an dem Tag im November wollte ich sie besuchen, weil mir der Arzt sagte, dass es schlecht um sie stünde. Aber ich bin nicht als Besucher ins Krankenhaus gekommen, sondern mit einem tiefen Cut in meiner Brust und gebrochenen Rippen.« Der Glanz in seinen Augen verrät mir, wie es in ihm aussieht. Warum konnte ich nicht früher sehen, wie traurig er ist?

»Das tut mir so leid, Chase.« Ich kuschle mich noch dichter an seine Brust und genieße es, von ihm gehalten zu werden, während er mich in seine Welt lässt und seinen Schmerz preisgibt.

»Ich war gerade auf dem Weg zum Krankenhaus, als der Unfall passiert ist. Die Straßen waren glatt, und plötzlich war da dieser blaue Wagen, der mir die Vorfahrt nahm. Es ging alles viel zu schnell, innerhalb von Sekunden war ich bewusstlos. Ich erinnere mich zwar daran, dass ich eine Frau habe schreien hören, aber ich konnte nichts sehen, weil ich immer benommener wurde. Und dann wurden die Schmerzen zu groß, und ich wurde erst wieder im Krankenhaus wach.« Man hört ihm an, wie schwer es ihm fällt, über den Tag zu reden, und vielleicht merkt man mir auch an, wie schwer es mir fällt, etwas darüber zu hören. Etwas, das ich bis heute noch nicht wusste.

»Die Polizei sagte, Thomas war nicht angeschnallt. Dadurch wurde er durch die Frontscheibe geschleudert und war sofort tot«, wispere ich. Die Erinnerung an seine leblose Hand in meiner nimmt mich für einen Moment gefangen. Die Erinnerung an meine Tränen, meine Schreie, die Stimmen der Menschen um uns herum und Ghosts kleine Pfoten. Der Gedanke, dass Chase schon damals an meinem Leben teilhatte, ist erdrückend. »Wie ist es mit deiner Mom weitergegangen?« Ich stütze mich auf die Ellbogen und streiche ihm eine verirrte Strähne aus dem Gesicht.

»Sie hat die folgende Nacht nicht überlebt.« Und wieder sticht Chase mir ein Messer ins Herz und dreht an dessen Griff.

»Das heißt, du ...?«

»Ich konnte mich nicht von ihr verabschieden, weil ich eine Woche lang auf der Intensivstation lag«, sagt er mit zusammengepressten Zähnen und nickt. »Mein Vater hat mir vorgehalten, dass ich sie nicht sehen hätte wollen, obwohl er im Krankenhaus war und wusste, dass ich einen Unfall hatte. Vermutlich hat er nur nach einem Grund gesucht, mich danach aus seinem Leben zu streichen. Er war nie für mich da, und das wollte er auch nach Moms Tod nicht ändern. Seitdem habe ich keinen Kontakt mehr zu ihm.« Er versinkt kurz in Stille. »Aber lass uns über etwas anderes reden, okay?« Und das Lächeln, das er mir Sekunden später schenkt, vertreibt die Gewitterwolken über uns. Ich atme tief durch und nicke.

»Ich habe dir wirklich verziehen.« Meine Antwort auf seine Frage kommt unerwartet, und sein Lächeln sollte Beweis genug sein: Das hier ist Glück in seiner reinsten Form. Wir sind beide auf unsere Art und Weise zersprungen und trotzdem gemeinsam noch ganz.

»Du bist verrückt, Brooklyn Parker.«

»Du bist verrückt, Chase Graham«, murmle ich gegen seine Brust. Fahre über die erhabene Haut der Narbe und hinab zu seinem Sixpack.

»Verrückt nach dir.« Und mit diesen Worten hat Chase sich auf mich gerollt, und anhand der Härte, die sich gegen meinen Bauch presst, weiß ich, dass er mich will, so wie ich ihn will. Ich weiß, dass er diese Ablenkung jetzt genauso dringend braucht wie ich.

»Sollten wir nicht langsam schlafen? Du musst doch morgen arbeiten«, necke ich ihn, obwohl ich eigentlich nur eins sagen will: Küss mich, verdammt!

»Es gibt Wichtigeres, Schlaf wird überbewertet.« Und dann beginnt er, meine Halsbeuge zu küssen.

»Chase?«

Er hält inne und sieht mich aus seinen goldbraunen Augen an.

»Ich bin auch verrückt nach dir.« Mein Geständnis entlockt ihm ein

Lächeln, das alle meine Synapsen in Flammen setzt. Das Grübchen raubt mir den Atem, und als Chase meine Haut mit seinen Küssen übersät, weiß ich, dass ich mich richtig entschieden habe. Auch ein Desaster braucht ein Happy End.

Er stoppt seine Küsse, um mich anzusehen. Als er das tut, steht meine Welt für einen Moment komplett still. Die ganze Zeit über hatte ich die Angst, ich könnte die Erinnerung an Thomas oder das Besondere, was wir hatten, verlieren, wenn ich mich auf Chase einlasse. Jetzt weiß ich es besser. Ich wurde von Thomas geliebt, über den Tod hinaus. Und jetzt werde ich von Chase geliebt, wie sich Lebende nur lieben können. Ja, ich bin mir mittlerweile sicher, dass es okay ist, zwei Männer zu lieben.

Thomas als meine Vergangenheit und Chase als meine Zukunft.

Für immer.

Wie immer.

Nie weniger. Immer nur mehr.

...

»Das heißt, ihr seid jetzt ein Paar? So richtig mit allem Drum und Dran?« Molly durchbohrt mich mit ihren neugierigen Blicken, und ich würde sie am liebsten hier ohne eine Antwort stehen lassen. Immerhin kenne ich die Antwort selbst nicht, weil wir noch nicht explizit darüber gesprochen haben!

»Keine Ahnung!«

»Wie? Keine Ahnung? Fängt das Ganze jetzt wieder von vorn an? Ganz ehrlich, Brooklyn?« Sie legt den Kopf schief und gestikuliert wild mit ihren Händen. »Ich meine, der Typ hat dir Blumen im Wert eines Kleinwagens geschenkt, obwohl du ihn ignoriert hast. Der ist so was von verschossen in dich, dass er dich vermutlich auf der Stelle heiraten würde.«

Stimmt das? Plötzlich klopft mein Herz doppelt so schnell, und ich schlucke den Druck in meiner Kehle herunter. Denn so viel ich auch für ihn empfinde, geht mir das etwas zu schnell.

»Heiraten?«, frage ich unsicher.

»Ich meine ja nur. Keine Sorge, ich denke nicht, dass er dir jetzt einen Antrag machen wird. Aber du willst ihn, er will dich. Wo liegt das Problem?«

Molly hat recht: Es gibt kein Problem, und das weiß ich jetzt. Aber weil ich mich unter ihren bohrenden Blicken unbehaglich fühle, lenke ich schnell ab.

»Du bist untervögelt, oder?«, ziehe ich sie auf, weil ich weiß, dass seit der Trennung von Bryan nichts mehr in ihrem Bett läuft.

»Und wie! Eine Woche ohne Sex, und meine Synapsen brennen durch, wenn ich einen Kerl sehe. Egal wie alt, egal wie dreckig. Egal ob groß, klein, dick, dünn, lang oder kurz.«

»Du redest von Penissen, oder?« Ich rümpfe die Nase, als sie euphorisch nickt und sich auf die Unterlippe beißt. Diese Frau ist tatsächlich meine beste Freundin? »Das ist abartig, weißt du das?«

»Nein, nein, Süße. Abartig ist, dass du dich immer noch gegen deine Gefühle wehrst, obwohl sie für jeden sichtbar sind«, dreht sie den Spieß um. Dabei habe ich ihm doch längst verraten, was ich für ihn empfinde.

»Wie auch immer.« Ich wische den Tresen, reinige den Kaffeevollautomaten, und als mein Handy klingelt und ich seinen Namen lese, gehe ich etwas zu euphorisch ran.

»Brooklyn?«, fragt mich eine mir unbekannte Stimme. Das ist definitiv nicht Chase! Prüfend sehe ich noch einmal auf das Display, auf dem sein Name steht.

»Ähm ... ja?«

»Na, zum Glück hatte ich deinen Namen noch auf dem Schirm, in seinem Handy heißt du nur Esel.«

»Meinst du Eselchen?«, hake ich grinsend nach.

»Ja, Eselchen. Hör zu.« Er räuspert sich. »Ich weiß, dass wir uns nicht gut kennen, aber vielleicht hat Chase schon mal von mir erzählt, ich bin sein bester Kumpel.«

»Ah, Toni«, sage ich absichtlich falsch und grinse mir ins Fäustchen. Wieso um Himmels willen ruft mich Troy mit Chase' Handy an? Wo ist Chase? Er müsste doch längst bei der Arbeit sein.

»Troy, aber Toni ist auch okay«, sagt er unsicher. »Hör zu, es geht um Chase ... Brooklyn, er ist im Krankenhaus.«

Ich lasse das Handtuch, das ich in der Hand halte, zu Boden fallen und schnappe nach Luft. »Nein.« Mehr bekomme ich nicht heraus. Meine Schultern beben, und als Molly sich neben mich stellt, um das Gespräch mit anzuhören, wird mir kurz schwarz vor Augen.

»Er kam heute Morgen völlig übermüdet zur Arbeit, sagt sein Chef. Er war gerade dabei, an einem Kundenfahrzeug zu arbeiten, als er sich an einer der Maschinen verletzt hat.«

In diesem Moment bricht alles in mir zusammen. Unsere Nacht. Alles zieht an mir vorbei. Wie wir uns geliebt haben, bis die Sonne aufging. Wir haben geredet, gelacht, geweint, haben die Zeit vergessen. Und als Chase am Morgen zur Arbeit musste, war er alles andere als ausgeschlafen. Meine Beine zittern, und Troy sagt etwas, aber ich kann es nicht richtig verstehen.

»Ich wollte dir Bescheid geben, dass er im Bedford Hospital in der Kempston Road liegt, und ... vielleicht willst du ja vorbeikommen. Ich denke, es würde ihm Kraft geben, wenn du auch da bist.«

Ich verabschiede mich von Troy, reiße mir die Schürze vom Leib und stürme zur Tür.

»Warte, Brooklyn.« Molly legt ebenfalls die Schürze ab und folgt mir.

»Aber was ist mit dem Café?«, frage ich sie unsicher, während sie das »Open«-Schild umdreht, damit die Gäste sehen können, dass geschlossen ist.

»Das muss für ein paar Stunden zubleiben. Komm, ich fahre dich, dann geht es schneller.«

Gemeinsam rennen wir zu Mollys Wagen, steigen ein und steuern das Krankenhaus an.

Wieso, Chase?

Wieso?

Du hattest mir versprochen, dass sich die Geschichte nicht wiederholen würde. Wieso nur fühlt es sich dann genau so an?

...

»Troy?«, frage ich unsicher.

Ein junger Mann sitzt im Warteraum und steht prompt auf, als wir auf ihn zugehen. Obwohl Troy und ich uns nicht wirklich kennen und uns nur zwei- oder dreimal flüchtig gesehen haben, nimmt er mich sofort fest in die Arme. Er sieht ganz anders aus als Chase. Seine Haare sind kurz und blond, seine Augen strahlend blau. Auf seine Art und Weise ist er ziemlich attraktiv.

»Da bist du ja. Der Arzt müsste gleich da sein«, murmelt er in mein Haar. Danach begrüßt er Molly, und als sich die beiden in die Augen sehen, scheint die Zeit um uns herum stillzustehen. Sie gibt ihm zögerlich die Hand, die er sofort ergreift und etwas zu lange schüttelt.

»Kannst du mir erzählen, was du weißt?«

Troy bittet mich, Platz zu nehmen, aber ich denke nicht einmal daran. Wie soll ich mich denn jetzt hinsetzen und die Ruhe bewahren? Mein ganzer Körper steht unter Strom, und ich weiß nicht, wie ich mit den rasenden Gedanken in meinem Kopf klarkommen soll, also laufe ich auf dem Flur auf und ab.

»Viel weiß ich auch nicht, aber meine Mom arbeitet im Krankenhaus und hat mir direkt Bescheid gegeben, als er eingeliefert wurde. Sein Chef hat den Krankenwagen gerufen.«

»Oh Gott, und ich bin schuld daran«, sage ich und schluchze heftig auf. Als Antwort nimmt Molly mich in die Arme.

»Red keinen Unsinn, Brooklyn!«

»Doch, ich bin schuld! Wäre ich gestern nicht zu ihm gegangen, wäre er heute Morgen nicht todmüde zur Arbeit gefahren. Verdammt, ich hätte ihn aufhalten müssen!«

»Hey, alles wird gut. Warten wir einfach ab, was der Arzt sagt, okay?«
Ich nicke unter Tränen, auch wenn Warten definitiv nicht das ist,
was ich will ... Ich will bei ihm sein. Seine Hand halten. Oder eine verdammte Zeitmaschine erfinden, die mich alles anders machen lässt.
»Willst du etwas trinken? Einen Tee oder so was?« Troy sieht mich
aufmerksam an, und als ich nicke, bittet er Molly, ihn zu begleiten, während ich mich jetzt doch auf einen der Stühle setze, nach draußen in den
Regen sehe und die Augen schließe. *Halte durch, Chase. Bitte, verlass mich
nicht. Nicht du auch noch ...*

· · ·

»Sind Sie Troy Chesterfield?« Die Ärztin mit den aschblonden Haaren
und der großen braunen Brille tritt in den Wartebereich, und umgehend
sind wir alle hellwach. Seit unserer Ankunft im Krankenhaus sind sicher
schon mehrere Stunden vergangen, in denen wir erst auf heißen Kohlen
gesessen haben und schließlich weggedämmert sind.

»Ja, genau, der bin ich.« Troy steht auf, und auch ich stemme mich
hoch, um auf die Ärztin zuzugehen.

»Mr Graham ist stabil, aber er wird noch ein wenig Zeit brauchen,
um zu genesen.« Ihre Worte drehen sich, sodass ich den Sinn des Satzes
nicht ganz verstehe, und erst als Troy seinen Arm brüderlich um meine
Schultern legt, atme ich die angestaute Luft aus. »Er hat sich eine Quet-
schung zugezogen. Die Hebebühne muss einen Defekt gehabt haben
und ist automatisch heruntergefahren. Sein Oberschenkelknochen ist
angebrochen. Aber wir können glücklich sein, dass es so glimpflich ausgegangen ist und sein Kollege die Bühne rechtzeitig stoppen konnte.«
Die Ärztin lächelt uns aufmunternd an und drückt sich das Klemmbrett
unter den Arm.

»Und wann können wir zu ihm?« Ich wünsche mir, dass sie mich
gleich zu ihm lässt, aber sie legt nur entschuldigend ihre Hand auf
meine Schulter.

»Sind Sie seine Freundin?«, fragt sie mich. Umgehend verspüre ich den Wunsch, sie in den Arm zu nehmen und mich bei ihr zu bedanken, weil sie sich um ihn kümmert, wenn ich es nicht kann.

»Ja, das bin ich.« In diesem Moment denke ich nicht darüber nach, wie Chase und ich zueinander stehen und was das zwischen uns ist. Jetzt lasse ich einfach mein Herz sprechen, und das will nur eins: an seiner Seite sein. Die Frau sein, die ihn zum Fluchen und Schreien bringt, nur um ihm kurz danach wieder ein Lächeln aufs Gesicht zu zaubern.

»Heute Abend können Sie gern zu ihm. So lange würde ich ihn noch den Schlaf nachholen lassen. Das gilt auch für Sie, Mr Chesterfield.« Wir nicken beide dankbar, und als die Ärztin sich entfernt, liegen wir uns plötzlich zu dritt in den Armen, als würden wir einander schon ewig kennen.

»Was meint ihr? Wollen wir die Zeit sinnvoll nutzen und im Park einen Kaffee trinken gehen?« Es ist Troys Vorschlag, auf den Molly sofort anspringt.

Ich schüttle den Kopf. »Geht nur. Ich denke, ich bleibe hier.«

Sie sehen mich stirnrunzelnd an.

»Sicher? Wir können auch hierbleiben, wenn du magst. Du musst nicht allein hier warten.«

Ich winke ab, um Molly zu versichern, dass es okay ist. Im Moment will ich nur für mich sein und darauf warten, zu ihm zu können. »Schon gut, vielleicht schlafe ich ein wenig. Geht nur.«

Und dann setze ich mich zurück auf meinen Stuhl und kann mir ein Lächeln nicht verkneifen, als die beiden nebeneinander über den Flur schlendern ... Molly und Troy. Was für eine schicksalhafte Begegnung.

29

Chase

»Sind wir hier dann fertig?« Ich lächle die Schwester an, damit sie mir glaubt, dass es mir gut geht, und ich endlich Besuch empfangen darf. Kaum vorstellbar, welche Sorgen Brooklyn sich machen muss.

»Gleich. Sie müssen noch diese Tabletten nehmen, um ihren Blutdruck wieder auf Vordermann zu bringen. So ein Unfall zieht nicht ohne Spuren an einem vorbei, Mr Graham«, tadelt sie mich und reicht mir zwei blaue Pillen, die ich, ohne zu zögern, schlucke und mit einem Schluck Wasser herunterspüle.

Danach blicke ich an mir hinab und entdecke den Gips an meinem rechten Bein. Definitiv zieht so ein Unfall nicht spurlos an einem vorbei. Nichts, was ich nicht schon am eigenen Leib erfahren habe.

»Okay, und jetzt? Ich bin fit ...« Ich werfe einen Blick auf den Namen auf ihrem Kittel. »Louise. Wirklich.« Kann sie Brooklyn jetzt nicht einfach reinschicken? Ich weiß von Dr. Moore, dass sie schon seit Stunden da ist, und langsam habe ich keinen Bock mehr aufs Warten.

»Sie sind wirklich stur, kann das sein?« Sie legt den Kopf schief, was ihre goldbraunen Haare ins Gesicht fallen lässt.

»Nur, wenn ich etwas will«, antworte ich lächelnd.

Sie schüttelt den Kopf, murmelt etwas in ihren nicht vorhandenen Bart und geht anschließend zur Tür. Ihre Latschen geben schmatzende Geräusche von sich, als sie über den Linoleumboden geht. »Ich gebe Ihnen zehn Minuten, dann will Dr. Moore Sie noch einmal untersuchen.«

Und mit diesen Worten ist Louise aus dem Krankenzimmer verschwunden.

Noch jetzt wundere ich mich, hier zu sein. Ich erinnere mich nicht mehr daran, wie der Unfall passiert ist, nur noch daran, wie die Schmerzen mein Bein durchzogen haben.

»Chase?« Brooklyns Stimme reißt mich aus meinen Gedanken, Sekunden später liegt Brooklyn bereits in meinen Armen. Sie presst sich gegen mich und schluchzt.

»Hey, mir geht es gut«, versichere ich ihr.

»Ich hab mir solche Sorgen gemacht.« Wieder ein Schluchzen. Wieder inhaliere ich ihren Duft und halte sie, auch wenn mir jede Pore des Körpers schmerzt.

»Ich will ja nichts sagen, aber ich ersticke gleich an deinen Brüsten«, sage ich und lache gegen den Stoff ihres Shirts. Brooklyn lässt umgehend von mir ab und sieht mich entsetzt an.

»Tut mir leid.« Sie senkt den Blick, also greife ich nach ihrer Hand und drücke sie fest.

»Das wäre nicht unbedingt der schlimmste Tod für mich«, versuche ich, die Tränen aus ihren Augen zu verscheuchen, und zu meinem Erstaunen klappt es sogar, und Brooklyn lächelt mich an. »Wie lange haben sie dich auf dem Flur schmoren lassen?«

»Ach, nur ein paar Stunden.« Sie winkt ab.

»Wie viele?«

Sie antwortet nicht.

»Wie viele, Brooklyn?«

»Elf, aber das geht schon in Ordnung.«

Elf verdammte Stunden? Ich rutsche auf meinem Bett zur Seite und klopfe aufs Laken. »Komm her.«

Sie zögert nicht lange, stattdessen krabbelt sie auf das Bett und sieht mich lächelnd an. Fuck, dieses Lächeln ist die beste Medizin. Scheiß auf die Pillen und Schmerzmittel!

»Als Troy anrief, dachte ich schon, du –«

Ich lege ihr meinen Finger auf die Lippen, um ihre Worte zu stoppen. »Ich habe dir doch versprochen, dass sich die Geschichte nicht wiederholen wird, misstrauische Brooklyn Parker.«

Sie scheint sich zu entspannen. »Das nächste Mal halte ich deinen Avancen stand und zwinge dich dazu, zu schlafen«, murmelt sie schmollend.

Ich streiche mit den Daumen über ihre Unterarme und ziehe sie noch dichter an mich heran. »Hey.« Ich lege meine Hand unter ihr Kinn und sehe sie an. »Ich würde alles ganz genauso machen, hörst du? Okay, ich würde vielleicht fragen, ob ich am nächsten Tag frei haben kann, aber ich würde sonst alles ganz genauso machen.«

Wieder lächelt sie.

Und wieder bringt sie mich damit um den Verstand.

Als ich spüre, dass mein Puls in die Höhe geht, weiß ich, dass es an der Frau in meinem Bett und nicht an den Pillen in meinem Magen liegt.

»Du bist wirklich lebensmüde, Chase. Das ist nicht witzig! Du hättest ... ich weiß nicht, was alles hätte passieren können.« Plötzlich liegt die Last wieder auf ihren Schultern, und ich weiß nicht, wie ich sie ihr nehmen soll.

»Ich habe nur ein kaputtes Bein. Sonst bin ich fit. Siehst du?« Ich lege ihre Hand auf mein Herz, das unter dem Kittel gleichmäßig schlägt.

Brooklyn schließt die Augen und verharrt in dieser Position.

»Ich bin am Leben, okay? Und ich werde dir noch sehr lange den Nerv rauben können.« Ich beuge mich vor, um sie zu küssen, und versuche dabei zu verdrängen, dass jede Bewegung schmerzt. Unsere Lippen streifen sich flüchtig. »Und ich werde dich noch sehr oft zum Schreien bringen«, versichere ich ihr raunend. Umgehend spannt sich ihr Körper an, und sie presst ihre Beine zusammen.

»Wirst du?«, fragt sie atemlos.

»Werde ich«, verspreche ich ihr.

»Wie lange musst du hier drinbleiben? Ich würde dich viel lieber zu Hause gesund pflegen.«

Und du glaubst nicht, wie gern ich das zulassen würde, Brooklyn ...

»Eine Woche, wenn ich der Schwester glauben kann. Dr. Moore muss noch ein paar Tests nachholen, und dann wissen wir Genaueres.«

»Darf ich denn bei dir bleiben?«, fragt sie mich hoffnungsvoll.

»Ich werde den Teufel tun und dich gehen lassen.« Es ist mir egal, was die Ärzte sagen, und als hätte sie uns belauscht, spaziert Sekunden später Dr. Moore ins Zimmer.

»Ich tue einfach so, als hätte ich das nicht gesehen«, sagt sie lächelnd.

Brooklyn rutscht von meinem Bett herunter, lässt meine Hand dabei aber nicht los.

Gut so.

»Sie wollen doch, dass ich gesund werde, oder?«, frage ich die Ärztin mit einem süffisanten Grinsen auf den Lippen.

Sie verschränkt die Arme vor der Brust und zieht fragend ihre Brauen hoch. »Natürlich, Mr Graham. Das Wohl der Patienten ist mir heilig.«

»Gut, dann werden Sie sicher nichts dagegen haben, dass Brooklyn bei mir bleibt, bis ich entlassen werde.« Es ist keine Frage, sondern eine Feststellung, die sie mit einem Kopfschütteln kommentiert.

»Sie sind unverbesserlich«, sagt sie lachend.

Brooklyn presst ihre Hand fester in meine und lächelt mich warm an. *Brooklyn, lächle mich jeden Tag so an, und ich bin wahrhaftig im Himmel.*

»Das ist er, Dr. Moore. Das ist er.«

30

Brooklyn

»Wann kommst du her? Ich muss wissen, wie es weitergeht! Das ist die reinste Folter, Brooklyn!«

Ich lächle, weil ich genau weiß, was er meint. Jeden Abend habe ich im Krankenhaus bei ihm verbracht, und pro Besuch haben wir mindestens drei Folgen *Game of Thrones* gesehen. Schon nach Folge vier war Chase genauso süchtig wie ich.

»Ich muss noch schnell was erledigen, dann komme ich. Außerdem ist morgen doch schon Freitag.« Und somit der Tag seiner Entlassung. Wie ich diesen Tag herbeigesehnt habe! Krankenhäuser haben etwas Erdrückendes an sich. Ich bin froh, wenn Chase endlich wieder zu Hause ist und ich nicht mehr jeden Tag von Tod und Krankheit umgeben bin, wenn ich ihn sehen will.

»Ich kann es kaum abwarten. Wenn ich noch einen Tag länger diesen Fraß essen muss, werde ich bald keine zehn Kilo mehr wiegen«, scherzt er.

Im selben Moment setzt unerträglicher Krach in meiner Wohnung ein, und ich husche schnell aus dem Schlafzimmer, damit Chase ihn nicht hören kann.

»Was ist denn da so laut bei dir?« Mist! Mist! Mist! Plan gescheitert, Parker!

»Ach, nur ein paar Handwerker im Haus«, wimmle ich ihn ab.

»Du verschweigst mir etwas«, stellt er empört fest.

»Nein, Chase Graham, ich verschweige dir nichts. Hier sind Handwerker im Flur, und die machen schon den ganzen Vormittag Krach! Ghost bellt sich die ganze Zeit die Seele aus dem Leib.«

»Dann hat es vielleicht doch etwas Gutes, hier im Krankenhaus zu sein.« Wenn er wüsste ...

»Ich denke, morgen, wenn du entlassen wirst, sind sie fertig. Sie müssen nur die eine Leitung austauschen.« Ich wische mir symbolisch den Schweiß von der Stirn und lasse mir eine Ausrede einfallen, um meinen Plan nicht auffliegen zu lassen.

»Lass mich raten: Er hat Verdacht geschöpft?« Troy sieht mich an, während er den Hammer auf meinem Bett ablegt. Hier drin riecht es nach Beton und Staub, und ich bin mir sicher, dass ich tagelang lüften muss, um den Geruch aus dem Raum zu bekommen.

»Hat er! Zum Glück bin ich eine begnadete Lügnerin«, sage ich stolz, auch wenn ich alles andere als das bin. Im Grunde bin ich die schlechteste Lügnerin der Welt.

»Und du bist dir sicher, dass es dafür keinen Ärger geben wird?« Er deutet auf das frisch geschlagene Loch in der Wand. An der Stelle, an der einst die Tür und dann die Mauer war.

Ich schüttle den Kopf. »Selbst wenn, jetzt ist es ohnehin zu spät, oder?«

»Ich sag dir, *Esel*, wenn ich deinetwegen Stress mit Chase oder eurer Vermieterin bekomme, helfe ich dir nie wieder. Nie. Wieder!«

»Okay, *Toni*.« Wir ziehen uns mit unseren falschen Namen auf, seit wir uns im Krankenhaus kennengelernt haben. Ich mag Troy. Vor allem aber mag ich, wie er Molly ansieht. Als wäre sie etwas Besonderes für ihn. Und sie sieht ihn an, als wäre sie das erste Mal bis über beide Ohren verliebt, auch wenn sie es noch nicht zugeben will. »Was läuft da eigentlich zwischen dir und meiner besten Freundin, hm?« Ich gehe auf ihn zu, nehme den schweren Vorschlaghammer in die Hand und sacke unter dem Gewicht fast zusammen.

»Molly ist ... anders«, sagt er stirnrunzelnd. »Das klingt albern, aber

so ist es. Sie ist so anders als die Frauen, die ich sonst getroffen habe.«
Man sieht ihm an, dass es ihn volle Kanne erwischt hat.

»Das ist sie wirklich. Und ich warne dich.« Demonstrativ deute ich
auf den Hammer in meiner Hand. »Wenn du ihr wehtust, wirst du den
hier in die Eier bekommen. Und ich glaube, das könnte höllisch wehtun«, drohe ich ihm und lächle charmant.

Er reißt die Augen auf und hebt abwehrend die Hände in die Luft.
»Keine Sorge, ich werde ihr nicht wehtun.«

»Gut«, antworte ich zufrieden.

»Gut. Und was meinst du? Willst du auch mal?« Er zeigt erst auf den
Hammer und anschließend auf die Wand, die meine Wohnung noch
von seiner trennt.

Euphorisch nicke ich, hebe den Hammer hoch und donnere ihn gegen die Wand. Sekunden später fallen die ersten Brocken zu Boden, und
ich hüpfe jubelnd auf der Stelle.

»Kein Wunder, dass die Leute das in Filmen so gern machen, das ist
der Wahnsinn!« Wieder hebe ich den Hammer an und schlage ihn gegen die Wand, sodass weitere Stücke aus ihr brechen.

Ich kann es kaum erwarten, Chase' verdutztes Gesicht zu sehen,
wenn er morgen aus dem Krankenhaus kommt und sieht, was ich hinter
seinem Rücken angestellt habe.

»Dafür musst du mir aber einen Gefallen tun«, säuselt Troy und wackelt herausfordernd mit den Brauen.

»Und was soll ich für dich tun, *Trümmer-Toni?*«

Ein Lächeln huscht über sein Gesicht, dann wird er ernst. »Leg bei
Molly ein gutes Wort für mich ein.«

Ich lasse den Hammer sinken und knuffe ihm freundschaftlich in
die Seite. »Mache ich!«

Seine Augen strahlen, und wieder steckt es mich an.

»Und jetzt lass mich weiterarbeiten, bevor Chase wirklich noch Verdacht schöpft!«

31

Chase

»Ab hier schaff ich es allein, Mann. Ich habe einen Gips und keine tödliche Krankheit.«

Troy lässt sich nicht beirren und steigt neben mir aus dem Wagen, mit dem er mich aus dem Krankenhaus abgeholt hat. »Schon klar, aber bei deinem Glück wirst du auf dem Weg zur Eingangstür noch angefahren, und das würde deine Süße mir nie verzeihen.« Er hievt meine Tasche aus dem Kofferraum seines Wagens und stellt sie auf dem Gehweg ab, bevor er die Kofferraumklappe wieder zuknallt.

»Und bei deinem Glück wirst du gleich mit angefahren, wenn du mich weiterhin auf Schritt und Tritt verfolgst.« Ich hole mein Handy aus der Tasche, um Brooklyn zu schreiben, dass ich jetzt zu Hause bin. Es dauert keine fünf Sekunden, bis ihre Antwort kommt.

> *Eselchen: Bin noch im Café. Guck ja nicht ohne mich die nächste Folge!!! Du weißt, dass Ghost die Titelmelodie erkennt. Also versuche es gar nicht erst, er erzählt mir alles*

»Na, wer ist das? Deinem dämlichen Grinsen nach zu urteilen müsste es dein Esel sein.«

Ich nicke, stopfe das Handy zurück in meine Jeans und greife nach meinen Krücken.

»So, so. Na, dann scher dich in deine Wohnung, bevor du dir hier draußen echt noch das zweite Bein brichst.«

Wir verabschieden uns voneinander, und als ich mir die Tasche über die Schulter geworfen habe, gehe ich humpelnd ins Haus, während Troy ins Auto steigt und losfährt.

In der Wohnung angekommen, fülle ich Garfield etwas Futter in den leeren Napf und hieve mich dann auf die Couch. Das Summen meines Handys reißt mich aus dem Werbespot, und als ich sehe, dass die Nachricht von Brooklyn ist, entsperre ich sofort den Bildschirm.

> Eselchen: Na, wie ist es, wieder zu Hause zu sein?

> Ich: Nicht sonderlich spannend. Meine Nachbarin ist arbeiten.

> Eselchen: Ich glaube, deine Nachbarin wäre auch lieber zu Hause, anstatt zu arbeiten.

> Ich: Dann sag Molly, dass hier ein kranker Kerl auf deine Pflege wartet ;)

> Eselchen: Geht leider nicht, zu viel los hier. Sag mal, hast du noch das Täubchen-Buch bei dir?

> Ich: Ich denke ja, wieso? Soll ich dir per SMS vorlesen?

> Eselchen: Würdest du bitte schnell nachgucken, ich hab eine Wette mit Molly am Laufen. Bitte ;)

> Ich: Verrückte Brooklyn Parker.

Und weil ich ihr keinen Wunsch abschlagen kann, stemme ich mich von der Couch hoch, schlurfe mit dem Handy in der Hand in den Flur und anschließend in Richtung Schlafzimmer.

Dort wühle ich mich durch die Kartons, und als ich das Buch schließlich in einer Kiste finde, schreibe ich Brooklyn.

Ich: Ich hab es hier. Was war die Wette?

Eselchen: Molly hat gewettet, dass du sie nicht bemerken würdest. Und ich bin jetzt deinetwegen um fünfzig Pfund ärmer! Du schuldest mir was, blinder Chase Graham!

Ich: Hast du Drogen genommen, Brooklyn Parker?

Eselchen: Anscheinend hast du Drogen genommen. Fällt dir wirklich nichts auf???

Ich sehe mich im Raum um, streife mit dem Blick über mein Klavier und mein Bett, das Brooke aufgeräumt haben muss, während ich im Krankenhaus lag.

Und als ich schließlich meinen Blick weiter die Wand entlangwandern lasse, erstarre ich. Mir rutscht das Buch aus der Hand, und es landet klatschend im Karton. Wieder vibriert mein Handy.

Eselchen: Na, entdeckt, Sherlock Holmes?

Ohne zu zögern, gehe ich zu der Tür hinüber, die an genau derselben Stelle steht wie damals.

»Was zur Hölle ...?«

»Was zur Hölle hier los ist?« Ich höre Brooklyns Stimme von der anderen Seite! Fassungslos starre ich die Tür an und will gerade nach der Klinke greifen, als sie fortfährt. »Nicht.« Sie schreit es fast. »Nicht die Tür aufmachen. Erst musst du die Augen schließen, hörst du?«

Ich kann mir ein Grinsen nicht verkneifen. Was kommt jetzt?

»Hörst du, Chase Graham? Mach die Augen zu und lass sie zu, bis ich dir etwas anderes sage.«

Wie angewurzelt stehe ich mit einer Krücke vor der geschlossenen Tür, die wie durch Zauberhand in mein Schlafzimmer gekommen ist, und halte den Atem an. Als die Tür schließlich knarzend geöffnet wird, strahle ich übers ganze Gesicht.

»Ich komme jetzt auf dich zu«, kommentiert sie ihre Schritte, so wie ich damals meine kommentierte, um sie nicht zu verschrecken. Weiß sie nicht, dass sie mich nicht verschrecken kann? Dafür ist es ohnehin längst zu spät, so schnell wird die Kleine mich nicht mehr los. »Ich küsse dich jetzt.« Ihre Stimme zittert, und Sekunden später liegen ihre Lippen auf meinen.

Ich ziehe Brooklyn an mich, die Krücke fällt zu Boden, und als ich ihre nackte Haut an meiner spüre, reiße ich die Augen auf.

»Hey, ich hab dir nicht erlaubt, sie zu öffnen!«, tadelt sie mich, und als ich sehe, was sie trägt – nämlich verdammt noch mal nichts als schwarze Dessous –, werde ich sofort hart.

»Du bist die ungewöhnlichste Frau, der ich je begegnet bin«, sage ich ehrfürchtig und presse sie noch enger an mich.

»Überraschung«, flüstert sie dicht an meinen Lippen.

»Da war also eine Leitung im Flur zu wechseln, ja?« Dieses kleine Biest! Ich hätte wissen müssen, dass sie mich verarscht hat!

»Troy hat den Durchbruch gemacht«, gesteht sie grinsend. Gott, bin ich echt der Einzige, der die ganze Zeit im Dunkeln tappte?

»Das hier ist um Längen besser als jede Täubchen-Szene in deinem Buch«, sage ich ehrlich und streiche ihr eine blonde Strähne aus dem Gesicht. Sie lächelt schwach, und als ich sie noch dichter an mich ziehe, entweicht die angestaute Luft aus ihren Lungen.

»Definitiv«, stimmt sie mir zu und schmiegt ihren halb nackten Körper enger an mich. »Ich dachte mir, da ich dir ja jetzt verziehen habe und ich unsere nächtlichen Gespräche an der Wand vermisse ... können wir auch den nächsten Schritt gehen.« Man sieht ihr an, wie schwer es ihr fällt, mit der Sprache herauszurücken.

»Wow, Brooklyn Parker löst selbstständig die Handbremse. Dass ich das noch mal erleben darf.« Ich schiebe die Haare hinter ihr Ohr und sehe ihr tief in die Augen. Verdammt, ich will nie wieder in andere Augen sehen.

»Das hätte ich ehrlich gesagt auch nie für möglich gehalten.« Einen Moment lang wird es still in meinem Schlafzimmer, und erst, als wir ein Schnurren hören, lösen wir uns voneinander, um es zu lokalisieren.

Ghost trottet herein und legt sich neben uns, Garfield hüpft daraufhin von meinem Klavier herunter und geht geschmeidig auf ihn zu.

»Meinst du, wir sollten dazwischengehen? Die beiden werden sich töten«, flüstert Brooklyn besorgt. Doch ich lege ihr einen Finger auf die Lippen, um ihre Worte zu stoppen. Garfield tänzelt um Ghost herum, den es in seiner Müdigkeit nicht einmal zu interessieren scheint. Und als mein Kater sich anschließend an ihren Hund kuschelt, trauen wir beide unseren Augen nicht.

»Anscheinend hat da noch jemand die Handbremse gezogen«, stelle ich lachend fest und beobachte das skurrile Bild kopfschüttelnd.

»Wie eine kleine Familie.« Brooklyns Worte vertreiben die negativen Gedanken an die letzten Tage im Krankenhaus. Ich hauche ihr einen Kuss auf den Mundwinkel und spüre, dass sie in meinen Armen erzittert.

»Wie eine Familie.« Und dann ziehe ich sie an mich und schiebe sie humpelnd zum Bett.

»Hey, was wird das?«

»Was denkst du?«

»Ich weiß es nicht!«, protestiert sie.

»Jetzt lasse ich mich von meiner Krankenschwester pflegen.« Ich zwinkere ihr zu. »Wenn ich mit dir fertig bin, hast du längst vergessen, wie Giotto-Eis mit Browniestreuseln schmeckt«, versichere ich ihr und lege sie auf ihr Bett. Und in dem Moment, in dem Brooklyn die Augen schließt und mich zu sich herabzieht, um mich zu küssen, ist die Welt perfekt.

32

Brooklyn

Am nächsten Tag habe ich das Gefühl, vor Glück zu platzen. Meine Synapsen feiern eine Party, und die Schmetterlinge in meinem Bauch tanzen zu dem Takt, den mein Herz vorgibt. Kitschig, ich weiß. Aber braucht nicht jeder mal ein bisschen Kitsch, um zu heilen?
Mein Herz wurde gebrochen, als Thomas von mir ging. Als er mich verlassen und mit all meinen Dämonen und Ängsten zurückgelassen hat. Früher dachte ich, mich kann niemand reparieren. Mittlerweile glaube ich daran, dass am Ende jedes Tunnels etwas Licht auf uns wartet.
Ich schließe gerade die Tür zu meiner Wohnung auf und werde stürmisch von Ghost begrüßt.
»Hey, Räuber.«
Ich streife mir die Schuhe von den Füßen, und als mir dabei ein kleiner Zettel ins Auge sticht, hebe ich ihn eilig auf und falte ihn auseinander.
»Gefühle klopfen nicht an die Tür und fragen, ob es gerade passt«, lese ich die Worte darauf laut vor.
»Schließ die Augen.« Seine Stimme, die durch die Wand zu mir dringt, legt sich warm um mich, und ich spüre eine Gänsehaut auf meinen nackten Armen. Ich schließe die Augen und warte auf weitere Anweisungen.
»Ich komme jetzt auf dich zu.« Wieder bringt mich seine Stimme um

den Verstand, wieder schleift sie wie Schleifpapier über mein Herz. Eigentlich will ich die Augen aufreißen und mich ihm widersetzen, aber ich halte still und die Lider geschlossen.

»Ich berühre dich jetzt.« Und als er meine Hand in seine nimmt, lehne ich mich vor, bis ich mit der Stirn an seine Brust stoße. Sein Duft hüllt mich ein und vernebelt meine Sinne.

Ich weiß nicht mehr, wer ich bin, geschweige denn wo. Ich bin mir sicher, dass das hier die verdammte Wolke sieben ist, die ich in den letzten Monaten in der Hölle vergessen habe.

Chase hält meine Hand immer noch in seiner, und als er etwas auf meinen Ringfinger schiebt, reiße ich panisch die Augen auf. Mein erster Blick fällt auf den silbernen Ring, der jetzt meine Hand ziert. In der Mitte ist ein Schmetterling angebracht.

»Chase ... ich –« Weiß nicht, was ich sagen soll ...

Chase versiegelt meine Lippen mit seinen, und als er sich wieder von mir löst, bin ich sprachlos.

»Keine Sorge, das soll kein Antrag sein. *Noch nicht.*« Er nimmt mir die Angst, etwas zu überstürzen. Ja, ich liebe ihn, aber ich bin noch nicht so weit, diesen Schritt zu gehen. *Noch nicht.* »Aber ich will, dass du mein perfektes, wunderschönes Desaster bist. Ich will dich mit deinen Narben und Wunden und mit deiner Schönheit. Und ich will, dass du weißt, dass ich ihn nie ersetzen will. Ich will bloß ... einen Platz hier drin.« Er umschließt meine Hand mit seiner und legt sie anschließend auf mein Herz.

»Du bist wirklich unverbesserlich«, hauche ich den Tränen nahe.

»Definitiv unverbesserlich«, murmelt Chase dicht an meinem Haar und jagt mir damit einen Schauer über den Rücken.

»Und du stehst auf kaputte Frauen«, halte ich ihm vor.

»Definitiv kaputte Frauen.« Das Grübchen, das jetzt auf seiner Wange entsteht, erwärmt mein Herz.

»Und du liebst es, mich in der Hand zu haben.«

»Definitiv liebe ich es, dich in der Hand zu haben.« Er nickt langsam, und ich präge mir seine Züge genauestens ein. Die Zeit vergeht so schnell, und ich weiß, wie schnell dir das Schicksal jemanden entreißen kann. Uns bleibt also nichts anderes übrig, als den Moment so gut es geht zu genießen.

Epilog

Brooklyn

Thomas.

Ich weiß, dass ich dir lange nicht mehr geschrieben habe. Vermutlich glaubst du, dass ich dich vergessen habe. Wie kannst du nur? Du weißt, dass ich dich nie vergessen werde. Ich werde nie vergessen, wie wir uns begegnet sind. Werde nie vergessen, was ich empfand, als ich das erste Mal in deine blauen Augen sah. Oder als du mich das erste Mal geküsst hast. Werde nie vergessen, dass Brooke der schönste Spitzname auf der Welt ist, weil du ihn mir gegeben hast.

Ich war die glücklichste Frau der Welt, Thomas Morgan, als ich deine Frau sein durfte.

Ghost sitzt gerade neben mir und sieht mich fragend an. Manchmal glaube ich, dass er dich spürt. Dass du irgendwie immer bei uns warst und immer noch bei uns bist. Im Regen, im Sonnenschein und nachts in den Sternen.

Ich bin mir sicher, dass er dich auch vermisst. Wenige Sekunden reichen, um sich in dich zu verlieben. So war es bei mir. Und keine Zeit der Welt würde reichen, um dich zu vergessen.

Aber ein weiser Mann sagte mir einmal in meinen Träumen, dass ich weiterziehen muss, anstatt auf der Stelle zu stehen. Er sagte mir, dass ich leben, lieben und lachen soll.

Wärst du stolz auf mich, wenn ich dir sage, dass ich genau das tue? Ich lebe jeden Tag, als wäre es mein letzter. Liebe einen Mann, der jede Liebe wert ist, und lache aus ganzem Herzen. Es gibt immer noch Tage, an denen ich es mir erlaube, um dich zu trauern. Zu weinen. Zu zerbrechen. Und ich lasse es zu, weil ich weiß, dass zu Hause jemand auf mich wartet, der mich wieder repariert, wenn ich es selbst nicht kann.

Es gab einmal einen Mann, der mir in meinen Träumen sagte, dass ich mich nicht verstecken soll, wenn es mich erwischt. Und hier bin ich und verstecke mich nicht mehr. Du hast mir gezeigt, dass es einen Weg gibt, damit klarzukommen, egal wie steinig er ist. Und dafür danke ich dir.

Der Mann in meinem Traum sagte mir auch, dass ich mein Glück festhalten soll, wenn es an meine Tür klopft. Und jetzt hat es die Tür einfach aufgerissen. Und ich halte es, so fest ich kann, Thomas.

Der Mann in meinem Traum sagte mir, dass ich diesen neuen Menschen in meinem Leben so zurücklieben soll, wie ich dich geliebt habe. Ich liebe ihn. Anders, als ich dich geliebt habe. Unsere Liebe war still und rein. Die Liebe zu ihm ist wild und laut, aber auch perfekt.

Diese unterschiedliche Liebe zeigt mir immer wieder, dass er nicht du ist und du nicht er bist.

Ich bin mir sicher, dass du es längst weißt: Der Mann in meinem Traum warst du. Du warst derjenige, der mir beigebracht hat, zu leben, zu lieben und zu lachen.

Und dafür werde ich dir auf ewig dankbar sein.

Es vergeht kein Tag, an dem ich nicht in den Himmel blicke und mir vorstelle, dass du da irgendwo auf mich wartest. Aber im Vergleich zu früher genieße ich jeden Tag, den ich hier unten auf der Erde habe.

Ich liebe dich, Thomas.

Deine
Brooklyn

Hochemotionale College-Romance, die unter die Haut geht!

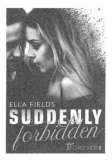

Band 1
Suddenly Forbidden
ISBN 978-3-95818-459-6

Die erste Liebe vergisst du nie, nicht mal, wenn sie dich vergisst.
Auch als E-Book erhältlich.
forever.ullstein.de

Band 2
Bittersweet Always
ISBN 978-3-95818-448-0

Manche Wunden kann Liebe nicht heilen, aber sie muss es wenigstens versuchen.
Auch als E-Book erhältlich.
forever.ullstein.de

Band 3
Pretty Venom
ISBN 978-3-95818-457-2

Am meisten von allem, hasse ich es, dass ich dich nicht hassen kann
Auch als E-Book erhältlich.
forever.ullstein.de

Die dramatische New-Adult-Serie von USA Today-Bestseller-Autorin Tijan – schmerzhaft schön!

Band 1
Crew
ISBN 978-3-95818-433-6

Noch nie hat Liebe so wehgetan ...
Auch als E-Book erhältlich.

Band 2
Still Crew
ISBN 978-3-95818-446-6

Kann eine Liebe wie die von Bren und Cross in der rauen Welt der Crews bestehen?
Auch als E-Book erhältlich.

Band 3
Crew Love
ISBN 978-3-95818-445-9

Bren steht vor der größten Entscheidung ihres Lebens ...
Auch als E-Book erhältlich.

forever.ullstein.de

»Manchmal brechen Herzen nicht, aber sie brennen. Ich hab dein Herz gebrochen, aber meins stand seitdem in Flammen.«

Leonie will nichts mehr fühlen. Nie wieder. Denn der Schmerz, den sie mit sich herum trägt, reicht für ein ganzes Leben. Seit vor zwei Jahren ihre Eltern bei einem Feuer ums Leben kamen und ihre große Liebe Nick sie kurz darauf verließ. Ohne Grund. Ohne sich je wieder zu melden. Jetzt betäubt Leonie alle Gefühle mit Alkohol und mit belanglosen Affären. Einzig ihr großer Bruder Julian gibt ihr noch Halt im Leben. Doch dann steht Nick plötzlich wieder vor ihr und alle Gefühle, die sie sorgfältig in ihrem Inneren verschlossen hatte, brechen wieder heraus. Aber noch einmal wird sie einen Verlust nicht überleben ...

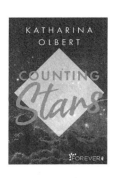

Katharina Olbert
Counting Stars
Roman

Taschenbuch
forever.ullstein.de

Weil Liebe unvorhersehbar ist ...

Holland Bakker ist mit Mitte Zwanzig nicht gerade am Höhepunkt ihres jungen Lebens. Weder in Sachen Liebe noch im Job. Sie verkauft im Broadway-Theater, in dem ihr Onkel erfolgreich Musicals inszeniert, T-Shirts, und auf dem Weg zur Arbeit macht sie täglich einen Umweg, um dem attraktiven und ziemlich talentierten Straßenmusiker Calvin zuzuhören. Es scheint Schicksal, dass er kurz darauf bei ihrem Onkel ein Engagement im Orchester angeboten bekommt. Und Ironie, dass er es aufgrund eines fehlenden Visums ablehnen muss. Klar, ist Hollands Idee, Calvin zu heiraten, damit er legal in den USA bleiben kann, verrückt. So verrückt, dass Holland das niemals wirklich machen würde. Oder?

Christina Lauren
Weil es Liebe ist
Roman

Aus dem Amerikanischen von Sybille Uplegger
Taschenbuch
forever.ullstein.de